William Golding

IL SIGNORE DELLE MOSCHE

Traduzione di Laura De Palma

Con una Postfazione dell'autore

NUOVA EDIZIONE

Titolo originale dell'opera: *Lord of the Flies*

I edizione Oscar Mondadori gennaio 1966
I edizione Oscar Moderni maggio 2016
Nuova edizione Oscar Moderni maggio 2017

ISBN 978-88-04-79703-6

Questo volume è stato stampato
su carta HOLMEN
con fibra vergine proveniente da foreste sostenibili holmen.com/paper
presso ELCOGRAF S.p.A.
Stabilimento - Cles (TN)
Stampato in Italia. Printed in Italy

oscarmondadori.it

Poesia Mondadori

Anno 2025 - Ristampa 18 19 20 21

mondadori.it

Nota introduttiva

William Gerald Golding nasce il 19 settembre 1911 a Newquay, sulla costa settentrionale della Cornovaglia. Suo padre dirige la scuola elementare del luogo e, sulle orme di H.G. Wells, ha una grande fede nell'evoluzione, nel socialismo e nel progresso umano. La madre fa parte del movimento delle suffragette, sorto nel 1903 per l'estensione del diritto al voto alle donne. Nonostante l'influenza dei genitori, che educano i figli a un razionalismo scientifico, Golding manifesta sin dai primi anni di vita un profondo senso religioso.

Durante gli studi a Oxford si cimenta da autodidatta con il greco antico e comincia a scrivere poesie, che verranno raccolte e pubblicate nel 1934. Dopo la laurea, conseguita nel 1935, si trasferisce in una comunità cristiana nei pressi di Londra, dove si avvicina al pensiero di Rudolf Steiner, il filosofo austriaco che, dopo essersi allontanato dalla Società Teosofica nel 1912, aveva dato vita al concetto di antroposofia, caratterizzato dal grande rilievo attribuito alla natura e al destino dell'uomo. Golding insegna dunque inglese in una scuola elementare dove le teorie di Steiner hanno grande risonanza e, tra il 1935 e il 1940, conduce una vita disordinata, divisa tra le donne, gli eccessi alcolici, la drammaturgia, la recitazione e la produzione di spettacoli per compagnie filodrammatiche.

Nel 1939 sposa Ann Brookfield, attivista comunista conosciuta ai comitati di sostegno per la causa spagnola, dalla quale avrà due figli, un maschio e una femmina. Durante la Seconda guerra mondiale viene arruolato in Marina e fatica a adeguarsi all'ordine forzato che vi regna. Sotto le armi si occupa di testare esplosivi e dragare le mine; da un nonno minatore, inoltre, mutua teorie non proprio ortodosse in materia di esplosivi e le pubblica in un saggio. Le alte gerarchie militari notano la sua abilità e inseriscono lo scrittore in un gruppo di ricerca missilistica, ma, al primo esperimento miseramente fallito, Golding chiede di essere assegnato ai reparti operativi e gli viene affidato il comando di una nave. In questa veste si distingue partecipando all'affondamento della corazzata tedesca *Bismarck* e allo sbarco in Normandia.

Dopo il congedo riprende l'insegnamento (che abbandonerà nel 1961) nella Bishop Wordsworth's School a Salisbury, dove si trasferisce definitivamente. Si avvicina alla prosa all'inizio degli anni Cinquanta, con l'intenzione di «scrivere per se stesso» e di sviluppare in forma di romanzo le riflessioni che ha compiuto sui risultati di un esperimento didattico cui ha preso parte nella sua scuola. Su iniziativa del direttore, le classi di quarta elementare venivano divise in due gruppi e, mentre uno dei ragazzi faceva da arbitro e un adulto da supervisore, si dibatteva una questione. Un giorno Golding pensa di spingere oltre questo esperimento: decide di uscire dall'aula e di dare alla classe piena libertà. Le sue previsioni più pessimistiche trovano conferma: deve affrettarsi a rientrare per impedire che la situazione degeneri nel caos e nella rissa aperta. Il romanzo che nasce da questo esperimento è *Il Signore delle Mosche* (*The Lord of the Flies*), che dopo essere stato rifiutato da ventuno editori viene pubblicato infine nel 1954 dalla Faber and Faber; il titolo, una metafora per indicare Satana, viene deciso dallo stesso T.S. Eliot, a quel tempo ai vertici della casa editrice inglese. Il libro è pubblicato negli Stati Uniti l'anno dopo, ma il successo vero e proprio arriva nel 1959, in coincidenza con l'uscita dell'edizione economica americana. *Il Signore delle Mosche* diventa rapidamente, insieme a *Il giovane Holden* (1951) di Salinger, la lettura preferita degli studenti universitari.

A partire dagli anni Sessanta la vita di Golding diventa molto regolare. Nel 1961-62 è *visiting professor* presso lo Hollins College in Virginia e in seguito, mentre escono gli altri suoi romanzi, le raccolte di racconti e quelle di saggi, viene invitato nelle maggiori università britanniche. Riceve anche numerosi riconoscimenti internazionali, tra cui la laurea *ad honorem* alla Sorbona nel 1982, e soprattutto il Nobel, che gli viene consegnato il 6 ottobre 1983 con questa motivazione: «Per i suoi romanzi che, con la chiarezza della narrativa realistica e la diversità e l'universalità del mito, illuminano la condizione umana nel mondo di oggi». La scelta dell'Accademia svedese, come spesso accade, coglie tutti di sorpresa, e sottolinea la disattenzione della critica, non solo italiana, di fronte all'opera di uno scrittore tra i massimi del Novecento, che dal dopoguerra in poi ha avuto il solo difetto di non fare nulla per farsi notare, come si legge in una dichiarazione rilasciata proprio all'epoca del Nobel: «Scrivo poesie in latino per non correre il rischio di diventare un poeta alla moda». William Golding muore il 19 giugno 1993. È sepolto nel Wiltshire.

È fin troppo ovvio dire che tutta l'opera letteraria di Golding sia stata marchiata a fuoco dallo straordinario successo del suo primo romanzo, che gli ha garantito la sicurezza economica, ma ha anche creato intorno ai suoi libri successivi un'aspettativa enorme e in un certo senso imbarazzante. Golding, infatti, aveva nel teatro – il suo unico dramma pubblicato, *Farfalla d'ottone* (*The Brass Butterfly*), risale al 1958 – e nella poesia, che considerava una forma d'arte più elevata della narrativa, le sue iniziali e più profonde passioni.

Il Signore delle Mosche – romanzo a tesi dallo sviluppo assolutamente coerente rispetto alla situazione iniziale –, analizza attraverso le forme dell'utopia negativa il comportamento di un gruppo di studenti britannici che, in seguito a un disastro aereo, viene abbandonato su un'isola tropicale durante un conflitto planetario. Dopo i primi tentativi, coronati da successo, di dare vita a una società organizzata e democratica – i più piccoli liberi di giocare, i più grandi divisi tra cacciatori e custodi del fuoco, indispensabile per essere avvistati e quindi salvati –, le tensioni all'interno del gruppo esplodono drammaticamente e si deteriorano in fretta sino a giungere alle estreme conseguenze. Questo pessimismo e questa sfiducia nelle potenzialità e nella natura dell'uomo, che capovolgono il paradiso tropicale delle opere di Stevenson e Defoe, sono totali, perché i genitori di quei ragazzi sono a loro volta in guerra, e il fatto che essi appartengano tutti alla stessa nazione esclude quelli che allora costituivano i motivi più immediati di rivalità.

Il romanzo affonda le sue radici nelle atrocità commesse durante l'ultimo conflitto mondiale e formula due circostanziati atti d'accusa. Il primo è contro la fiducia nella razionalità nei confronti del progresso e della tecnologia. Il secondo, che ha avuto maggiore impatto tra i lettori di cultura anglosassone, è quello contro le interpretazioni religiose dei concetti di male e di peccato. Se in un primo tempo le responsabilità individuali, etiche e universali dell'uomo contenute nel romanzo di Golding hanno avuto scarsa eco, è perché *Il Signore delle Mosche* venne pubblicato quando tutta la letteratura inglese era affascinata dal fenomeno più marcatamente politico degli Angry Young Men.

Non dissimile da *Il Signore delle Mosche* è il terzo romanzo di Golding, *La folgore nera* (*Pincher Martin*), del 1956. Un marinaio, unico superstite di una nave da guerra inglese affondata in mezzo all'Atlantico, si aggrappa a uno scoglio e, prima di morire, ha modo di riflettere su se stesso e sul proprio passato. Il tempo narrativo, come nel racconto *Accadde al ponte di Owl Creek* di Ambrose Bierce, è molto più ampio di quello reale e offre al marinaio il modo di riesaminare criticamente, ma senza alla fine rigettarli, gli idoli del razionalismo e la negazione del corpo su cui ha fondato la sua vita e la sua cultura di uomo moderno.

Prima di *La folgore nera* viene però pubblicato *Uomini nudi* (*The Inheritors*), suo secondo romanzo, del 1955, in cui Golding presenta una comunità di uomini di Neanderthal vista attraverso il loro inconscio, dal momento che non sono ancora capaci di un linguaggio verbale articolato. Il villaggio rimane sconvolto e infettato dall'arrivo di Tuomi, l'uomo nuovo, aggressivo e violento, interessato soprattutto al potere.

Con il quarto romanzo, *Caduta libera* (*Free Fall*), del 1959, ritorniamo a un'ambientazione contemporanea e Golding, programmaticamente votato a un rinnovamento stilistico e linguistico, affronta i temi consueti con strumenti nuovi. Narrato in prima persona, il romanzo racconta, come *L'uomo in bilico* di Saul Bellow, la storia di un uomo che, dopo essere vissuto a lungo in uno stato di mediocrità e di autoinganno, decide di ritrovare se stesso. Il romanzo non ha uno sviluppo cronologico, ma è diviso, come *La coscienza di Zeno* di Svevo, in grandi episodi generali: il rapporto con una donna, le torture come prigioniero di guerra, i ricordi d'infanzia.

La guglia (*The Spire*), del 1964, è di nuovo ambientato nel passato, questa volta però nel Medioevo, dove Jocelin, decano di una cattedrale – presumibilmente quella di Salisbury –, è ossessionato dall'idea di costruire una torre campanaria di altezza mai vista. Il progetto lo assorbe completamente finché il suo equilibrio nervoso ne rimane sconvolto; il decano muore dopo aver compreso quanto le lusinghe materiali del mondo abbiano corrotto il suo rapporto con Dio e con se stesso.

La piramide (*The Pyramid*), del 1967, riprende i meccanismi narrativi già usati da Joyce in *Gente di Dublino*. Si tratta, infatti, del ritratto della vita in una cittadina di provincia tra le due guerre, raccontata attraverso tre storie che qui però, diversamente dall'opera di Joyce, hanno sempre lo stesso protagonista.

Dopo un lungo periodo di silenzio Golding torna ai temi che gli sono più cari – la violenza, il mare e la sopraffazione – con due romanzi. Il primo è *L'oscuro visibile* (*Darkness Visible*), del 1979. Rievoca le avventure di un ragazzo, Matty, che, uscito vivo – nudo e sfigurato – da un bombardamento, porta in giro per il mondo lo scandalo della verità, provocando l'ira degli ipocriti. Il secondo è *Riti di passaggio* (*Rites of Passage*), del 1980, ambientato al tempo delle guerre napoleoniche. Golding adotta anche l'inglese di quel periodo per raccontare la storia di Talbot, un giovane aristocratico indifferente, ambizioso e superficiale, che si reca in Australia per assumere un importante incarico pubblico. Il romanzo si sviluppa tutto all'interno della nave, microcosmo esemplare, e all'inizio sembra voler trattare il tema dell'incomunicabilità tra la classe dirigente (Talbot), quella intermedia (il capitano della nave), le inferiori (marinai ed emigranti) e chi ha ancora fede nel futuro (il reverendo Colley). Questa incomunicabilità però non è innocente, né priva di tensioni, e quando la nave passa l'equatore la furia trasgressiva esplode e si concretizza nella violenza sessuale cui è vittima Colley, che non sopravvive all'umiliazione. Anche in questo romanzo, però, nessuno è assolto perché, in una lettera alla propria famiglia, Colley mette in luce la sua parte di responsabilità in quanto è accaduto, così che il libro, come *Il Signore delle Mosche*, si conclude ribadendo che il nemico da cui dobbiamo guardarci siamo sempre noi stessi.

Gli uomini di carta (*The Paper Men*), del 1984, esce dopo che Golding ha vinto il Nobel, anche se il libro era già stato progettato e in gran parte scritto prima. Qui prevale la vena comica o, per meglio dire, grottesca che lo scrittore ha spesso tenuto celata: «Sono costretto a recitare Amleto ma vorrei fare il buffone, vi farei morire tutti dal ridere». Il protagonista, il romanziere di successo Wilfred Barclay, racconta in prima persona a un modesto docente americano la propria vita affinché ne venga tratta una biografia. Tra equivoci, menzogne e sostegno reciproco i due mediocri diventano dapprima un animale simbiotico; poi, però, sarà lo scrittore a farsi da parte e scomparire dopo aver compreso la propria marginalità e la propria inconsistenza come uomo e artista.

I romanzi *Calma di vento* (*Close Quarters*), del 1987, e *Fuoco sottocoperta* (*Fire Down Below*), del 1989, riprendono l'ambiente e i personaggi di *Riti di passaggio* andando a costituire, insieme a quest'ultimo, una vera e propria trilogia, dal titolo *Ai confini della terra* (*To the Ends of the Earth*). In *Calma di vento* il viaggio verso l'Australia non si è ancora concluso e la nave da guerra su cui è imbarcato il futuro governatore Talbot rimane bloccata – come quella della *Ballata del vecchio marinaio* di Coleridge – in mezzo al Pacifico dalla bonaccia e viene subito circondata dalle alghe, simbolo del male, che la imprigionano. La piccola comunità, già duramente provata, viene sottoposta a nuove tensioni, rese ancora più drammatiche dalla presenza di un'altra nave che ha subito la stessa sorte. Anche in questo caso il prezzo da pagare per la libertà è il sacrificio umano. *Fuoco sottocoperta,* invece, presenta di nuovo un ambiente e una storia conradiani: Talbot è ormai un uomo molto cambiato dopo le tragiche esperienze passate, e la nave e l'equipaggio sono stremati e ridotti alla pura sopravvivenza. La natura ostile non dà pace, ma è proprio la sofferenza a purificare questi uomini che infine trovano nell'amore l'unica risposta alla tentazione e al peccato.

Completano l'opera di Golding le collezioni di saggi *The Hot Gates* (1965) e *A Moving Target* (1982), la raccolta di racconti *The Scorpion God* (1971), il diario di viaggio *An Egyptian Journal* (1958) e l'ultimo romanzo incompleto *La doppia voce* (*The Double Tongue*) pubblicato postumo nel 1995. Incentrato sulla figura dell'oracolo di Delfi, sull'ascesa della civiltà romana ai danni di quella ellenica, quest'ultima opera testimonia il profondo interesse di Golding per il mondo della Grecia antica.

Come già si è detto, l'attenzione della critica italiana nei confronti di questo autore è stata minima e l'attribuzione del Nobel non ha prodotto significativi cambiamenti, se si esclude la consueta messe di scritti d'occasione sui quotidiani e sui periodici. Il tiepido entusiasmo mostrato dal mondo culturale del nostro Paese nei confronti di Golding viene sottolineato anche dal fatto che le prime traduzioni italiane sono state tutte pubblicate da piccoli editori. Il fenomeno risulta ancora più sconcertante se si pensa che i suoi temi – il peccato originale, il mare, le dinamiche di gruppo – non si discostano molto da quelli affrontati da scrittori amati dal pubblico e dai critici, come Melville, Hawthorne, Poe, Conrad e Stevenson, seppur attraverso una scrittura e un registro assolutamente diversi.

Il fenomeno, anche se in misura meno rilevante, si è ripetuto nel mondo anglosassone protestante, che ha un rapporto con il peccato ben diverso da quello della cattolica Italia; in Inghilterra come negli Stati Uniti, infatti, Golding si è imposto "dal basso", cioè dai lettori non accademici, ben cinque anni dopo che il suo romanzo più rappresentativo era stato pubblicato. E in effetti il primo studio rilevante, che giunge solo nel 1964 e ha un carattere compilativo e divulgativo più che interpretativo, è il saggio *William Golding* di Samuel Hynes (Columbia University Press), che traccia le linee generali della sua lettura. Ma anche se si leggono i più importanti lavori successivi – *The Art of William Golding* di Oldsey e Weintraub, del 1965, *William Golding: The Dark Fields of Discovery* di Virginia Tiger, del 1974, o *A View from the Spire: William Golding's Later Novels* di Don Crompton, del 1985 – accanto alla semplice enunciazione dei contenuti dei libri si trovano sempre letture molto simili, quasi come se Golding avesse più bisogno di essere spiegato che interpretato. In effetti l'autore inglese, pur scrivendo romanzi molto diversi tra loro dal punto di vista linguistico, strutturale e ambientale, resta fondamentalmente uno scrittore realistico e per nulla ermetico che, pagina dopo pagina, sviluppa a chiare lettere i punti fermi del suo credo, riassunti in due dichiarazioni programmatiche ripetute in molte interviste: «L'uomo produce il male come l'ape produce il miele» e «La natura mi induce a essere ottimista e la ragione a essere pessimista».

Bibliografia

Opere di William Golding

Poems, Macmillan, London 1934.
Lord of the Flies, Faber and Faber, London 1954.
The Inheritors, Faber and Faber, London 1955.
Pincher Martin, Faber and Faber, London 1956; ripubblicato come *The Two Deaths of Christopher Martin*, Faber and Faber, London 1957.
Sometime, Never: Three Tales of Imagination (insieme a John Wyndham e Mervyn Peake), Eyre & Spottiswoode, London 1956.
The Brass Butterfly: A Play in Three Acts, Faber and Faber, London 1958.
Free Fall, Faber and Faber, London 1959.
The Spire, Faber and Faber, London 1964.
The Hot Gates, and Other Occasional Pieces, Faber and Faber, London 1965.
The Pyramid, Faber and Faber, London 1967.
The Scorpion God: Three Short Novels, Faber and Faber, London 1971.
Darkness Visible, Faber and Faber, London 1979.
Rites of Passage, Faber and Faber, London 1980.
A Moving Target, Faber and Faber, London 1982.
The Paper Men, Faber and Faber, London, 1984.
An Egyptian Journal, Faber and Faber, London 1985.
Close Quarters, Faber and Faber, London 1987.
Fire Down Below, Faber and Faber, London 1989.
The Double Tongue (postumo), Faber and Faber, London 1995.

Principali traduzioni italiane

Il Signore delle Mosche, trad. di Filippo Donini, Martello, Milano 1958; poi Mondadori, Milano 1966; poi con trad. di Laura De Palma, Mondadori, Milano 2017.
Uomini nudi, trad. di Giorgio Monicelli, Mondadori, Milano 1958.

Caduta libera, trad. di Olga Ceretti Borsini, Martello, Milano 1959.

La folgore nera, trad. di Giorgio Monicelli, Martello, Milano 1963.

La guglia, trad. di Raffaella Lotteri, Martello, Milano 1965; poi Mondadori, Milano 1967.

La piramide, trad. di Corrado Pavolini, Rizzoli, Milano 1968.

Riti di passaggio, trad. di Pier Francesco Paolini, Longanesi, Milano 1982; poi TEA, Milano 1991.

L'oscuro visibile, trad. di Delfina Vezzoli, Longanesi, Milano 1984.

Gli uomini di carta, trad. di Mario Biondi, Longanesi, Milano 1986.

Calma di vento, trad. di Mario Biondi, Longanesi, Milano 1988; poi TEA, Milano 1998.

Fuoco sottocoperta, trad. di Pier Francesco Paolini, Longanesi, Milano 1990; poi TEA, Milano 1998.

La doppia voce, trad. di Mario Biondi, Corbaccio, Milano 1996.

Ai confini della terra. La grande trilogia del mare (contiene: *Riti di passaggio*, *Calma di vento*, *Fuoco sottocoperta*), trad. di Pier Francesco Paolini e Mario Biondi, TEA, Milano 2002.

Il Signore delle Mosche

I

Il suono della conchiglia

Il ragazzo dai capelli biondi si calò giù lungo l'ultimo tratto di roccia, e cominciò ad aprirsi un varco verso la laguna. Nonostante si fosse tolto il maglioncino della divisa scolastica e lo trascinasse dietro tenendolo con una mano, la camicia grigia gli si incollava addosso e i capelli gli stavano appiccicati sulla fronte. Il lungo solco che squarciava la giungla svaporava tutt'intorno a lui. Si stava inerpicando a stento fra tronchi e liane spezzati quando un uccello, un balenio rosso e giallo, sfavillò in alto con un acuto da strega; e a quest'urlo ne fece eco un altro, che diceva:

«Ciao! Aspetta un attimo!»

La vegetazione lì accanto al solco fu scossa da un sussulto e miriadi di goccioline di pioggia ricaddero picchiettando.

«Aspetta un attimo,» disse la voce «sono rimasto impigliato.»

Il ragazzo biondo si fermò, poi tirò su i calzettoni, un riflesso automatico che per un istante diede alla giungla un tocco di contea londinese.

La voce parlò di nuovo.

«Fra tutte queste liane non riesco quasi a muovermi.»

Il proprietario della voce uscì rinculando dal sottobosco, cosicché la sua giacchetta impermeabile unta di grasso venne tutta lacerata dagli arbusti. Le curve nude delle ginocchia, impigliate e scorticate fra i rovi, erano grassottelle. Si chinò, rimosse accuratamente le spine, poi si girò. Era meno alto del ragazzo biondo, e molto grasso. Avanzò, studiando cauto dove metteva i piedi, e solo dopo volse lo sguardo in su attraverso le lenti spesse.

«Dov'è l'uomo col megafono?»

Il ragazzo biondo scosse la testa.

«Questa è un'isola. O almeno, penso sia un'isola. Al largo c'è una barriera corallina. Forse grandi non ce ne sono, da nessuna parte.»

Il ragazzo grasso parve turbato.

«Ma c'era quel pilota. Però non stava nel vano passeggeri, era là, nella cabina di comando.»

Il ragazzo biondo, strizzando gli occhi, continuava a scrutare la barriera corallina.

«Quei bambini, tutti quegli altri» lo incalzò il ragazzo grasso. «Certi devono essere usciti. Devono avercela fatta, non ti pare?»

Il ragazzo biondo cominciò a farsi strada verso il mare con quanta più naturalezza potesse. Tentava di sembrare disinvolto senza palesare però un'indifferenza totale, ma il ragazzo grasso lo seguì a ruota.

«Allora non ci sono proprio più dei grandi?»

«Credo proprio di no.»

Il ragazzo biondo lo disse in tono solenne; ma poi si lasciò travolgere dall'euforia di un sogno divenuto realtà. Nel bel mezzo del solco si mise in verticale a testa in giù e sogghignò verso l'immagine rovesciata di quel ragazzo grasso.

«Niente grandi!»

Il ragazzo grasso meditò per un attimo.

«Ma quel pilota.»

Il ragazzo biondo lasciò scivolare giù i piedi e si sedette sulla terra fumante di vapore.

«Dev'essere volato via dopo averci mollati. Qui non poteva mica atterrare. Non con un aereo con le ruote.»
«Ci hanno attaccato!»
«Tornerà di sicuro.»
Il ragazzo grasso scosse la testa.
«Mentre venivamo giù guardavo da uno di quegli oblò. L'ho visto, l'altro pezzo dell'aereo. C'erano fiamme che uscivano.»
Con lo sguardo, percorse il solco in tutta la sua lunghezza.
«E questo l'ha fatto la fusoliera.»
Il ragazzo biondo si sporse a toccare il ceppo scalfito di un tronco d'albero. Per un attimo, parve interessato.
«E alla fusoliera che è successo?» chiese. «Dov'è finita ora?»
«L'ha trascinata in mare la tempesta. Deve esserci stato il finimondo, con tutti quegli alberi che cadevano. Là dentro dovevano esserci ancora dei bambini.»
Esitò per un istante, ma ripartì subito alla carica.
«Come ti chiami?»
«Ralph.»
Il ragazzo grasso aspettò che gli venisse chiesto a sua volta il proprio nome, ma questa profferta d'amicizia cadde nel vuoto; il biondo chiamato Ralph sorrise, vago, si alzò e cominciò a farsi strada di nuovo verso la laguna. Il ragazzo grasso gli stava sempre alle calcagna.
«Credo che parecchi di noi siano dispersi qua in giro. Per caso non hai visto nessun altro?»
Ralph scosse la testa e allungò il passo. Fu allora che inciampò in un ramo e cascò giù con uno schianto.
Il ragazzo grasso lo raggiunse, il respiro affannato.
«La zia mi ha detto di non correre,» spiegò «è per via della mia asma.»
«*Miasma*?»
«Asma. Mi manca il fiato. A scuola, ero l'unico ad ave-

re l'asma» aggiunse il ragazzo grasso con una punta d'orgoglio. «E a tre anni ho cominciato a mettere gli occhiali.»

Se li tolse per mostrarli a Ralph, strizzando gli occhi e sorridendo, poi cominciò a pulirli strofinandoli contro la giacchetta a vento lercia. Un'espressione afflitta, come un ripiegarsi in se stesso, alterò i tratti di quel volto pallido. Deterse alla meglio il sudore sulle guance e veloce inforcò gli occhiali in cima al naso.

«Quella frutta.»

Scrutò tutt'intorno al solco.

«Quella frutta,» disse «magari...»

Si riaggiustò gli occhiali, si allontanò da Ralph a grandi passi e si accovacciò nel groviglio della vegetazione.

«Ne ho per un minuto...»

Con cautela, Ralph si districò da dov'era caduto e si dileguò tra i rami. In pochi secondi si era lasciato alle spalle i grugniti del ragazzo grasso e marciava spedito verso l'ultimo ostacolo che ancora lo separava dalla laguna. Si arrampicò su per un tronco divelto ed eccolo fuori dalla giungla.

La spiaggia era ricoperta da un piumaggio di palme. Svettavano o pendevano o si inchinavano incontro alla luce, e le piume verdi sventolavano alte nell'aria, a una trentina di metri. Il terreno sottostante era una sponda ricoperta di malerba, devastata dagli sconvolgimenti di alberi caduti, disseminata ovunque di noci di cocco in putrefazione e alberelli di palma. Dietro, l'oscurità della foresta vera e propria e lo spazio squarciato dal solco. Ralph se ne stava lì in piedi, una mano poggiata a un tronco grigio; strizzava gli occhi, fissi sull'acqua scintillante. Laggiù, forse a un chilometro di distanza, la spuma bianca schiumava sulla barriera corallina, e oltre la barriera il mare aperto era di un blu cupo. Racchiusa entro quell'arco irregolare di corallo, la laguna era immobile come un lago alpino – tutte le gradazioni dell'azzurro, e poi sfumature in ombra di verde e di viola. La spiaggia tra l'acqua e la terrazza di palme era la sottile doga di un arco, apparentemente senza fine, perché alla sinistra di Ralph la prospettiva delle palme, della spiaggia e dell'acqua si perdeva in un punto all'infinito; e ovunque, impalpabile ma quasi visibile, incombeva la calura.

In un balzo fu giù dalla terrazza. Le scarpe nere affondarono nella sabbia e lo assalì il caldo. Ora sentiva tutto il peso dei suoi vestiti; con forza scalciò via le scarpe e in un colpo solo si strappò ciascuna calza insieme all'elastico. Rimontò poi sulla terrazza, si sfilò la camicia, e rimase là, circondato da noci di cocco precipitate che parevano teschi; intanto, le verdi ombre delle palme e della foresta gli scivolavano sulla pelle. Sganciò la fibbia a serpentello della cintura, tirò giù pantaloni corti e mutande, ed eccolo nudo, a rimirare l'acqua e la spiaggia abbagliante.

A dodici anni e qualche mese, era grande abbastanza da aver già perduto l'addome prominente dell'infanzia; eppure, non era ancora abbastanza grande da assumere quell'aria maldestra che arriva con l'adolescenza. Due spalle ampie e squadrate lasciavano forse presagire un futuro pugile, ma la dolcezza degli occhi e del disegno delle labbra tradivano un'indole per nulla demoniaca. Una lieve carezza sul tronco di palma e sì, allora quell'isola esisteva davvero, si disse; gli sfuggì di nuovo una risata gioiosa e si rituffò in una verticale a testa in giù. Riatterrò perfettamente in piedi, balzò sulla spiaggia, si inginocchiò e rastrellò una doppia bracciata di sabbia componendola a montagna sul torace. Tornò poi a sedersi e guardò l'acqua con occhi sfavillanti, esaltati.

«Ralph...»

Il ragazzo grasso si calò sulla terrazza e cauto si accomodò sul ciglio, usandolo a mo' di sedile.

«Scusa se sono stato via così tanto. Ma quella frutta...»

Ripulì gli occhiali e se li aggiustò sul nasino tondo. La

montatura gli aveva lasciato il segno giusto sul ponte, una V rovesciata, profonda e rosea. Squadrò critico il corpo dorato di Ralph e poi i propri vestiti. Portò una mano alla linguetta della cerniera lampo del giubbetto chiuso fino al petto.

«Mia zia...»

Deciso, aprì allora la lampo e una volta per tutte si sfilò via su per la testa la giacchetta impermeabile.

«Ecco!»

Ralph lo sbirciò di sbieco ma non disse niente.

«Avremo bisogno di sapere i nomi di tutti, immagino,» disse il ragazzo grasso «per poi fare una lista. Dovremmo indire un'assemblea.»

Ralph non colse l'allusione ai nomi e perciò il ragazzo grasso si vide costretto a proseguire.

«Non m'importa mica come mi chiameranno,» aggiunse in tono confidenziale «purché non mi chiamino come a scuola.»

In Ralph aleggiò un tiepido interesse.

«E come ti chiamavano?»

Il ragazzo grasso si diede un'occhiata alle spalle, poi si chinò verso Ralph.

«Mi chiamavano Piggy» sussurrò.

Ralph scoppiò a ridere. Balzò in piedi.

«Piggy! Piggy!»

«Ralph... per favore!»

Piggy congiunse le mani, angosciato.

«Ti ho detto che non volevo...»

«Piggy! Piggy!»

Ralph accennò una danza, tagliando l'aria calda della spiaggia, e poi ripiegò come un aereo da combattimento, ad ali spiegate, e mitragliò Piggy.

«Ra-ta-ta-ta-ta!»

Si tuffò in picchiata nella sabbia ai piedi di Piggy e lì giacque ridendo.

«Piggy!»

Piggy sorrise riluttante, compiaciuto suo malgrado persino di quel tipo di riconoscimento.

«Finché non lo dici agli altri...»

Ralph ridacchiava sulla sabbia. Quell'espressione afflitta e assorta riaffiorò sul viso di Piggy.

«Un attimo solo.»

Si precipitò di nuovo nella foresta. Ralph si alzò e trotterellò lungo la spiaggia, verso destra.

A un certo punto, la spiaggia veniva bruscamente interrotta da un elemento del paesaggio ben squadrato; una vasta piattaforma di granito rosa si stagliava netta tra foresta, terrazza, sabbia e laguna, come a formare una specie di banchina rialzata di un metro o poco più. La cima di questo spiazzo era ricoperta da uno strato sottile di terriccio ed erbacce, ed era ombreggiata solo da palme giovani. Non c'era terra a sufficienza perché si sviluppassero in altezza, per cui quando arrivavano a circa sei metri, cadevano e si seccavano, formando una geometria di tronchi incrociati, molto adatta a sedervisi sopra. Le palme che ancora resistevano in piedi intessevano la trama di un tetto verde, illuminato nella sua parte inferiore da un groviglio di riflessi tremuli provenienti dalla laguna. Ralph si issò su questa specie di piazzale, ne apprezzò la frescura e la penombra, chiuse un occhio, e sì, decise che le ombre sul suo corpo erano verdi per davvero. Si fece strada fino al margine della piattaforma che affacciava sul mare e rimase a contemplare giù, nell'acqua. Era limpida fino al fondale e riluceva delle vivaci efflorescenze di alghe e coralli tropicali. Un banco di pesciolini minuscoli, scintillanti, guizzava qua e là. Ralph parlò tra sé, un ululato di soddisfazione come le corde pizzicate di un basso:

«Whizzoh!»

Oltre la piattaforma, nuovi incanti ancora. Qualche calamità naturale – un tifone, forse, o la medesima tempesta che aveva accompagnato il loro stesso arrivo – aveva smosso un banco di sabbia all'interno della laguna, fino a creare una piscina lunga e profonda bordata dalla spiaggia, e racchiusa alla fine da un'alta cornice in granito rosa. Ralph già in passato era rimasto deluso da altre piscine naturali, profonde solo in apparenza, perciò si avvicinò circospetto, pronto a essere deluso. Ma no, l'isola non si smentì, e la sbalorditiva piscina, che chiaramente il mare invadeva solo con l'alta marea, era così profonda a un'estremità da apparire verde scura. Ralph la ispezionò minuziosamente in tutta la lunghezza, all'incirca una trentina di metri, e poi vi si tuffò. La temperatura dell'acqua era più alta di quella corporea e gli sembrava di nuotare in una vasca da bagno immensa, calda.

Riapparve Piggy; sedette sul bordo di granito e guardò il corpo bianco e verde di Ralph con una punta d'invidia.

«Accidenti, come nuoti.»

«Piggy.»

Piggy si sfilò calze e scarpe; le dispose meticolosamente sul cornicione, poi saggiò l'acqua con l'alluce.

«Ma è calda!»

«E cosa ti aspettavi?»

«Non mi aspettavo proprio niente. La zia...»

«Ma al diavolo tua zia!»

Ralph si inabissò e nuotò sott'acqua a occhi aperti; il lato sabbioso della piscina gli si profilò come il pendio di una collina. Si rigirò di schiena, tenendosi il naso tappato, e una luce dorata danzò, rifrangendosi in pieno sul suo viso. Con piglio deciso, Piggy iniziò a togliersi i pantaloni corti. Ecco, adesso era proprio nudo, traboccante di grasso ceruleo. Discese lungo la sabbia del bordo della piscina in punta di piedi e si sedette; l'acqua gli lambiva il collo e lui sorrideva, orgoglioso, a Ralph.

«Non vieni a nuotare?»

Piggy scosse la testa.

«Non so nuotare. Non mi davano il permesso. La mia asma...»

«Ancora sto' miasma, al diavolo!»

Piggy sorvolò sulla battuta trincerato in una sorta di umile pazienza.

«Accidenti, nuoti alla grande.»

Ralph nuotò a dorso lungo il crinale del bordo, immerse la bocca e spruzzò in aria un getto d'acqua. Poi, mento in su, gli spiegò:

«A cinque anni sapevo già nuotare. Me l'ha insegnato papà. È comandante nella Marina. Appena avrà una licenza verrà a salvarci. E tuo padre cos'è?»

In un baleno, Piggy avvampò.

«Mio papà è morto,» disse rapido «e la mamma...»

Si tolse gli occhiali, cercando invano qualcosa con cui pulirli.

«Vivevo insieme alla zia. Lei aveva un negozio di dolci. Mi dava sempre un sacco di dolci, tutti quelli che volevo. E quand'è che verrà a salvarci il tuo papà?»

«Appena potrà.»

Grondante d'acqua, Piggy si issò e rimase lì in piedi, nudo, a strofinare le lenti degli occhiali con un calzino. Ora, attraverso la calura del mattino, li raggiungeva un unico suono: il ruggito delle onde che si infrangevano sulla barriera, lungo, scrosciante.

«E come lo sa che siamo qui?»

Ralph si distese nell'acqua. Il sonno lo avvolgeva, proprio come il viluppo di quei miraggi che lottavano con lo splendore della laguna.

«Come fa a sapere che siamo qui?»

Come fa, pensò Ralph, come fa, come fa. Il ruggito proveniente dalla barriera corallina si fece più remoto ancora.

«Glielo diranno quelli là, quelli dell'aeroporto.»

Piggy scosse la testa, di nuovo inforcò gli occhiali lampeggianti e fissò in giù, verso Ralph.

«Ma no. Non hai sentito quel che ha detto il pilota? La bomba atomica! Là sono tutti morti.»

Ralph riemerse dall'acqua, si piazzò davanti a Piggy, faccia a faccia, e considerò quest'insolito problema.

Piggy lo incalzava.

«Questa è un'isola, no?»

«Mi sono arrampicato su di una roccia,» disse Ralph lentamente «e credo proprio che sia un'isola.»

«Dunque, sono tutti morti,» fece Piggy «e questa è un'isola. Quindi nessuno sa che siamo qui. Il tuo papà non lo sa, non lo sa nessuno...»

Gli tremarono le labbra e il fiato gli appannò le lenti.

«Allora può anche darsi che rimarremo qui fino alla morte.»

A queste parole, il caldo parve gonfiare fino a trasformarsi in un gravame minaccioso e la laguna li aggredì col suo bagliore accecante.

«Vado a recuperare i miei vestiti» mormorò Ralph. «Sono laggiù.»

Trotterellò sulla sabbia, stoico sotto il sole implacabile, attraversò la piattaforma e ritrovò i vestiti sparpagliati in giro. Indossare di nuovo la camicia grigia fu strano, piacevole. Si arrampicò poi lungo il bordo della piattaforma e andò a sedersi nell'ombra verde, su di un bel tronco comodo. Anche Piggy arrancò fin su, trasportando sottobraccio gran parte dei suoi panni. Cauto, finì per sistemarsi su di un altro fusto, crollato presso la piccola falesia digradante verso la laguna. Un ricamo luminoso di bagliori fremette su di lui.

Solo allora parlò.

«Dobbiamo trovare gli altri. Dobbiamo fare qualcosa.»

Ralph non rispose. Ecco, quella era davvero un'isola di corallo. Si abbandonava al languore dei sogni, al riparo dal sole, dimentico del nefasto incalzare di Piggy.

Piggy insistette.

«In quanti saremo?»

Ralph si fece innanzi e rimase in piedi davanti a Piggy.

«Non lo so.»

Sotto la vampa di calore, lievi brezze increspavano le acque levigate un po' ovunque. Appena questi venticelli raggiungevano la piattaforma, ecco il sussurro delle fronde delle palme, e la carezza dei raggi del sole, smorzati, sui corpi dei due ragazzi; macchie di luce che guizzavano nell'ombra come scintillanti folletti alati.

Piggy alzò lo sguardo verso Ralph. Sul viso del ragazzo, tutte le ombre si riflettevano all'inverso; la fronte era verde, ma sul mento si adagiava una luce chiara, riverbero della laguna. Una venatura di sole gli strisciava tra i capelli.

«Dobbiamo fare qualcosa.»

Ralph lo fissò senza vederlo. Finalmente ecco quel sogno, carezzato solo nelle nebbie dell'immaginazione, balzare fuori nella vita reale. Le labbra di Ralph si schiusero in un sorriso felice e Piggy, scambiando quel sorriso rivolto a lui per un cenno d'amicizia, rise compiaciuto.

«Allora, se questa è davvero un'isola...»

«Che cos'è?»

Ralph aveva smesso di sorridere e stava indicando un punto preciso nella laguna. Tra un manto di alghe felciformi, giaceva impigliato qualcosa color crema.

«Una pietra.»

«No. È una conchiglia.»

Tutt'a un tratto Piggy gongolò, preda di un decoroso entusiasmo.

«Hai ragione. È proprio una conchiglia. Ne ho già vista un'altra uguale. Appesa al muro del cortile di un mio amico. Lui la chiamava strombo. Di solito ci soffiava dentro, la conchiglia suonava e poi arrivava la sua mamma. E deve pure costare un occhio...»

Accanto al gomito di Ralph, un alberello di palma si inchinava sulla laguna. Anzi, col suo peso stava già sollevando in una gobba il poco terriccio a cui era aggrappato, e aveva i giorni contati. Il ragazzino divelse quel virgulto e cominciò a frugare nell'acqua, tra i pesciolini iridescenti che guizzavano ovunque. Piggy si sporse pericolosamente.

«Attento! La romperai...»

«Ma sta' zitto.»

Ralph parlava distrattamente. Quella conchiglia era un oggetto interessante, grazioso, valeva la pena di star lì a giocarci; ma le vivide immagini del suo sogno a occhi aperti interferivano ancora tra lui e Piggy, che con quel sogno non c'entrava affatto. L'alberello di palma, flettendosi, spingeva la conchiglia attraverso le alghe. Una mano di Ralph fungeva da fulcro, l'altra esercitava invece una moderata pressione, fin quando la conchiglia non venne a galla, gocciolante, e Piggy riuscì ad acchiapparla.

Ora che la conchiglia non era più una visione intangibile, anche Ralph si lasciò trascinare dall'entusiasmo. Piggy cianciava:

«... Uno strombo; per giunta vale un sacco di soldi. Se volessi comprarne uno, bisognerebbe sborsare sterline su sterline, mi ci gioco la testa – lui ce l'aveva appeso lì sul muro del giardino, e mia zia...»

Ralph prese la conchiglia dalle mani di Piggy e un rivoletto d'acqua gli scivolò sul braccio. Era una conchiglia di un intenso color panna, screziata qua e là di un rosa evanescente. Dalla punta, erosa tanto da creare un forellino, fino alle labbra rosee dell'altra estremità, misurava quasi cinquanta centimetri e, ravvolta su se stessa in una lieve spirale, era adorna di un delicato disegno in rilievo. Ralph la scosse; dai meandri della spirale venne fuori un po' di sabbia.

«... Muggiva, proprio come una mucca...» disse Piggy. «Il mio amico aveva anche certe pietre bianche, e una gabbia per uccelli, con dentro un pappagallo verde. Le pietre bianche mica gli servivano per suonare, ovvio, e diceva...»

Piggy fece una pausa per riprendere fiato e accarezzò l'oggetto risplendente tra le mani di Ralph.

«Ralph!»

Ralph alzò lo sguardo.

«Ci può servire per chiamare gli altri. Per fare un'adunata. Vedrai, verranno tutti qui appena la sentiranno...»

Fissava Ralph raggiante.

«Ecco quel che avevi in mente, o mi sbaglio? È per questo che hai recuperato la conchiglia dall'acqua!»

Ralph cacciò indietro i capelli biondi.

«E come faceva quel tuo amico a suonare la conchiglia?»

«Faceva come quando si sputa» rispose Piggy. «La zia mi proibiva di suonarla per via della mia asma. Lui diceva che si doveva cacciare fuori l'aria da qui sotto.» Piggy si passò una mano sull'addome prominente. «Provaci, Ralph. Dài, prova a chiamare gli altri.»

Perplesso, Ralph portò alle labbra il forellino della conchiglia e vi soffiò dentro. Dalla bocca della conchiglia uscì solo un fruscio, nient'altro. Ralph si asciugò l'acqua salata dalle labbra e tentò di nuovo, ma la conchiglia rimase muta.

«Faceva una specie di sputo.»

Ralph increspò le labbra e spruzzò l'aria nella conchiglia, che emise un suono greve, una specie di scorreggia. Entrambi i ragazzi trovarono questa flatulenza così esilarante che per qualche minuto Ralph continuò a soffiarci dentro, tra eccessi di risa.

«Il fiato lo prendeva da quaggiù.»

Ralph afferrò il concetto e soffiò nella conchiglia tutta l'aria che aveva al di sotto del diaframma. Immediatamente quella cosa suonò. Una nota grave, penetrante, tuonò sotto le palme, dilagò nei meandri della foresta e infine l'eco rimbalzò sul granito rosa della montagna. Nuvole di uccelli si sollevarono dalle cime degli alberi, e qualcosa stridì e filò via nel sottobosco.

Ralph staccò le labbra dalla conchiglia.

«Accidenti!»

La sua voce di sempre sembrava un sussurro, dopo la nota grave della conchiglia. La riportò alle labbra, prese un respiro profondo e soffiò, ancora una volta. La nota esplose di nuovo e poi, a una modulazione più decisa, quella stessa nota, risalendo di un'ottava, si trasformò in uno squillo acuto, più penetrante che mai. Piggy urlava qualcosa, la faccia contenta, gli occhiali luccicanti. Gli uccelli gridavano, piccoli animali si davano a una fuga precipitosa. A Ralph mancò il fiato; la nota cadde di un'ottava, si spense in un ciangottio roco, in una folata d'aria.

La conchiglia ora taceva, una zanna luccicante; il viso di Ralph, senza fiato, era livido per lo sforzo, e l'aria dell'isola era affollata del clamore degli uccelli e di echi remoti.

«Scommetto che si riesce a sentire per chilometri e chilometri.»

Ralph recuperò il fiato e soffiò, emettendo una serie di squilli brevi.

Piggy esclamò: «Eccone uno!».

Tra le palme lungo la spiaggia, all'incirca a un centinaio di metri di distanza, era apparso un bambino. Era un ragazzino di forse sei anni, biondo e robusto, i vestiti laceri, la faccia tutta impiastricciata di frutta. Si era calato i calzoni per ovvie ragioni e li aveva rialzati solo a metà. Dalla terrazza di palme balzò giù nella sabbia e i calzoni gli franarono alle caviglie; ne sgusciò fuori e trotterellò verso la piattaforma. Piggy lo aiutò a salire. Intanto, Ralph continuava a soffiare; si udirono voci, grida provenienti dalla foresta. Il ragazzino si accovacciò davanti a Ralph, lo fissava da sotto in su, lo sguardo vivace. Appena si rese conto che quel suono aveva uno scopo preciso, assunse un'aria soddisfatta, e un pollice rosa, il suo unico dito rimasto pulito, gli scivolò in bocca.

Piggy si chinò su di lui.

«Come ti chiami?»

«Johnny.»

Piggy borbottò quel nome tra sé e lo urlò a Ralph, che non batté ciglio perché stava ancora suonando. Aveva il viso congestionato dallo sforzo e dal piacere di emettere quel boato favoloso, e la camicia appiccicata sul petto gli vibrava al battito cardiaco. Le grida nella foresta si avvicinavano.

Ora, sulla spiaggia, si intravedevano segni di vita. La sabbia, tremolante sotto la cortina dell'arsura, dissimulava numerose figure per chilometri; attraverso quella sabbia calda, muta, dei ragazzi si stavano facendo strada verso la piattaforma. Tre bambini piccoli, non più grandi di Johnny, emersero da un anfratto della foresta sorprendentemente vicino, dove si stavano ingozzando di frutta. Un ragazzino bruno, non molto più giovane di Piggy, sgusciò fuori da un intrico del sottobosco, proseguì fin sulla piattaforma, e sorrise a tutti allegramente. Ne arrivavano sempre di più. Prendendo esempio dall'ignaro Johnny, si sedevano sui tronchi delle palme crollate, e aspettavano. Ralph continuava a emettere squilli brevi, penetranti. Piggy si muoveva tra la folla, domandava i nomi e si accigliava nello sforzo di tenerli a mente. I bambini gli tributavano la stessa obbedienza ingenua che avevano offerto agli uomini coi megafoni. Certi erano nudi, i vestiti tra le mani; altri mezzi nudi, o abbigliati alla meglio con le divise scolastiche: giacchette o magliette grigie, blu, marroncine. Spiccavano stemmi, persino motti, bande colorate su calze e pullover. Nell'ombra verde, le teste dei bambini seduti sui tronchi si infoltivano; teste brune, bionde, corvine, castane, rossicce, cinerine; teste che parlottavano, bisbigliavano, teste piene di occhi interrogativi che fissavano Ralph. Ecco, finalmente qualcosa si stava muovendo.

I bambini che arrivavano lungo la spiaggia, isolati o in coppia, apparivano all'improvviso, quando varcavano la nebbia della canicola approdando alla sabbia più vicina.

In quel punto, all'inizio, l'occhio si lasciava ingannare dalla sagoma di una creatura nera, una specie di pipistrello danzante sulla sabbia; solo a un secondo sguardo si percepiva la presenza di un corpo al di sopra di questa chiazza. Il pipistrello altro non era che l'ombra del bambino, ridotta dal sole allo zenit a una macchia tra i piedi frettolosi. Persino mentre soffiava, Ralph notò l'ultimo paio di corpi che raggiungevano la piattaforma su di un'unica, svolazzante patacca scura. I due ragazzi, due teste tonde dai capelli color della stoppa, si gettarono ai piedi di Ralph, gioiosi e ansimanti come cani. Erano gemelli, e alla vista si rimaneva esterrefatti e increduli di queste vivaci repliche. Respiravano allo stesso ritmo, avevano il medesimo sorriso, erano esuberanti e tracagnotti. Sorridevano a Ralph; due bocche spalancate dalle labbra umide, tese, come se il volto fosse a corto di pelle, così da far apparire quei due profili curiosamente stirati. Piggy abbassò su di loro gli occhiali lampeggianti e tra gli squilli della conchiglia si riusciva a sentirlo ripeterne i due nomi.

«Sam, Eric, Sam, Eric.»

Un pastrocchio, insomma: i gemelli scuotevano le teste e si indicavano l'un l'altro, tra le risate della folla.

Alla fine, Ralph smise di soffiare e si sedette, la conchiglia abbandonata in una mano, il capo chino tra le ginocchia. Via via che svanivano gli echi, scemavano anche le risate, e fu silenzio.

Tra la foschia adamantina della spiaggia, brancolava una sagoma scura. Fu Ralph ad avvistarla per primo, e la fissò con una concentrazione così intensa da guidare gli occhi di tutti in quella direzione. Poi quella specie di creatura varcò la soglia tra miraggio e sabbia nitida, e ci si accorse che quell'insieme nero non era solo ombra, anzi, era soprattutto la massa di colore dei vestiti. In realtà, la creatura era una squadra di ragazzi in marcia, che cadenzavano un passo abbozzato in due file parallele ed erano agghindati in modo stravagante, con abiti eccentrici. Portavano in mano calzoni corti, camicie e indumenti vari: ma ogni ragazzo indossava un copricapo nero squadrato, con uno stemma d'argento. I corpi erano avviluppati, dalla gola fino alle caviglie, in mantelli neri che sul petto, a sinistra, avevano una lunga croce argentata, e ogni collo era rifinito da un pizzo arricciato. La calura dei tropici, la discesa, la ricerca di cibo, e ora questa marcia grondante lungo la spiaggia infuocata, tutto ciò lo avevano dipinto sul volto; tutte le facce di quei ragazzi erano stravolte, sembravano prugne lavate. Colui che li comandava era vestito allo stesso modo, con la differenza che lo stemma del suo copricapo era d'oro. Appena la squadra fu a una decina di metri dalla piattaforma, gridò un ordine e si fermarono, ansanti, sudati, barcollanti in quella luce feroce. Il comandante venne in avanti, balzò sulla piattaforma col mantello svolazzante, e spiò in quella che gli pareva un'oscurità quasi assoluta.

«Dov'è il tizio con la tromba?»

Ralph capì che era accecato dal sole.

«Non c'è nessun tizio con la tromba. Ci sono solo io» rispose.

Il ragazzo si avvicinò e si chinò a sbirciare Ralph, il viso tutto accigliato. La vista di quel biondino con una conchiglia color panna sulle ginocchia non sembrò affatto soddisfarlo perché si voltò di scatto, con gran sventolio del mantello nero.

«Allora non c'è nessuna nave?»

Avvolto nel fluttuante mantello, era alto, magro e ossuto; sotto il copricapo nero, aveva i capelli rossi. La faccia punteggiata di lentiggini era come incartapecorita, brutta ma tutt'altro che stupida. In quel viso, due occhi chiari, azzurro slavato, saettavano uno sguardo pungente, ora frustrato, ma pronto a infiammarsi di collera.

«Non c'è nessun uomo qui?»

Alle sue spalle, Ralph gli parlò:
«No, stiamo facendo un'assemblea. Venite anche voi.»
La squadra dei mantelli cominciò a sgranare la fila serrata. Il ragazzo alto gridò:
«Coro! Fermi tutti!»
Con spossata obbedienza, il coro si rintruppò in fila e rimase là, immobile, a oscillare nel sole. Eppure, si alzò qualche fiacca protesta.
«Senti, Merridew. Merridew, per favore... ma non possiamo?»
Uno dei coristi crollò a peso morto nella sabbia, a faccia in giù, e nella fila ci fu il caos. Issarono il ragazzo caduto sulla piattaforma e ve lo sistemarono lungo e disteso. Merridew, gli occhi rapaci, fece buon viso a cattivo gioco.
«Allora va bene. Mettetevi seduti. Lasciatelo lì.»
«Ma Merridew.»
«Sviene sempre» tagliò corto Merridew. «È svenuto a Gibilterra, idem a Addis Abeba, e sveniva sempre ai mattutini, addosso al precettore.»
Quest'ultima chicca fece ridacchiare i coristi, che si erano appollaiati come tanti uccelli neri sull'intrico dei tronchi, da dove esaminavano Ralph incuriositi. Piggy non chiese nomi. Era rimasto intimorito dall'egemonia che aleggiava su quelle uniformi e dalla disinvolta autorità della voce di Merridew. Si rannicchiò di lato, dietro Ralph, e si affaccendò coi suoi occhiali.
Merridew si rivolse a Ralph.
«Non ci sono adulti?»
«No.»
Merridew sedette su di un tronco e spaziò in giro con lo sguardo.
«Allora dobbiamo cavarcela da soli.»
Al sicuro accanto a Ralph, sull'altro lato, Piggy azzardò:
«Ecco perché Ralph ha indetto un'assemblea. Così possiamo decidere il da farsi. Ci siamo fatti dare i nomi. Lui è

Johnny. Quei due... sono gemelli, Sam ed Eric. Chi è Eric...? Tu? No... tu sei Sam...»

«Io sono Sam...»

«E io sono Eric.»

«È meglio se diciamo tutti il nostro nome,» fece Ralph «allora, io sono Ralph.»

«Sappiamo i nomi di quasi tutti» disse Piggy. «Ce li siamo fatti dare proprio ora.»

«Nomi di bambini» sentenziò Merridew. «Perché dovrei farmi chiamare Jack? Io sono Merridew.»

Di scatto, Ralph si girò verso di lui. Quella era la voce di uno che sapeva il fatto suo.

«Poi» continuò Piggy «quel ragazzo... non me lo ricordo...»

«Parli troppo» disse Jack Merridew. «Sta' zitto, Grassone.»

Scoppiò una risata generale.

«Non si chiama Grassone,» esclamò Ralph «il suo vero nome è Piggy!»

«Piggy!»

«Piggy!»

«Oh, Piggy!»

Tutti risero a crepapelle, all'unisono, persino i bambini più piccoli, nessuno escluso. Per un attimo, fu come se tutti i ragazzi si fossero stretti in un circolo solidale ai danni di Piggy: lui si fece paonazzo, chinò la testa e si rimise a pulire gli occhiali.

Alla fine le risate scemarono e ricominciò la storia dei nomi. C'era Maurice, tra i ragazzi del coro secondo in altezza dopo Jack, ma di corporatura robusta, e sempre sorridente. C'era poi un ragazzo esile, furtivo, che non dava confidenza a nessuno; se ne stava per i fatti suoi, protetto dall'intima pervicacia di chi vuole evitare tutto e tutti. Mormorò di chiamarsi Roger e si richiuse nel suo silenzio. Bill, Robert, Harold, Henry; il ragazzo del coro che era svenuto si sedette appoggiato a un tronco di palma, rivolse un pallido sorriso a Ralph e disse di chiamarsi Simon.

Jack parlò:

«Dobbiamo decidere come faremo per farci salvare.»

Sorse un brusio. Uno dei bambini, Henry, disse che voleva andare a casa.

«Piantala» disse Ralph, assorto. Sollevò la conchiglia. «Mi sembra che per prendere delle decisioni dovremmo avere un capo.»

«Un capo! Un capo!»

«Il capo dovrei farlo io» sentenziò Jack, con arroganza spicciola «perché sono maestro del coro e anche capoclasse. So cantare in do diesis.»

Un altro brusio.

«Be', allora,» disse Jack «io...»

Esitava. Il ragazzo ombroso, Roger, alla fine si riscosse e prese la parola.

«Facciamo un'elezione.»

«Sì!»

«Votiamo il nostro capo!»

«Mettiamolo ai voti...»

Questo gioco delle elezioni sembrava divertente quasi quanto la conchiglia. Jack cominciò a protestare, ma la concitazione generata dal desiderio collettivo di avere un capo si tramutò nell'elezione di Ralph stesso a furor di popolo. Nessuno dei ragazzi sarebbe riuscito a trovare una ragione valida per questa scelta; chi finora aveva dato prova di intelligenza era stato Piggy, d'altro canto era evidente che chi aveva il carisma del capo era Jack. Ma, lì seduto, Ralph emanava una calma fuori dal comune, straordinaria; e poi era alto, bello. E c'era la malia della conchiglia, oscura, sotterranea, e proprio per questo più potente. Il fatto che l'avesse suonata, e che poi li avesse aspettati seduto sulla piattaforma con quell'oggetto delicato in bilico sulle ginocchia: ecco ciò che lo distingueva tra tutti.

«Quello della conchiglia.»
«Ralph! Ralph!»
«Eleggiamo capo lui, quello che suona la tromba.»
Ralph alzò la mano per imporre silenzio.
«Va bene. Chi vuole che il capo sia Jack?»
Le mani dei ragazzi del coro, obbedienti e malinconiche, si levarono.
«Chi vuole me?»
Ogni mano fuori dal coro scattò in alto, tutte eccetto quella di Piggy. Poi, anche Piggy alzò la mano in aria, malvolentieri.
Ralph le contò.
«Allora, il capo sono io.»
Un applauso scrosciò tra i ragazzi seduti in circolo. Applaudì persino il coro, e per la mortificazione Jack avvampò, al punto che le lentiggini del viso scomparvero, sgranate nel rossore. Si alzò, poi cambiò idea e si sedette di nuovo tra il chiasso dilagante. Ralph lo guardò, ansioso di risarcirlo in qualche modo.
«Il coro è tuo, naturalmente.»
«Potrebbero fare i soldati...»
«O i cacciatori...»
«Potrebbero fare...»
La vampa scolorò dalla faccia di Jack. Con un cenno della mano Ralph chiese il silenzio.
«Jack è al comando del coro. Possono fare... voi cosa volete che facciano?»
«I cacciatori.»
Jack e Ralph si scambiarono un sorriso di timida simpatia. Tutti gli altri cominciarono a vociare concitati.
Jack si alzò.
«Okay, coro. Toglietevi gli abiti di dosso.»
Come alla fine di una lezione, i ragazzi del coro si alzarono, e chiacchierando ammonticchiarono i mantelli neri sull'erba. Jack adagiò il suo su di un tronco vicino a Ralph.

I corti pantaloni grigi gli si incollavano addosso per il sudore. Ralph gli lanciò un'occhiata stupita, e Jack, intercettando lo sguardo, spiegò:

«Ho tentato di salire su quella collina per vedere se tutt'intorno ci fosse acqua. Ma la tua conchiglia ci ha richiamati.»

Ralph sorrise e alzò la conchiglia per chiedere silenzio.

«Ascoltatemi tutti. Dovete lasciarmi un po' di tempo per riflettere. Non posso decidere qui su due piedi quel che dobbiamo fare. Se questa non è un'isola, be', allora potremmo anche essere salvati subito. Quindi, per prima cosa dobbiamo sapere se questa è un'isola. Dovete rimanere tutti qui nei paraggi ad aspettare, senza allontanarvi. Solo tre di noi – se fossimo di più sarebbe il caos, ci perderemmo –, solo tre di noi andranno in avanscoperta per capire se siamo su un'isola oppure no. Andremo io, Jack e, e...»

Si guardò intorno, scrutando un circolo di facce ansiose. C'era l'imbarazzo della scelta.

«E Simon.»

I ragazzi vicino a Simon ridacchiarono e, mentre si alzava, sorrideva un po' anche lui. Ora che il pallore dello svenimento era svanito, si vedeva che era un ragazzino vivace, smilzo, il cui sguardo sbucava fuori da un'incombente zazzera di capelli lisci, neri e spessi.

Annuì verso Ralph.

«Eccomi.»

«Ci sono anch'io...»

Jack portò la mano dietro la schiena, estrasse dal suo fodero un coltello piuttosto grande e lo scagliò nel tronco. La vibrazione del colpo ronzò nell'aria, e infine svanì.

Piggy si riscosse.

«Vengo anch'io.»

Ralph si girò verso di lui.

«Non è roba per te.»

«Comunque...»

«Non ti vogliamo» tagliò corto Jack. «Tre bastano.»

Gli occhiali di Piggy sfavillarono.

«Ero con lui quando ha trovato la conchiglia. Ero con lui prima di chiunque altro.»

Nessuno gli badò, né Jack, né gli altri. Ci fu una diaspora generale. Ralph, Jack e Simon balzarono giù dalla piattaforma e si incamminarono lungo la sabbia, oltrepassando la piscina naturale. Piggy trotterellava, goffo, al seguito.

«Se mettiamo Simon in mezzo» disse Ralph «noi che siamo più alti riusciremo a parlarci meglio.»

Tutti e tre cominciarono a marciare al passo. Ciò comportava che, di tanto in tanto, Simon dovesse improvvisare una doppia falcata per tenersi al ritmo degli altri due. Di lì a poco, Ralph si fermò e si girò, verso Piggy.

«Aspettate.»

Jack e Simon fecero finta di niente. Continuarono a camminare.

«Non puoi venire.»

Gli occhiali di Piggy si appannarono di nuovo – questa volta di umiliazione.

«Gliel'hai detto. Dopo che ti avevo avvertito.»

La faccia avvampò, gli tremavano le labbra.

«Dopo che ti avevo avvertito che non volevo...»

«Ma di che diavolo stai parlando?»

«Del fatto di essere chiamato Piggy. Ti ho detto che non mi importava che tu lo sapessi, ma non volevo che gli altri mi chiamassero Piggy; ti avevo chiesto di non dirlo e tu sei andato a raccontarglielo subito...»

Tra i due calò un silenzio tombale. Ralph, guardando Piggy con una comprensione nuova, lo vide ferito e umiliato. Si dibatté tra due repliche opposte, chiedergli scusa o infierire ancora.

«Meglio Piggy che Grassone,» sentenziò, con la franca schiettezza di un vero capo «e comunque mi dispiace che tu ci sia rimasto male. Adesso torna indietro, Piggy, e fatti dare i nomi. Il tuo lavoro è questo. Ciao.»

Si voltò e si slanciò all'inseguimento degli altri due. Piggy rimase lì fermo e pian piano il rossore della mortificazione gli svanì dalle guance. Poi ritornò alla piattaforma.

I tre ragazzi camminavano rapidamente sulla sabbia. Era bassa marea, e lungo la spiaggia si era formata una crosta di alghe solida, dura quasi come una strada. Un alone di avventura li avvolgeva in quel paesaggio, ed essi, in preda all'euforia, ne erano inebriati. Sguardi che rimbalzavano tra loro, risa eccitate, parole a vanvera. L'aria risplendeva di luce. Ralph, cercando di tradurre in un gesto quest'ebbrezza, si cimentò in una verticale, ma fece un ruzzolone. Ne risero tutti a crepapelle, poi Simon carezzò il braccio di Ralph, timido, e giù, di nuovo a ridere.

«Muoviamoci,» disse Jack dopo un po' «siamo o non siamo degli esploratori?»

«Andremo fin dove finisce l'isola,» aggiunse Ralph «e daremo un'occhiata dall'altra parte.»

«Se è un'isola...»

Ormai i miraggi cominciavano a svanire perché era già pomeriggio inoltrato. Raggiunsero il punto estremo dell'isola e si resero conto di com'era fatta, senza sortilegi che ingannassero la vista o la ragione. Anche lì c'era il solito guazzabuglio di massi squadrati, con un gran blocco unico che sporgeva nella laguna, dove nidificavano gli uccelli marini.

«Come glassa su una torta» disse Ralph.

«Dietro quest'angolo non troveremo un bel niente,» soggiunse Jack «perché non c'è niente da scoprire. Qui la terra fa solo una curva pigra – e poi guardate, gli scogli diventano sempre peggio...»

Ralph si riparò gli occhi dal sole facendosi schermo con le mani e seguì il frastagliato profilo degli scogli fin sopra la montagna. Questa parte della spiaggia era vicinissima alla montagna, molto più delle altre che avevano esplorato.

«Tenteremo di scalare la montagna partendo da questo lato» disse. «Mi sembra la via più facile. La giungla è meno fitta qui, guardate quanta roccia rosa. Andiamo.»

I tre ragazzi cominciarono ad arrampicarsi. Qualche forza sconosciuta aveva divelto e scagliato questi blocchi di pietra che adesso giacevano ovunque, sbilenchi, spesso ammonticchiati l'uno sull'altro a formare dei cumuli digradanti. La struttura della montagna era costituita proprio da quest'accumulo roccioso: la scogliera rosa era sormontata da un blocco asimmetrico; poi si innalzava una nuova parete con sopra altri macigni e così via, finché tutto quel granito rosa non diventava un'unica massa di roccia compatta che si stagliava attraverso il fantastico groviglio delle liane della foresta. Il suolo accanto alle pareti di granito rosa era percorso da sentierini che si inerpicavano in su a zigzag. Riuscivano a seguirli attraverso i meandri di quell'universo vegetale, senza perdere di vista la roccia.

«Chi avrà fatto questo sentiero?»

Jack si fermò, tergendosi il sudore dal volto. Ralph lo raggiunse, senza fiato.

«Uomini?»

Jack scosse la testa.

«Animali.»

Ralph sbirciò nel buio tra gli alberi fitti. La foresta vibrava, impercettibile.

«Andiamo.»

La difficoltà stava non tanto nella scalata delle ripide pendici rocciose, ma in quelle occasionali incursioni attraverso il sottobosco alla ricerca di un sentiero nuovo. Qui, fusti e radici di rampicanti si infittivano in tali grovigli inestricabili che i ragazzi dovevano faticare ad aprirsi un varco, insinuandosi all'interno come aghi di pino. Il loro unico punto di riferimento per orientarsi, a parte la terra scura e le fugaci chiazze di luce che penetravano il fogliame, era l'andamento del pendio: per non sbagliare, tentavano di ficcare i piedi nella matassa di liane cercando solo quei buchi che sembravano in salita.

In un modo o nell'altro, proseguirono l'ascensione.

Mentre erano sepolti in quest'intrico, e forse nel momento più drammatico, Ralph si voltò verso gli altri con un luccichio negli occhi.

«Fenomenale.»

«Che roba.»

«Fantastico.»

Il motivo di tanto entusiasmo non era poi così ovvio. Avevano caldo tutti e tre, erano lerci ed esausti. Ralph era pieno di graffi. Le piante rampicanti erano spesse come le loro cosce e si ingarbugliavano in cunicoli difficili da penetrare. A titolo sperimentale, Ralph cacciò un urlo, ma gli rispose solo un'eco smorzata.

«Questa è un'esplorazione vera e propria» disse Jack. «Ci scommetto la testa che nessuno è mai stato qui prima d'ora.»

«Dovremmo disegnare una mappa,» aggiunse Ralph «solo che non abbiamo carta.»

«Potremmo incidere delle tacche sulla corteccia degli alberi» suggerì Simon «e poi strofinarci sopra dei segni neri.»

Di nuovo occhi scintillanti si incrociarono nel buio, in solenne comunione.

«Fenomenale.»

«Che roba.»

Qui non c'era posto per una verticale a testa in giù. Questa volta, Ralph espresse l'intensità della sua euforia fingendo di mettere a tappeto Simon; e in un attimo eccoli felici, ammucchiati l'uno sull'altro, ansanti nella penombra del sottobosco.

Appena si separarono, il primo a parlare fu Ralph.

«Dobbiamo salire fino in cima.»

La successiva parete di granito roseo distava parecchio dall'intrico degli alberi e delle liane, perciò dovettero allungare il passo su per il sentiero – il quale li fece approdare in una radura della foresta, ed ecco apparire in lontananza la distesa del mare. Il sole si fece strada in quello spazio aperto e asciugò il sudore che aveva inzuppato gli abiti dei ragazzi imprigionati nella calotta umida del buio afoso. Alla fine, il cammino per la cima si trasformò in un'arrampicata sulla roccia rosea, senza più immersioni nel fitto della selva. I ragazzi si facevano strada tra gole e pietraie di sassi aguzzi.

«Ehi, guardate un po' qua!»

Su questo lato dell'isola, le rocce disseminate e frante svettavano in alto, a guisa di faraglioni e ciminiere. Jack si appoggiò alla più vicina e, quando la spinsero in tre, la pietra si mosse col rumore di una macina che tritura.

«Su, ragazzi, andiamo...»

Ma quell'"andiamo" non era un'esortazione a raggiungere la vetta. L'assalto alla cima poteva anche attendere, perché i ragazzi avevano deciso di accettare la sfida. La roccia aveva le dimensioni di una piccola automobile.

«Forza!»

Ondeggiarono avanti e indietro, per prendere il ritmo.

«Forza!»

Avanti e indietro, avanti e indietro, come l'oscillazione di un pendolo, sempre più ampia, sempre di più, finché addio equilibrio... sempre di più...

«Forza!»

Il masso indugiò, rimase sospeso in bilico; decise di non tornare più indietro e tagliò l'aria; cadde, sbatté, si capovolse, balzò ronzando attraverso l'etere e si schiantò, aprendo uno squarcio profondo nella vegetazione della foresta. Ovunque fu un rimbombare di echi e uno svolazzare di uccelli, si alzò una nube di polvere bianca e rosea, la foresta sottostante venne scossa come dal passaggio di un mostro furioso; poi sull'isola calò il silenzio.

«Fenomenale!»

«Una bomba!»
«Iuuuu-huuu!»
Per cinque minuti buoni non riuscirono a liberarsi dall'incantesimo di questo trionfo, ma alla fine si rimisero in marcia.
Ormai era facile raggiungere la cima. Appena approdarono sull'ultimo tratto, Ralph si fermò.
«Caspita!»
Erano sull'orlo di un circo, o di un anfiteatro, sul fianco della montagna, circondati da fiori blu, una varietà che cresce sulle rocce. I fiori traboccavano dall'orlo dell'anfiteatro e si riversavano copiosi tra la vegetazione della foresta. L'aria era gremita di farfalle che volavano e si posavano, ed era un fremito di ali ovunque.
Oltre il circo, troneggiava la cima squadrata della montagna, e ben presto i tre vi furono sopra.
Che questa fosse un'isola, l'avevano indovinato già da tempo: mentre si arrampicavano tra le rocce rosa, col mare sui due lati e respirando l'aria cristallina d'alta quota, l'avevano intuito d'istinto che li circondava il mare. Ma prima di dire l'ultima parola, quella definitiva, attesero di essere in cima, e di vedere tutt'intorno il filo d'acqua rotondo dell'orizzonte.
Ralph si girò verso gli altri.
«Quest'isola ci appartiene.»
Aveva suppergiù la forma di una barca: i ragazzi si trovavano sulla poppa, su una specie di gobba formata da massi che alle loro spalle calavano fino alla spiaggia in un gran guazzabuglio. Su entrambi i fianchi, rocce, falesie, chiome d'alberi e un pendio scosceso: ma sul davanti, nel senso della lunghezza della barca, il declivio digradava più dolce, foderato di alberi, punteggiato di rosa; e poi ecco la pianura, inondata dalla giungla, verde scura, che finiva abbozzando una coda rosa. Là dove l'isola spariva nell'acqua, affiorava un altro isolotto; uno scoglio, quasi

staccato, si ergeva come una specie di forte, li affrontava al di là del verde come un bastione roseo, spavaldo.

I ragazzi scrutarono tutto ciò, poi rivolsero lo sguardo al mare. Si trovavano in alto, e nel pomeriggio avanzato nessun miraggio mistificava il profilo nitido del paesaggio.

«Quella è una barriera. Una barriera corallina. È come nelle fotografie che ho visto.»

All'incirca a un chilometro e mezzo di distanza, la barriera circondava più di un lato dell'isola, e correva parallela a quella che ormai i ragazzi chiamavano la loro spiaggia. Il corallo era scarabocchiato in mare come se un gigante si fosse chinato per ricopiare la forma dell'isola in un fluttuante profilo di gesso, stancandosi prima di finirlo. All'interno, l'acqua era azzurrina iridescente, scogli e alghe si ammiravano in bella mostra come in un acquario; fuori, il mare aperto, blu cupo. La marea saliva, lunghe ghirlande di spuma fluttuavano sulla barriera e per un attimo sembrò che la poppa della barca si stesse muovendo a marcia indietro.

Jack indicò un punto in basso.

«Siamo atterrati là.»

Oltre dirupi e falesie si apriva un visibile squarcio tra gli alberi; c'erano i tronchi spezzati e poi la striscia del solco, che solo alla fine una sottile frangia di palme divideva dal mare. E laggiù, sporgente nella laguna, ecco la piattaforma; tutt'intorno vi formicolavano dei lillipuziani, piccoli come insetti.

Ralph abbozzò con l'indice un percorso tortuoso che, partendo dal cocuzzolo calvo su cui si trovavano, digradava lungo un pendio, si insinuava in una gola straripante di fiori, e curvava per poi approdare sulle rocce dove cominciava il solco.

«Ecco la strada più corta per tornare indietro.»

Gli occhi scintillanti, le bocche aperte, trionfali, assaporavano il privilegio del dominio. Erano inebriati, erano amici.

«Niente fumo di villaggi e niente barche» scandì Ralph, assennato. «Più tardi verificheremo, ma penso che quest'isola sia disabitata.»

«Ci procureremo del cibo» gridò Jack. «Andremo a caccia. Tenderemo delle trappole... finché non verranno a prenderci.»

Simon li guardò entrambi; senza proferire parola, faceva di sì con la testa e il casco di capelli seguiva, ricadendo avanti e indietro: il suo volto era raggiante.

Ralph scrutò l'altro lato della montagna, la parte che non era bordata dalla barriera corallina.

«Più ripido» disse Jack.

Ralph unì le mani a coppa.

«Guardate laggiù, quel pezzo di foresta... abbarbicato alla montagna.»

La montagna era una trama di alberi che si infittivano ovunque – fiori e alberi. Tutt'a un tratto, la foresta si riscosse, ruggì, si agitò. Poi le distese di fiori e le rocce più vicine palpitarono, e la brezza fresca raggiunse i ragazzi, aleggiò sui loro volti forse per mezzo minuto.

Ralph aprì le braccia.

«Tutto questo è nostro.»

Tra le capriole, risero e gridarono in cima alla montagna.

«Ho fame.»

Bastò che Simon si dicesse affamato, per ricordare agli altri due un gran buco allo stomaco.

«Allora in marcia» disse Ralph. «Abbiamo scoperto quel che volevamo sapere.»

Si scapicollarono giù per la pendice rocciosa, calarono tra la profusione di fiori e si aprirono un varco sotto l'intrico degli alberi. Qui si fermarono a esaminare i cespugli che li attorniavano, con curiosità.

Simon parlò per primo.

«Sembrano candele. Cespugli di candele. Boccioli di candele.»

Quei cespugli erano sempreverdi scuri e aromatici, traboccanti di boccioli di un verde cereo, che ancora chiusi si avviluppavano verso la luce. Jack ne squarciò uno col coltello e il suo profumo li inondò in un effluvio.

«Boccioli di candele.»

«Non possiamo mica accenderle» disse Ralph. «Sembrano delle candele, ma non sono vere.»

«Candele verdi,» fece Jack sdegnoso «non si mangiano. Andiamocene.»

Si apprestavano a entrare nell'intrico della foresta vera e propria, incedendo con passo pesante e piedi stanchi su di una stretta pista battuta, quando sentirono dei rumori – come degli squittii – e il colpo duro di zoccoli pestati sul sentiero. Man mano che si inoltravano, lo squittio aumentava finché non divenne frenesia furiosa. Si imbatterono in un maialino rimasto intrappolato in un groviglio di liane, lì a scagliarsi contro i cordami elastici come un indemoniato, la forza del terrore puro. Emetteva un verso acuminato, la punta di un ago, incalzante. I tre ragazzi gli corsero incontro e Jack estrasse di nuovo il coltello con un gesto plateale. Alzò il braccio in aria. Poi ci fu una pausa, un intervallo; il maiale continuò a strillare e le liane a scuotersi, e la lama continuò a lampeggiare in cima al braccio ossuto. La pausa si protrasse giusto il tempo necessario perché i tre ragazzi comprendessero l'enormità di quel gesto, di quel fendente verso il basso. Poi il maialino si svincolò dalle liane e schizzò via nel sottobosco. Rimasero a guardarsi l'un l'altro, e a contemplare la scena di un simile terrore. Sotto le lentiggini, la faccia di Jack era bianca. Si rese conto di impugnare ancora il coltello col braccio alzato; lo abbassò, riponendo la lama nel fodero. Solo allora risero tutti e tre, imbarazzati, e ricominciarono a inerpicarsi lungo il sentiero di prima.

«Stavo scegliendo il punto giusto» disse Jack. «Stavo solo cercando di capire dove colpirlo.»

«I maiali si infilzano con un bastone» disse Ralph, feroce. «Lo sanno tutti che si infilzano con un bastone.»

«Ai maiali si taglia la gola per far uscire il sangue,» disse Jack «se no non si può mangiare la carne.»

«E perché non l'hai...»

Lo sapevano benissimo perché non l'aveva fatto: per l'enormità del coltello che scende, e taglia, attraverso la carne viva; per il sangue intollerabile.

«Stavo per farlo» disse Jack. Camminava davanti a loro, perciò non potevano vederlo in faccia. «Stavo scegliendo il punto giusto. La prossima volta...!»

Strappò fuori il coltello dal fodero e lo scagliò in un tronco d'albero. La prossima volta non avrebbe avuto pietà. Si guardò intorno feroce, come per sfidarli a contraddirlo. Poi emersero in pieno sole, e per un po' si diedero da fare a cercare frutta e a divorarla mentre scendevano lungo il solco, verso la piattaforma e verso gli altri.

II

Fuoco sulla montagna

Ralph aveva appena smesso di soffiare nella conchiglia, che la piattaforma era già gremita. C'era qualche differenza tra quest'assemblea e quella tenutasi al mattino. Il sole pomeridiano calava sul lato opposto della piattaforma e la maggior parte dei bambini, accortisi troppo tardi del bruciore provocato dalle scottature, si erano rivestiti. I ragazzi del coro avevano archiviato i mantelli e il gruppo era visibilmente meno compatto.

Ralph si sedette su un tronco abbattuto, col sole alla sua sinistra. Quasi tutti i ragazzi del coro si erano disposti alla sua destra; a sinistra c'erano gli altri più grandi, quelli che si conoscevano già prima dell'evacuazione; davanti i bambini piccoli, accovacciati tra l'erba.

Silenzio, ora. Ralph sollevò la conchiglia sulle ginocchia, tutta rosea e color crema, e un repentino soffio di brezza scompigliò la luce sulla piattaforma. Non sapeva se alzarsi in piedi o rimanere seduto. Sbirciò di lato, alla sua sinistra, verso la piscina. Piggy si era installato lì vicino, ma non gli offriva il minimo aiuto.

Ralph si schiarì la voce.

«Dunque.»

D'un tratto, si rese conto che le parole sarebbero sgorgate fluenti per spiegare quel che aveva da dire. Si passò una mano tra i capelli biondi e attaccò:

«Siamo su un'isola. Siamo saliti in cima alla montagna e abbiamo visto l'acqua tutt'intorno. Non abbiamo avvistato né case, né fumo, né impronte, né barche, né gente. Siamo su di un'isola disabitata, dove oltre a noi non c'è nessun altro.»

Jack si intromise.

«Comunque, un esercito ci vuole sempre – per andare a caccia. A caccia di maiali...»

«Sì, sull'isola ci sono dei maiali.»

In tre si accavallarono per dare un'idea di quell'animale roseo, lì a dibattersi tra le liane.

«L'abbiamo visto...»

«Strillava...»

«Poi si è svincolato ed è scappato...»

«Prima che riuscissi ad ammazzarlo... ma... la prossima volta!»

Jack conficcò il coltello in un tronco e si guardò attorno, con aria di sfida.

L'assemblea si ricompose e la spiegazione proseguì.

«Quindi» riprese Ralph «abbiamo bisogno di cacciatori per procurarci la carne. E un'altra cosa.»

Alzò la conchiglia dalle ginocchia e scrutò quei visi intorno a sé, illuminati dal sole calante.

«Grandi non ce ne sono. Dovremo cavarcela da soli.»

L'adunanza fu tutta un mormorio, poi calò il silenzio.

«E un'altra cosa. Non possiamo parlare tutti insieme. Dovremo parlare a turno, per alzata di mano, come a scuola.»

Sospese la conchiglia davanti al viso e ne rimirò le labbra.

«Darò lo strombo a chi ha il diritto di parlare.»

«Lo strombo?»

«È così che si chiama la conchiglia. Darò lo strombo a chi vuole parlare dopo di me e chi parla lo terrà in mano tutto il tempo.»

«Ma...»
«Scusa...»
«E non sarà interrotto da nessuno. Solo da me.»
Jack balzò in piedi.
«Avremo delle leggi!» gridò eccitato. «Un sacco di leggi! E se qualcuno sgarra...»
«Bene!»
«Bravo!»
«Boing!»
«Bang!»
Ralph sentì che qualcuno gli prendeva la conchiglia dal grembo; ed ecco Piggy lì, ritto, la grande conchiglia color crema stretta al petto. Le urla scemarono. Jack, ancora in piedi, fissò Ralph sconcertato; lui sorrise, picchiettando le dita sul tronco. Allora Jack si sedette. Piggy si tolse gli occhiali e guardò l'assemblea, gli occhi socchiusi, mentre puliva gli occhiali con un lembo della camicia.
«State interrompendo Ralph. Gli impedite di arrivare al punto, alla cosa più importante.»
Fece una pausa a effetto.
«Allora, chi è che sa dove siamo?»
«All'aeroporto lo sapevano.»
«L'uomo con quella specie di tromba...»
«Il mio papà.»
Piggy si rimise gli occhiali.
«Nessuno sa dove siamo» disse Piggy. Era diventato più pallido di prima e gli mancava il fiato. «Forse sapevano dove stavamo andando; o forse no. Ma non sanno dove siamo adesso, perché non siamo mai arrivati a destinazione.» Per un attimo rimase a guardarli a bocca aperta, poi vacillò e tornò a sedersi. Ralph gli prese la conchiglia dalle mani.
«Era quel che stavo per dire,» proseguì «ma poi voi, tutti quanti...» Fissò le facce ipnotizzate. «L'aereo ha preso fuoco, è stato abbattuto. Nessuno sa dove siamo. Potremmo anche rimanere qui molto tempo.»

Seguì un silenzio profondo, tombale; si sentiva addirittura l'affanno di Piggy, quando riusciva a prendere fiato o soffocava. Il sole obliquo adagiava una lamina d'oro su metà della piattaforma. Le brezze, che fino ad allora si erano rincorse sulla laguna giocherellando ad acchiapparsi la coda come gattini, si facevano adesso strada sulla piattaforma, si insinuavano nella foresta. Ralph ricacciò indietro una ciocca di capelli biondi che gli pendeva sulla fronte.

«Quindi, potremmo anche rimanere qui per un sacco di tempo.»

Nessuno parlò. Lui sorrise, all'improvviso.

«Ma questa è un'isola felice. Noi – io, Jack e Simon – ci siamo arrampicati sulla montagna. È stato fantastico. C'è da mangiare e da bere, e...»

«Rocce...»

«Fiori blu...»

Piggy, in parte riavutosi, indicò la conchiglia nelle mani di Ralph, e Jack e Simon si azzittirono. Ralph proseguì.

«Mentre aspettiamo, su quest'isola possiamo anche divertirci.»

Si sbracciava.

«Siamo come in un libro.»

D'un tratto, ci fu un gran chiasso.

«L'isola del tesoro...»

«L'isola misteriosa...»

«L'isola di corallo...»

Ralph sbandierò la conchiglia.

«Quest'isola è nostra. È un'isola felice. Finché i grandi non verranno a prenderci, ci divertiremo.»

Jack tese la mano per chiedere la conchiglia.

«Ci sono maiali» disse. «C'è da mangiare; e possiamo lavarci nell'acqua dolce di quel ruscelletto laggiù – abbiamo tutto. Qualcuno di voi ha scoperto qualcos'altro?»

Porse di nuovo la conchiglia a Ralph e si sedette. Apparentemente, nessuno aveva trovato nulla.

I ragazzi più grandi dapprima notarono il bambino solo perché opponeva resistenza. C'era un gruppetto di piccoli che lo pressava a farsi avanti, ma lui recalcitrava. Era uno scricciolo, sei anni suppergiù, e aveva una guancia tutta chiazzata da una voglia color mora. Se ne stava in piedi ora, ma era curvo e contratto sotto il peso feroce delle luci della ribalta, con un alluce aggrappato alle erbacce. Sul punto di scoppiare in lacrime, farfugliava qualcosa.

Gli altri piccolini lo spinsero verso Ralph, in un brusio di sussurri gravi.

«E va bene,» disse Ralph «allora, dicci un po'.»

Il bambino si guardò attorno in preda al panico.

«Su, parla!»

Il bambino allungò le mani per prendere la conchiglia ma l'assemblea scoppiò a ridere; allora le ritrasse subito, e cominciò a piangere.

«Lasciategli prendere la conchiglia!» sbottò Piggy. «Lasciategliela prendere!»

Alla fine, Ralph lo indusse a tenere la conchiglia, ma nel frattempo lo scroscio di risa lo aveva ammutolito. Piggy, la mano poggiata sulla grande conchiglia, gli si inginocchiò accanto per ascoltarlo e poi parlò lui all'assemblea, in qualità di portavoce.

«Vuole sapere cosa intendete fare per la cosa-che-striscia.»

Ralph rise, e gli altri ragazzi risero insieme a lui. Il bambino si rannicchiò ancora di più.

«Raccontaci della cosa-che-striscia.»

«Adesso dice che è una bestiaccia.»

«Una bestiaccia?»

«Una cosa-che-striscia. Grande così. L'ha vista.»

«Dove?»

«Nella foresta.»

Una lieve frescura calò sotto gli alberi, forse erano brezze di passaggio, o forse il sole che declinava. I ragazzi lo avvertirono e si agitarono irrequieti.

«Non può esserci una bestiaccia, una cosa-che-striscia, su un'isola di queste dimensioni» spiegò Ralph, gentile. «Ci sono solo nei grandi paesi come l'Africa, o come l'India.»

Mormorii; e gravi cenni di assenso col capo.

«Dice che la bestiaccia è arrivata nel buio.»

«Allora non poteva mica vederla!»

Risate e applausi.

«Ma lo avete sentito? Dice che ha visto quella cosa al buio...»

«Ripete che l'ha vista, quella bestiaccia. Andava e veniva, e poi ritornava perché voleva mangiarlo...»

«Se la sarà sognata.»

Fra le risate, Ralph cercò sostegno guardando le facce in circolo attorno a lui. I ragazzi più grandi annuirono; ma qua e là tra i piccoli serpeggiava quell'incertezza che non poteva acquietarsi con una mera rassicurazione razionale.

«Di sicuro avrà avuto un incubo. Sognava di inciampare tra tutte quelle liane.»

Cenni del capo più gravi; sì, sapevano bene cosa fosse un incubo.

«Ripete che ha visto quella bestiaccia, la cosa-che-striscia, e chiede: stanotte tornerà?»

«Ma 'sta bestiaccia non esiste!»

«Dice che al mattino si è trasformata in quelle cose sugli alberi, in quelle corde che pendono dai rami. Chiede se tornerà stanotte.»

«Ma non c'è nessuna bestiaccia!»

Niente più risate adesso, solo occhiate cupe. Ralph si passò entrambe le mani fra i capelli e guardò il bambinetto in preda a un miscuglio di divertimento ed esasperazione.

Jack agguantò la conchiglia.

«Naturalmente, ha ragione Ralph. Non c'è nessuna cosa-che-striscia. Ma anche se ci fosse un serpente, gli daremmo la caccia e lo uccideremmo. Andremo a caccia di maiali; ci procureremo carne per tutti. E cercheremo anche il serpente...»

«Ma non c'è nessun serpente!»

«Controlleremo quando andremo a caccia.»

Ralph era irritato e, in quel momento, si sentì sconfitto. Intuiva di avere di fronte a sé qualcosa di inafferrabile. In tutti quegli occhi che lo fissavano così intensamente, non colse neanche un pizzico di umorismo.

«Ma non c'è nessuna bestia!»

Un impeto sconosciuto era là, lo scuoteva dentro e lo costrinse a ribadire ancora, a gran voce:

«Ma se vi dico che non c'è nessuna bestia!»

L'assemblea rimase in silenzio.

Ralph alzò la conchiglia di nuovo e, appena gli venne in mente quel che aveva da dire, gli tornò il buonumore.

«Ma adesso veniamo al punto, alla cosa più importante. Ci ho pensato a lungo. Ci pensavo mentre scalavamo la montagna.» Con un sogghigno da cospiratore, dardeggiò uno sguardo verso gli altri due. «E anche adesso sulla spiaggia. Ecco quel che ho pensato. Noi vogliamo divertirci. E vogliamo essere salvati.»

Il clamore appassionato del consenso dell'assemblea lo travolse come un'ondata e perse il filo del discorso. Tornò a riflettere.

«Dunque, vogliamo essere salvati; e naturalmente verremo salvati.»

Gran chiacchiericcio tra il pubblico. Quella semplice dichiarazione, senza il conforto di nessun'altra prova salvo il prestigio della nuova autorevolezza di Ralph, portò luce e gioia. Dovette sbandierare la conchiglia per riuscire a richiamarli all'ascolto.

«Mio padre è nella Marina. Mi ha detto che non esiste più nessuna isola sconosciuta. Dice che la Regina ha una grande stanza piena di mappe e che su queste mappe ci sono disegnate sopra tutte le isole del mondo. Quindi, la Regina ha un disegno di quest'isola.»

Di nuovo fu acclamato tra grida di allegria e buonumore.

«E, prima o poi, approderà qui una nave. Potrebbe anche essere la nave di papà. Quindi, come vedete, prima o poi, verranno a salvarci.»

Alla fine di questo proclama, fece una pausa. Grazie a quelle sue parole, l'assemblea lievitava verso la salvezza. Lo amavano, e ora lo rispettavano. Spontaneamente, cominciarono a battere le mani, e in un istante la piattaforma risuonò di applausi. Ralph arrossì, guardando furtivo verso Piggy, traboccante d'ammirazione, e poi verso Jack, sul lato opposto, che sogghignava, facendo mostra di applaudire anche lui.

Ralph sventolò la conchiglia.

«Zitti! Un momento! Ascoltatemi!»

Proseguì nel silenzio, librandosi sulle ali del suo trionfo.

«C'è un'altra cosa. Possiamo aiutarli a trovarci. Se una nave si avvicina all'isola, potrebbe anche non accorgersi di noi. Allora, dobbiamo fare del fumo in cima alla montagna. Dobbiamo fare un fuoco.»

«Un fuoco! Sì, facciamo un fuoco!»

D'un tratto, metà dei ragazzi balzarono in piedi. Jack schiamazzava in mezzo a loro, la conchiglia dimenticata.

«Andiamo! Seguitemi!»

L'area sotto le palme si colmò di trambusti e viavai. Anche Ralph era in piedi; gridava per indurli al silenzio, ma nessuno lo ascoltava. All'improvviso, la folla brancolò verso l'interno dell'isola e tutti se n'erano andati – dietro a Jack. Si avventurarono persino i bambini piccoli, facendo del loro meglio per aprirsi un varco tra foglie e rami spezzati. Ralph, la conchiglia tra le mani, si ritrovò solo con Piggy.

Il respiro di Piggy era tornato quasi normale.

«Dei mocciosi!» sbottò sdegnoso. «Si comportano come un branco di mocciosi!»

Ralph gli rivolse uno sguardo frastornato e poi posò la conchiglia su un tronco d'albero.

«Scommetto che è già passata l'ora del tè» disse Piggy. «Cosa pensano di riuscire a fare su quella montagna?»

Accarezzò la conchiglia con devozione, poi si bloccò e alzò gli occhi.

«Ehi! Ralph! Ma dove te ne vai?»

Ralph si stava già inerpicando sulle prime zolle devastate del solco. Un bel po' sopra di lui, echeggiavano le risate di tutti tra lo schianto dei rami spezzati. Piggy lo osservò con disgusto.

«Come un branco di mocciosi...»

Sospirò, si chinò e si allacciò le stringhe delle scarpe. Il frastuono dell'assemblea errante svanì su per la montagna. Poi, con quell'aria da martire che assume un padre quando è costretto a star dietro all'esuberanza insensata dei figli, prese la conchiglia, si volse verso la foresta e cominciò a farsi strada lungo il solco martoriato.

Oltre la cima della montagna, sull'altro versante ma più in basso, c'era uno spiazzo invaso dalla foresta. Per farsi sentire, Ralph ancora una volta riunì le mani a coppa davanti alle labbra, a mo' di megafono.

«Laggiù potremo procurarci tutta la legna che vogliamo.»

Jack assentì, mordendosi il labbro inferiore. Una trentina di metri sotto di loro, sul fianco più impervio della montagna, quel luogo sembrava fatto apposta per far rifornimento di legname. Gli alberi erano rinvigoriti dal caldo umido, ma racimolavano ben poco terreno per crescere sani, quindi crollavano presto, decomponendosi al suolo: piante rampicanti li avvolgevano, e nuovi alberelli tentavano di innalzarsi da quel groviglio.

Jack si voltò verso il coro, già all'erta in attesa di istruzioni, i neri copricapi dell'uniforme scivolati su un orecchio, come berretti.

«Ammasseremo una catasta di legna. Al lavoro.»

Scelsero il percorso più facile per scendere e cominciarono a divellere i pezzi di legno morto. Anche i bambinetti che erano riusciti ad arrivare sino in cima si calarono a scivoloni finché tutti, tranne Piggy, si ritrovarono affaccendati. Gran parte della legna era marcia, tanto che quando la smuovevano si sbriciolava in una miriade di frammenti e onischi e putredine; ma qualche tronco riuscivano a estrarlo integro. Sam ed Eric, i gemelli, furono i primi a individuare un gran ceppo adatto allo scopo, ma non riuscirono a smuoverlo finché Ralph, Jack, Simon, Roger e Maurice non arrivarono a dare manforte. Issarono a fatica quella carcassa grottesca su per la roccia, fino a farla rotolare sulla cima della montagna. Ogni drappello di ragazzi dava il proprio contributo, modesto o significativo, e la catasta cresceva. Durante un viaggio successivo, Ralph si ritrovò alle prese con un tronco, da solo insieme a Jack; si scambiarono un sorriso di intesa e condivisero quel fardello. Ancora una volta, tra la brezza, le grida e i raggi del sole calante sull'alta montagna, aleggiò un'aura di avventura, irrorata dalla strana luce impalpabile dell'amicizia e della gioia.

«Quasi quasi è troppo pesante.»

Jack sorrise di nuovo.

«Non per noi due.»

Insieme, uniti nello sforzo di sorreggere quel peso, risalirono barcollando l'ultimo tratto ripido della montagna. Insieme, scandirono: «Uno! Due! Tre!» e fecero precipitare il ceppo sulla grande catasta. Poi fecero un passo indietro, tra risate compiaciute e trionfali, felici al punto che Ralph si esibì in una gioiosa verticale a testa in giù. Nello spiazzo sottostante i ragazzi erano ancora affaccendati, benché alcuni dei piccoli, stufi, stessero già perlustrando la nuova foresta alla ricerca di frutta. Nel frattempo i gemelli, con insospettata intelligenza, si arrampicavano in cima trasportando bracciate di foglie secche che riversavano sul mucchio di legna. Uno alla volta, appena si accorgevano che la catasta era pronta, i ragazzi smisero di andare a prendere altra legna e rimasero sulla vetta di granito roseo e franto. Il respiro tornava regolare ora, e il sudore si asciugava.

Ralph e Jack si guardarono, mentre il drappello tutt'intorno taceva. Crebbe in loro una consapevolezza vergognosa, né sapevano da che parte cominciare per vuotare il sacco.

Ralph parlò per primo, il viso paonazzo.

«Lo fai tu?»

Si schiarì la gola e rincarò:

«Accendi tu il fuoco?»

Adesso che il paradosso della situazione era palese, anche Jack arrossì. Confuso, iniziò a farfugliare:

«Allora, si prendono due pezzi di legno e si strofinano...»

Fissò Ralph, che si lasciò sfuggire la confessione finale della propria incompetenza.

«Nessuno ha dei fiammiferi?»

«Si fa un arco e si fa ruotare la freccia» disse Roger. Sfregò le mani nel tentativo di mimare l'accensione. «Psss. Psss.»

Si alzò un filo d'aria sulla montagna, e con la brezza arrivò Piggy; calzoni corti e camicia, si affannava in un cauto districarsi al limitare della foresta, mentre la luce serale del sole risplendeva sui suoi occhiali. Teneva la conchiglia sottobraccio.

Ralph gli urlò:

«Piggy! Hai dei fiammiferi?»

Gli altri ragazzi riecheggiarono quel grido finché la montagna non risuonò. Piggy scosse la testa e giunse presso la catasta.

«Accidenti! Avete fatto un mucchio bello grande, o mi sbaglio?»

All'improvviso, Jack puntò il dito verso di lui.

«I suoi occhiali... possiamo usarli come lenti ustionanti!»

Piggy venne circondato prima che riuscisse a battere la ritirata.

«Ehi... Lasciatemi stare!» Mentre Jack gli strappava gli occhiali dal viso, la voce si innalzò a un acuto di terrore. «Attento! Ridammeli! Non ci vedo quasi più! Romperete la conchiglia!»

Ralph lo spinse via col gomito e si inginocchiò sulla catasta.

«Toglietevi dalla luce.»

Tira, molla, grida importune. Ralph mosse le lenti su e giù, di qua e di là, finché l'immagine bianca, lucente, del sole al tramonto non si fissò su di un pezzo di legno marcio. Quasi subito si elevò un filo di fumo sottile che lo fece tossire. Jack si inginocchiò pure lui e soffiò adagio, di modo che il fumo volò via, ispessendosi, e apparve una lieve fiammella. La fiammella, dapprima quasi invisibile nella brillante luce del sole, avvolse un piccolo rametto, crebbe, si arricchì di colore e raggiunse un ramo che esplose, con uno schiocco deciso. La fiamma svolazzò più alta e i ragazzi si abbandonarono a urla di gioia.

«I miei occhiali!» ululò Piggy. «Ridatemi gli occhiali!»

Ralph venne via dalla catasta per riconsegnare gli occhiali nelle mani brancolanti di Piggy, la cui voce scemò in un mormorio.

«Solo ombre, nient'altro che ombre. Mi vedo a stento le mani...»

I ragazzi stavano ballando. La legna della catasta era così marcia che ora, sulla brace divenuta secca, rami interi divampavano furiosi, avvolti in fiamme gialle; le fiamme si libravano in su, agitavano una gran barba di fuoco vibrante nell'aria, alta più di cinque metri. Tutt'attorno al fuoco, per parecchi metri, il calore era una vampa cocente, e la brezza un fiume di scintille. I tronchi si sbriciolavano in cenere bianca.

Ralph gridò:

«Altra legna! Andate tutti a raccogliere altra legna!»

La vita divenne una gara col fuoco, e i ragazzi si sparpagliarono in lungo e in largo per la foresta più prossima alla vetta. Mantenere vivo sulla montagna quel chiaro segnale di fiamme svolazzanti divenne l'unico scopo immediato di tutti, e nessuno guardava oltre. Persino i bambini più piccoli, se non allettati dalla frutta, portavano pezzetti di legna e li gettavano nel falò. L'aria si riscosse; lesta si tramutò in venticello, cosicché il lato sottovento e quello sopravento rispetto al fuoco divennero due universi distinti: da una parte l'aria era fresca, dall'altra invece le fiamme emanavano una vampa di arsura feroce che accartocciava i capelli all'istante. I ragazzi che avvertivano la carezza dell'aria della sera sulle loro facce madide si fermavano a goderne la frescura, e scoprivano allora di essere esausti. Si accasciavano all'ombra degli spuntoni di roccia per riposare un po'. La barba della fiamma si rimpicciolì rapidamente, finché la pira non ricadde su se stessa, all'interno, col fruscio ovattato della brace soffice, eruttando un grande albero di scintille che svettarono alte e poi si curvarono, disperdendosi sottovento. I ragazzi giacevano distesi, ansimanti come cani.

Ralph rialzò il viso che teneva affondato tra le braccia e disse:

«Non è servito a niente.»

Roger prese la mira e sputò dritto nella cenere calda.

«Che vuoi dire?»

«Non c'era per niente fumo. Erano solo fiamme.»

Piggy si era sistemato in un angolino tra due rocce; se ne stava seduto con la conchiglia sulle ginocchia.

«Abbiamo fatto un fuoco» disse «completamente inutile. Anche a provarci, un fuoco così non avremmo potuto tenerlo acceso.»

«Perché tu ci hai provato eccome» lo rimbeccò Jack con disprezzo. «Te ne sei stato lì seduto tutto il tempo.»

«Abbiamo usato i suoi occhiali» disse Simon, passandosi un braccio sulla guancia nera di fuliggine. «È così che ci ha aiutati.»

«La conchiglia ce l'ho io» fece Piggy indignato. «Lasciami parlare!»

«La conchiglia in cima alla montagna non vale,» rispose Jack «quindi chiudi il becco.»

«Ho in mano la conchiglia.»

«Bisogna metterci sopra rami verdi» disse Maurice. «È questo il modo migliore per far fumo.»

«Ho la conchiglia...»

Jack si voltò, feroce.

«Sta' zitto tu!»

Piggy si rannicchiò, ammutolito. Ralph gli prese la conchiglia e guardò i ragazzi riuniti in circolo.

«Dobbiamo scegliere tra noi qualcuno che tenga acceso il fuoco. Là fuori, uno di questi giorni, potrebbe apparire una nave» con un ampio movimento del braccio, indicò il filo teso dell'orizzonte «e verranno a prenderci solo se abbiamo un segnale visibile. E un'altra cosa. Dobbiamo avere più leggi. Dove c'è la conchiglia, c'è un'assemblea. Quassù o giù in spiaggia è lo stesso.»

Annuirono tutti. Piggy aprì la bocca per parlare, ma intercettò un'occhiata di Jack e si azzittì di nuovo. Jack si sporse a prendere la conchiglia e poi si alzò, sorreggendo con cura quel fragile oggetto tra le mani nere di fuliggine.

«Sono d'accordo con Ralph. Dobbiamo avere delle leggi e rispettarle. Dopotutto, non siamo dei selvaggi. Siamo inglesi, e gli inglesi sono i migliori in tutto. Quindi, dobbiamo fare le cose per bene.»

Si rivolse a Ralph.

«Ralph... dividerò il coro in due... i miei cacciatori, voglio dire... in due gruppi, e avremo la responsabilità di mantenere il fuoco acceso...»

Tanta generosità fece effetto tra i ragazzi, che si abbandonarono a uno scroscio di applausi; Jack sorrise al suo pubblico, poi scosse la conchiglia per ottenere silenzio.

«Adesso lasciamo pure che il fuoco si spenga. Del resto, chi è che avvisterebbe del fumo di notte? Tanto possiamo riaccenderlo quando vogliamo. Contralti, questa settimana il fuoco lo manterrete vivo voi; la settimana prossima toccherà ai soprani...»

L'assemblea annuì, seria.

«E avremo anche il compito di montare la guardia. Se vediamo una nave là fuori» tutti seguirono con gli occhi la direzione indicata dal suo braccio ossuto «ci metteremo sopra dei rami verdi. Così il fumo aumenterà.»

Fissarono tutti intensamente il blu corposo dell'orizzonte, come se in qualsiasi momento potesse apparirvi il minuscolo profilo di una nave.

A ovest, il sole era una goccia d'oro fuso, ardente, che scivolava giù, sempre più vicina alla soglia del mondo. Tutt'a un tratto, si resero conto che la sera significava anche la fine di luce e tepore.

Roger prese la conchiglia e rivolse all'assemblea uno sguardo scoraggiato.

«Sono rimasto a osservare il mare a lungo. Neanche l'ombra di una nave. Forse non ci salveranno mai.»

Un brusio si alzò, e si spense. Ralph riprese la conchiglia.

«Vi ho già detto che prima o poi ci salveranno. Non dobbiamo fare altro che aspettare, nient'altro.»

Audace, al colmo dell'indignazione, Piggy si impossessò della conchiglia.

«È quel che vi dicevo! Vi ho detto io di fare le assemblee e tutto quanto, e voi mi avete risposto di star zitto...»

La voce scivolò nel tono lamentoso della recriminazione virtuosa. I ragazzi si agitarono e cominciarono a zittirlo.

«Dicevate di volere un fuocherello, ma avete tirato su un mucchio grande come un covone di fieno. Se dico io qualcosa» gridò Piggy, con amaro realismo «mi dite di star zitto; ma se Jack o Maurice o Simon...»

Nel tumulto, tacque. Rimase in piedi; guardò al di là dell'assemblea il costone impervio della montagna, giù, verso il grande spiazzo dove avevano raccolto la legna morta. Poi rise, una risata così strana che ammutolì tutti, e tutti fissarono il bagliore riflesso nei suoi occhiali, sbigottiti. Seguirono quello sguardo per scoprire cosa ci fosse dietro quella beffa.

«Volevate il vostro fuocherello, be', ecco fatto.»

Tra le liane che adornavano a mo' di ghirlande gli alberi morti o putrescenti, si innalzava qua e là del fumo. Proprio mentre lo osservavano, una lingua di fuoco apparve alla base di un filo di fumo, che subito si ispessì. Fiammelle guizzarono sul fusto di un albero e serpeggiarono via tra foglie e sottobosco, dividendosi e rimpolpandosi. Una fiamma balzò su di un tronco e poi vi si arrampicò su, lesta come uno scoiattolo vivace. Il fumo aumentò, si espanse, si avviluppò in spirali che svolazzarono via. Lo scoiattolo saltò sulle ali del vento e si aggrappò a un altro albero lì accanto, divorandolo dall'alto verso il basso. Sotto la volta scura di foglie e fumo, il fuoco si spandeva aggrappandosi alla foresta, cominciando a rosicchiarla. Nuvoloni di fumo giallo e nero si srotolavano fitti verso il mare. Alla vista delle fiamme e dell'inarrestabile percorso del fuoco, i ragazzi irruppero in un'ovazione eccitata, in grida stridule. Quasi fossero una sorta di bestia selvaggia, le fiamme strisciarono come un giaguaro striscia sul ventre verso una fila di alberelli simili a betulle, che orlavano un affioramento di granito rosa. Lambirono il primo albero, e in un attimo i rami avvamparono, il fogliame andò in fiamme. Agile, il cuore pulsante del fuoco saltò attraverso il vuoto fra gli alberi e si slanciò poi, fremendo e oscillando, per tutta la fila. Ai piedi dei ragazzi che facevano capriole, là sotto, mezzo chilometro quadrato di foresta era adesso un inferno di fumo e fiamme. I rumori dei singoli focolai si fondevano in un boato incalzante che sembrava scuotere la montagna.

«Volevate il vostro fuocherello, be', ecco fatto.»

Ralph intuì con stupore che i ragazzi si erano acquietati, immobili e silenti, perché cominciavano ad avvertire lo sgomento di fronte alla forza immane scatenatasi ai loro piedi. Consapevolezza e sgomento lo resero furioso.

«Oh, sta' zitto!»

«Ho la conchiglia» disse Piggy, con voce ferita. «Ho il diritto di parlare.»

Lo guardarono con occhi vacui, senza vederlo, concentrati sul fragore del fuoco. Piggy guardò nervoso verso quell'inferno stringendosi al petto la conchiglia.

«Non ci resta che lasciar bruciare tutto, adesso. E quella era la nostra provvista di legna da ardere.»

Si umettò le labbra.

«Non possiamo farci niente. Dobbiamo stare più attenti. Ho paura...»

Jack distolse lo sguardo dal fuoco.

«Hai sempre paura, tu... Grassone!»

«Ho la conchiglia» disse Piggy, tetro. Si girò verso Ralph. «Ho la conchiglia, ho ragione o no, Ralph?»

Malvolentieri, Ralph sottrasse gli occhi a quella vista splendida, terribile.

«Come?»

«La conchiglia. Ho il diritto di parlare.»

I gemelli ridacchiarono insieme, all'unisono.

«Volevamo del fumo...»

«E ora guardate un po'...»

Una coltre si estendeva per chilometri e chilometri lontano dall'isola. Tutti i ragazzi tranne Piggy iniziarono a sghignazzare; alla fine, furono risate a squarciagola.

Piggy era fuori di sé.

«Ho la conchiglia! Ora aprite bene le orecchie! Prima di

tutto, avremmo dovuto costruire dei rifugi laggiù, sulla spiaggia. Là di notte si muore di freddo. Ma appena Ralph pronuncia la parola "fuoco", voi correte su per la montagna tra urla e schiamazzi, come un branco di mocciosi!»

Adesso, tutti si stavano sorbendo la ramanzina.

«Come credete di poter essere salvati se non facciamo le cose per bene, se non pensiamo prima alle cose importanti?»

Si tolse gli occhiali e fece per mettere giù la conchiglia; ma intercettò lo scatto felino di gran parte dei ragazzi più grandi, pronti all'accaparramento, e quindi cambiò idea. Si cacciò la conchiglia sottobraccio, e si accovacciò di nuovo sulla roccia.

«Poi, appena arrivati qui, fate un falò che non serve a un bel niente. E adesso, ecco il risultato: avete messo a ferro e fuoco l'intera isola. Vi immaginate lo spasso, se brucia tutta l'isola? Frutta cotta, ecco quello che ci toccherà mangiare, e arrosto di maiale. E non c'è niente da ridere! Avete detto che Ralph era il capo, ma mica gli date il tempo di pensare. E poi, appena dice una cosa, schizzate via, come, come...»

Si fermò per riprendere il fiato, e su di loro si abbatté il ruggito del fuoco.

«E non è tutto. Quei bambini. I piccoli. Chi se n'è occupato? Chi sa quanti sono?»

Ralph fece subito un passo avanti.

«L'ho detto a te. L'ho detto a te di fare la lista dei nomi!»

«E come facevo» gridò Piggy indignato «da solo? Rimanevano fermi due minuti, poi sguazzavano in mare; poi andavano nella foresta; non facevano che sparpagliarsi ovunque. Come facevo a distinguerli?»

Ralph si passò la lingua sulle labbra pallide.

«Quindi non sai quanti siamo in tutto?»

«E come potrei saperlo, con tutti quei piccoli che correvano in lungo e in largo come insetti? Poi, quando siete tornati voi tre, appena hai detto di fare il fuoco, sono scappati via tutti, non ne ho avuto il tempo...»

«Basta così!» disse Ralph brusco, e gli scippò la conchiglia. «C'è poco da dire, se non l'hai fatto, non l'hai fatto.»

«... Poi venite qui a rubarmi gli occhiali...»

Jack gli si avventò contro.

«Sta' zitto!»

«... E quei piccoli, quelli che gironzolavano laggiù, dove adesso c'è il fuoco. Magari sono ancora là, chi può dirlo?»

Piggy si alzò e indicò il fumo e le fiamme. Un mormorio sorse e si spense tra i ragazzi. Qualcosa di strano succedeva a Piggy, perché era lì che boccheggiava, respirando a fatica.

«Quel piccolo...» ansimò Piggy «quello con la voglia sulla faccia, non lo vedo. Dov'è ora?»

Un silenzio mortale calò tra la folla.

«Quello che parlava dei serpenti. Era laggiù...»

Come una bomba, un albero esplose nel fuoco. In un lampo, festoni di liane saltarono in aria, agonizzarono, e ripiombarono giù. A questa vista, i bambini piccoli strillarono:

«I serpenti! I serpenti! Guardate i serpenti!»

A occidente, inosservato, il sole si adagiava, ormai a pochi centimetri dal mare; irrorava di rosso i volti dei ragazzi, illuminandoli dal basso. Piggy si accasciò contro una roccia, aggrappandosi con entrambe le mani.

«Quel piccolo, quello che aveva una voglia... sulla faccia... dov'è... ora? Non lo vedo, vi dico.»

I ragazzi si guardarono l'un l'altro sbigottiti, increduli.

«... Dov'è ora?»

Ralph bisbigliò una risposta, come se si vergognasse:

«Forse è tornato, è tornato...»

Sotto di loro, lungo il lato impervio della montagna, il fragore dell'incendio continuava.

III

Capanne sulla spiaggia

Jack se ne stava là, piegato in due. Curvo a terra come un velocista, il naso a soli pochi centimetri dalla terra umida. Una decina di metri sopra di lui, i tronchi d'albero coi loro addobbi di liane si smarrivano in una verde penombra; e tutt'intorno era sottobosco. Non si intravedevano che tracce indistinte; un ramoscello spezzato, e ciò che pareva l'impronta di un lato di uno zoccolo. Abbassò il mento e fissò quelle tracce, quasi volesse costringerle a parlargli. Poi strisciò in avanti per cinque metri, a quattro zampe, come un segugio; era scomodo, eppure non ci faceva caso. Si arrestò. Qui una liana si avvoltolava formando un cappio, dal cui nodo penzolava un tralcio. Questo tralcio era come lucido sul lato inferiore; i maiali, passando attraverso il cappio, lo avevano spazzolato col loro fianco, irto di setole ispide.

Jack si acquattò, il viso a qualche centimetro da quest'indizio, poi penetrò con lo sguardo la semioscurità del sottobosco di fronte a sé. I capelli rossicci, assai più lunghi di quando erano precipitati sull'isola, si erano schiariti; e sulla schiena nuda che si spellava per le scottature si ammassavano manciate di lentiggini brune. Un bastone appuntito di circa un metro e mezzo gli pendeva dalla mano destra; e tranne che per un paio di calzoni corti laceri, tenuti su dalla cintura del coltello, era nudo. Chiuse gli occhi, rialzò la testa e inalò lento, le narici dilatate, fiutando la corrente d'aria tiepida in cerca di indizi. Sia lui che la foresta erano completamente immobili.

Alla fine, liberò il fiato con un lungo sospiro e aprì gli occhi. Erano azzurro chiaro, occhi che in preda alla frustrazione sembravano sporgenti e quasi folli. Si umettò le labbra aride con la lingua e scandagliò la foresta ermetica. Poi strisciò in avanti, di nuovo, e si prostrò al suolo, indagando a destra e a manca.

Il silenzio della foresta era più opprimente della calura, e a quest'ora del giorno non si udiva nemmeno il ronzio degli insetti. Solo quando Jack mise in fuga un uccello sgargiante dal suo primitivo nido di sterpi, il silenzio fu scosso da un grido aspro, che echeggiò a lungo, e sembrava venire fuori dagli abissi dei secoli. A questo grido, Jack stesso sobbalzò, aspirò l'aria in affanno, con un sibilo; e per un istante da cacciatore si tramutò in un essere furtivo, una scimmia fra il groviglio degli alberi. Poi le impronte e la frustrazione lo riassorbirono, e tornò a perlustrare avidamente il suolo. Controllò accanto al tronco di un albero immenso, sulla cui corteccia grigia crescevano fiori pallidi, chiuse gli occhi, e di nuovo inalò l'aria tiepida; e stavolta il respiro gli mancò, il viso fu persino invaso da un fuggevole pallore, e poi ancora, l'impeto del sangue. Avanzò, appiattito come un'ombra contro l'oscurità dell'albero e si accovacciò, scrutando il suolo calpestato ai suoi piedi.

Le feci erano tiepide. Giacevano impilate tra la terra smossa. Erano verde oliva, lisce, ed emanavano un po' di vapore. Jack sollevò la testa e fissò le imperscrutabili matasse di piante rampicanti intessute su quelle tracce. Poi alzò la lancia e sgattaiolò in avanti. Oltre le liane, le orme lo condussero a una pista tracciata dai maiali, abbastanza ampia e calpestata da potersi definire un sentiero. Il suolo era indurito da un percorso frequente e, appena Jack si levò in piedi, sentì muoversi qualcosa. Tirò indietro il braccio destro e scagliò la lancia con tutte le sue forze. Dalla pista dei maiali gli giunse all'orecchio un rapido, forte trotterellare di zoccoli; un suono di nacchere, seducente, esasperante – una promessa di carne. Si precipitò fuori dal sottobosco e recuperò la lancia. Ma quello scalpiccio di zoccoli suini si perse lontano.

Jack rimase lì in piedi, grondante di sudore, screziato di terra scura, lordo di tutte le vicissitudini di quel giorno di caccia. Imprecando, volse le spalle al sentiero e si fece strada attraverso l'intrico finché la foresta non si diradò un poco, e al posto dei tronchi calvi che sorreggevano una coltre scura apparvero fusti grigio chiaro e corone di palme piumate. Al di là, ecco il luccichio del mare, e gli arrivò anche un suono di voci. Ralph stava accanto a un trabiccolo di foglie e tronchi di palma, un rifugio rudimentale affacciato sulla laguna, che sembrava sul punto di collassare. Non si accorse nemmeno, quando Jack gli parlò.

«C'è dell'acqua?»

Ralph alzò lo sguardo, accigliato, dal groviglio di foglie. Sembrò non accorgersi di Jack persino quando lo vide.

«Ho chiesto se c'è dell'acqua. Ho sete.»

Ralph si distrasse dal rifugio e sussultò, rendendosi conto della presenza di Jack.

«Ah, ciao. Acqua? Lì, vicino all'albero. Ne dovrebbe essere avanzata un po'.»

All'ombra erano stati sistemati vari gusci di noci di cocco ricolmi d'acqua; Jack ne scelse uno e bevve. L'acqua gli schizzò sul mento, sul collo e sul torace. Quando ebbe finito, cacciò un profondo sospiro.

«Ci voleva.»

Simon parlò, da dentro al rifugio:

«Un pochino più in su.»

Ralph si girò verso il rifugio e alzò un ramo su cui era stata fissata un'intera trama di foglie.

Le foglie si sfaldarono e fluttuarono giù. Nel buco del tetto apparve la faccia mortificata di Simon.

«Scusa.»

Ralph ispezionò lo sfacelo con biasimo.

«Non ce la faremo mai.»

Si lasciò cadere ai piedi di Jack. Simon rimase lì a guardare, affiorando dal buco del rifugio. Sbracato per terra, Ralph spiegò:

«Ci stiamo lavorando da giorni, ormai. E guarda che bel risultato!»

Avevano eretto due rifugi dall'aria un po' precaria, ma quest'ultimo era proprio un rudere.

«E continuano a filarsela. Ti ricordi all'assemblea? Tutti dicevano che avrebbero lavorato duro fino alla fine per costruire i rifugi!»

«Tranne me e i miei cacciatori...»

«Tranne i cacciatori. Be', i piccoli sono...»

Gesticolò, cercando il termine.

«Sono degli inetti. Ma quelli più grandi non è che siano poi tanto meglio. Non vedi? Ho lavorato tutto il giorno da solo con Simon. Senza nessun altro. Se ne vanno a fare il bagno, o mangiano, o giocano.»

Con cautela, Simon cacciò fuori la testa.

«Il capo sei tu. Diglielo.»

Ralph se ne stava sdraiato a guardare il cielo e le palme.

«Le assemblee. Andiamo pazzi per le assemblee, vero? Una al giorno. Anche due volte al giorno. Stiamo lì a parlare.» Si alzò su di un gomito. «Scommetto che se suonassi la conchiglia in quest'istante, eccome se verrebbero, e di corsa. E allora, sapete, ce ne staremmo lì tutti compiti, e qualcuno proporrebbe di costruire un jet, o un sottomarino, o una televisione. Ad assemblea finita, lavorerebbero per cinque minuti e poi se ne andrebbero a zonzo, o a caccia.»

Jack arrossì.
«Abbiamo bisogno di carne.»
«Be', ancora non ne abbiamo avuta. E abbiamo bisogno di rifugi. E poi i cacciatori sono rientrati tutti da un pezzo e se ne sono andati dritti e filati a nuotare.»
«Io ho continuato» disse Jack. «Ho dato io il permesso di rientrare. Ma io dovevo continuare. Io...»
Cercò di trasmettergli la smania irrefrenabile di inseguire e di uccidere che lo divorava.
«Ho continuato io. Pensavo che da solo...»
Di nuovo in quegli occhi lampeggiò un bagliore di follia.
«Pensavo di poter uccidere.»
«Ma non l'hai fatto.»
«Pensavo che avrei potuto.»
Una sorta di ira repressa vibrò nella voce di Ralph.
«Ma ancora non l'hai fatto.»
Quella considerazione poteva anche apparire innocua, se non fosse per il sottinteso implicito.
«Non ti dispiacerebbe darmi una mano per i rifugi, immagino?»
«Abbiamo bisogno di carne...»
«E non riusciamo ad averne.»
L'antagonismo era palpabile adesso.
«Ma la prossima volta ce la farò! Devo fissare un arpione su questa lancia! L'abbiamo ferito un maiale, ma la lancia è caduta. Se soltanto potessimo fabbricare degli arpioni...»
«Abbiamo bisogno di rifugi.»
D'un tratto Jack gridò con rabbia:
«Cos'è questa, un'accusa...?»
«Dico solo che ci siamo ammazzati di lavoro. Ecco tutto.»
Entrambi avevano il viso paonazzo; evitarono di guardarsi. Ralph si mise a pancia in giù e cominciò a giocherellare con l'erba.
«Se si mette a piovere come il giorno in cui siamo pre-

cipitati, allora avremo proprio bisogno di questi rifugi. E un'altra cosa ancora. Abbiamo bisogno dei rifugi perché...»

Rimase in silenzio per un attimo; tutti e due lasciarono sbollire la propria rabbia. Poi proseguì, abbordando un argomento nuovo, meno insidioso.

«Te ne sei accorto anche tu, vero?»

Jack posò la lancia e gli si accovacciò accanto.

«Accorto di cosa?»

«Be', hanno paura.»

Si girò e sbirciò la faccia di Jack, sporca, feroce.

«Hai visto come vanno le cose. Fanno dei sogni, li senti. Non sei mai rimasto sveglio di notte?»

Jack scosse il capo.

«Parlano e gridano. I piccoli. Ma anche qualcuno degli altri. Come se...»

«Come se questa non fosse un'isola felice.»

Stupiti dall'interruzione, fissarono il viso serio di Simon.

«Come se» spiegò Simon «la bestiaccia, la bestiaccia o la cosa-che-striscia, fosse vera. Vi ricordate?»

I due ragazzi più grandi trasalirono, sentendo quella parola vergognosa. Nessuno parlava più di serpenti, ora, nessuno doveva parlarne.

«Come se non fosse un'isola felice» ripeté Ralph, lento. «Esatto.»

Jack si sedette stendendo le gambe.

«Non sono mica tanto normali.»

«Sono fuori di testa. Ti ricordi il giorno dell'esplorazione?»

Si sorrisero entrambi; sì, ricordavano l'incanto di quel primo giorno. Ralph proseguì.

«Quindi, abbiamo bisogno di rifugi, devono sentirsi un po' come a...»

«Casa.»

«Esatto.»

Jack piegò le gambe, afferrò le ginocchia, e si accigliò nello sforzo di esprimere il suo pensiero con chiarezza.

«Comunque... nella foresta. Voglio dire, quando vai a caccia... non quando stai cogliendo la frutta, naturalmente, ma quando sei là da solo...»

Tacque un istante, non sapeva se Ralph lo prendesse sul serio o meno.

«Continua.»

«Quando vai a caccia, a volte hai come l'impressione di...» Arrossì all'improvviso.

«È tutta una balla, naturalmente. È solo una sensazione. Ma quasi quasi ti senti come se non fossi tu a cacciare la preda – è a te che danno la caccia, la preda sei tu; come se nella giungla ci fosse sempre qualcosa che ti insegue.»

Rimasero di nuovo in silenzio. Simon assorto, Ralph incredulo e un po' inasprito. Sedette, si massaggiò la spalla con una mano sporca.

«Be', non saprei.»

Jack saltò su in piedi e si mise a parlare velocemente.

«È così che ci si sente nella foresta. Naturalmente, non è vero niente. Però... però...»

Mosse qualche passo frettoloso verso la spiaggia, poi fece dietrofront e tornò indietro.

«So solo io come si sentono. Capisci? Tutto qui.»

«Farci salvare, ecco la cosa migliore da fare.»

Jack dovette riflettere un attimo prima di riuscire a ricordare di quale salvataggio si parlasse.

«Farci salvare? Sì, naturalmente! Comunque, prima vorrei proprio catturare un maiale...» Acchiappò la lancia e la conficcò al suolo. Negli occhi, affiorò di nuovo quello sguardo opaco, folle. Ralph lo fissò critico attraverso la zazzera lanosa dei capelli biondi.

«A patto che i tuoi cacciatori si ricordino del fuoco...»

«Al diavolo il tuo fuoco!»

I due ragazzi trotterellarono giù in spiaggia e poi volsero le spalle alla riva per guardare indietro alla montagna rosa. Su per l'azzurro pastoso del cielo, un rivolo di fumo disegnava una linea di gesso, vacillava in alto e poi svaniva. Ralph corrugò la fronte.

«Mi domando a che distanza lo si possa vedere.»

«Chilometri.»

«Non facciamo abbastanza fumo.»

Quasi si fosse sentito osservato, il rivolo si ispessì alla base, si dilatò in una macchia crema che si arrampicò su per la colonna sottile.

«Hanno aggiunto rami verdi» mormorò Ralph. «Chissà!» Strizzò gli occhi e li volse tutt'intorno per scrutare l'orizzonte.

«Ecco!»

Jack gridò così forte che Ralph sobbalzò.

«Cosa? Dove? Una nave?»

Ma Jack indicava le alte pendici della montagna che digradavano verso la parte pianeggiante dell'isola.

«Ma certo! Se ne staranno lassù a riposare... per forza, quando il sole è troppo forte...»

Ralph fissò sbigottito quella faccia estasiata.

«... Vanno in alto. In alto e all'ombra, riposano durante le ore calde, come le mucche da noi...»

«Credevo che avessi visto una nave!»

«Potremmo avvicinarne uno solo, di nascosto... dipingerci la faccia per non farci scoprire... forse circondarli e poi...»

Ralph non ci vide più dalla rabbia.

«Stavo parlando del fumo! Non te ne frega niente di essere salvato? Sai parlare solo di maiali, maiali e maiali!»

«Ma abbiamo bisogno di carne!»

«E io me ne sto qui tutto il santo giorno a lavorare da solo, Simon a parte, poi ritorni tu e nemmeno ti accorgi delle capanne!»

«Stavo lavorando anch'io...»

«Ma a te piace!» gridò Ralph. «Tu hai voglia di andartene a caccia! Io invece...»

Si affrontarono faccia a faccia sulla spiaggia luminosa, sgomenti per l'attrito delle proprie emozioni. Ralph distolse lo sguardo per primo, fingendo di incuriosirsi a un gruppo di piccoli sulla sabbia. Oltre la piattaforma, si udivano le grida dei cacciatori lì a sguazzare nella piscina. A un estremo della piattaforma, Piggy se ne stava sdraiato a pancia in giù, intento a fissare in basso, l'acqua luccicante.

«Non è che si stiano dando tanto da fare.»

Quel che intendeva dire è che alla fin fine nessuno si rivelava mai all'altezza delle aspettative.

«Simon. Lui sì che aiuta eccome.» Indicò i rifugi.

«Tutti gli altri se la sono filata. Lui ha lavorato sodo quanto me. Solo...»

«Simon si dà sempre da fare.»

Ralph si avviò verso i rifugi, Jack era al suo fianco.

«Prima di andare a fare il bagno» mormorò Jack «ti darò una mano per un po'.»

«Lascia stare.»

Ma quando arrivarono ai rifugi, di Simon neanche l'ombra. Ralph mise la testa nel buco, la ritirò, e si rivolse a Jack:

«È sparito.»

«Si sarà stufato,» disse Jack «e sarà andato a farsi un bagno.»

Ralph si accigliò.

«È uno strano tipo. È diverso dagli altri.»

Jack assentì, più per dimostrarsi d'accordo con lui che per altro e, quasi avessero raggiunto una tacita intesa, abbandonarono entrambi il rifugio muovendosi alla volta della piscina.

«E poi» disse Jack «dopo il bagno e dopo aver messo qualcosa sotto i denti scalerò l'altro lato della montagna, solo per vedere se trovo qualche impronta. Vieni con me?»

«Ma il sole è quasi al tramonto!»

«Il tempo ce l'avrei...»

Camminavano lungo la spiaggia fianco a fianco, due

universi distinti di esperienze ed emozioni, incapaci di comunicare.

«Se solo potessi catturare un maiale!»

«Io tornerò indietro a continuare il rifugio.»

Si guardarono l'un l'altro, frastornati, sconcertati da una mistura di amore e odio. L'acqua della vasta piscina, salata e tiepida, con le urla e gli schizzi e le risate, bastò appena a riconciliarli.

Simon, che pensavano di ritrovare là a nuotare nella piscina, non c'era.

Quando i due ragazzi si erano avviati di buon passo giù in spiaggia a guardare la montagna, li aveva seguiti per qualche metro, ma poi si era fermato. Accigliato, era rimasto a fissare un monticello di sabbia sulla spiaggia dove qualcuno aveva provato a costruire una casetta o una capannina. Poi, voltate le spalle, si era incamminato nella foresta con aria risoluta. Era un ragazzetto mingherlino, dal mento a punta e con due occhi scintillanti che avevano tratto in inganno Ralph, inducendolo a pensare che fosse un tipo deliziosamente allegro e audace. Una zazzera selvaggia di capelli neri, lunghi, calava giù sulla fronte, ampia e bassa, fin quasi a nasconderla. Indossava i brandelli dei suoi calzoni corti e andava a piedi nudi, come Jack. Simon era già scuro di carnagione per natura, ma scottata dal sole la sua pelle aveva un'abbronzatura nerissima, che brillava quando imperlata di sudore.

Si fece strada lungo il solco, superò la grande roccia dove Ralph si era arrampicato la prima mattina, poi si eclissò verso destra, tra gli alberi. Col passo disinvolto di chi conosce il percorso, si incamminò tra le distese di alberi da frutta, dove i bambini meno robusti potevano attingere facilmente a del cibo, anche se poco nutriente. Fiori e frutta crescevano in comunione sullo stesso albero, e ovunque si spandeva l'aroma di quei fiori e quella frutta matura, dove pascolavano ronzando migliaia di api. E qui lo riacciuffarono i piccoli che gli erano corsi dietro. Tra i chiacchiericci e un baccano incomprensibili, lo spinsero verso gli alberi. Allora, avvolto dal ruggito delle api nella luce del sole pomeridiano, Simon scovò per loro la frutta che non riuscivano a raggiungere; tra il fogliame colse quella di prima scelta, la passò alle mani che dietro di lui si protendevano infinite. Appena li ebbe placati, si fermò a guardarsi attorno. Impenetrabili, i piccoli lo scrutavano, le mani impegnate a sorreggere montagnole di frutta matura.

Simon li abbandonò e proseguì lungo il sentiero che si intravedeva appena. Presto lo avvolse la giungla fitta. I tronchi erano alti, ricamati di inattesi fiori cerulei fin sulla chioma scura, dove la vita continuava tra grandi schiamazzi. Anche l'aria era buia qui, e le liane si lasciavano penzolare come sartiame di navi affondate. Nella terra molle rimaneva l'impronta dei suoi piedi e le piante rampicanti tremolavano per tutta la loro lunghezza quando le urtava.

Alla fine, raggiunse un luogo dove piovevano raggi di sole. Visto che non dovevano protendersi lontano per raggiungere la luce, le liane si erano intessute in un gran tappeto che scivolava sul fianco di quella radura nel cuore della giungla; qui, infatti, una placca di roccia affiorava quasi in superficie, motivo per cui in quest'area riuscivano ad attecchire solo felci e pianticelle. La radura era tutta cintata da muriccioli verde scuro di cespugli aromatici, e pareva una coppa ricolma di luce e calore. Un grande albero, abbattutosi di lato, in un angolo, si appoggiava contro gli altri rimasti ancora in piedi ed era tutto decorato fino in cima dalle spirali rosse e gialle di una chiassosa pianta rampicante.

Simon si fermò. Si guardò alle spalle come aveva fatto Jack, osservando gli anfratti più vicini, e poi lanciò intorno una rapida occhiata per assicurarsi di essere completamente solo. Per un attimo i suoi gesti furono quasi furtivi.

Poi si chinò e si aprì un varco, strisciando come un bruco fin nel centro del tappeto. Le liane e i cespugli intessevano una trama fitta, che il sudore di Simon imperlava, e si richiudevano subito dopo il suo passaggio. Quando fu al sicuro nel mezzo, si ritrovò in una specie di capannuccia, protetta dallo spazio aperto solo grazie a qualche foglia. Si accovacciò, fece capolino tra le foglie e guardò fuori, nella radura. Nulla si muoveva, eccetto un paio di farfalle sgargianti che danzavano in tondo, rincorrendosi nell'aria calda. Trattenendo il fiato, aguzzò le orecchie per distinguere i rumori dell'isola. Calava la sera, sull'isola: gli acuti dei fantastici uccelli multicolori, il ronzio delle api, e persino le grida dei gabbiani che rientravano ai loro nidi tra le rocce squadrate, erano più ovattati. Il mare aperto, che a chilometri di distanza infrangeva le sue onde sulla barriera corallina, si smorzava in un sottofondo più impercettibile del lieve sussurro del sangue che pulsa.

Simon lasciò ricadere quel sipario di foglie. L'inclinazione dei raggi del sole, fasce luminose color miele, diminuì; i raggi scivolarono via dai cespugli, accarezzarono i verdi boccioli a forma di candela, ripiegarono in alto, su, verso la chioma della giungla, e l'oscurità si ammassò sotto gli alberi. La luce svaniva, e il suo svaporare smorzava i colori vivaci, acquietava calura e frenesia. I boccioli a forma di candela si riscossero; dischiusero i verdi sepali, e punte di fiori candidi si affacciarono, delicate, incontro all'aria pura.

Ora la luce del sole aveva abbandonato la radura, e remota disertava il cielo. L'oscurità si riversava, sommergendo gli spazi tra gli alberi finché gli alberi stessi non divennero opachi e torbidi come in un fondale marino. I boccioli a forma di candela gemmarono in grandi fiori bianchi, scintillanti ai bagliori delle prime stelle che punteggiavano il cielo notturno. Il loro profumo si sparse nell'aria, e prese possesso dell'isola.

IV

Facce dipinte e lunghi capelli

Il primo ritmo a cui si abituarono fu il lento trascorrere delle giornate, dall'alba al precipitoso crepuscolo. Salutavano i piaceri del mattino, il sole luminoso, l'alta marea e l'aria dolce; allora giocare era bello, e la vita era così intensa che non avevano bisogno di sperare, se ne dimenticavano addirittura. Verso mezzogiorno, quando il diluvio di luce irrompeva in fiotti quasi verticali, i colori decisi del mattino si smussavano, perlacei e opalescenti; e la calura – come se l'incombente luce del sole traesse più vigore dall'altezza – esplodeva violenta, costringendoli a rifuggirla di corsa; scappavano a riposare all'ombra, a volte persino a dormire.

A mezzogiorno succedevano cose strane. Il mare scintillante lievitava, si sovrapponeva disponendosi su piani diversi, palesemente inverosimili; la barriera corallina e le poche palme gracili abbarbicate sulle parti affioranti galleggiavano nel cielo, tremolavano, i rami si spiumavano, poi rotolavano come gocce di pioggia su di un filo o si riverberavano in una sorta di strana successione di specchi. Talvolta, la terra emergeva dove terra non c'era, e svaporava come una bolla di sapone sotto gli occhi dei bambini. Piggy archiviava quegli eventi con aria sentenziosa, definendoli "miraggi"; e poiché nessuno dei ragazzi avrebbe mai raggiunto la barriera che delimitava lo specchio d'acqua dove gli squali nuotavano in agguato, si abituarono a questi misteri e non se ne curarono più, proprio come ignoravano il miracoloso palpitare delle stelle. A mezzogiorno, dunque, le illusioni si rimescolavano nel cielo dove il sole imperava, fissando il creato come un occhio furioso. Poi, verso la fine del pomeriggio, i miraggi svanivano e l'orizzonte ritornava levigato, azzurro e nitido man mano che il sole declinava. Era quello un altro momento di relativa freschezza, ma minacciato dall'incombente oscurità. Appena il sole naufragava, il buio calava sull'isola come uno spegnitoio e presto i rifugi si colmavano d'angoscia, sotto le stelle remote.

Tuttavia, la tradizionale cadenza nordeuropea che nel corso della giornata alternava lavoro, gioco e pasti impedì loro di adattarsi davvero a questo ritmo nuovo. All'inizio, il piccolo Percival si era trascinato in un rifugio e vi era rimasto acquattato per due giorni; parlottava, canticchiava e piangeva, finché tutti, vagamente divertiti, non pensarono che fosse impazzito. D'allora in poi era rimasto smunto, occhi rossi e aria triste; era un piccolo che giocava poco e piangeva spesso.

I bambini, quelli più giovani, venivano ora indicati col nome generico di "piccoli". Da Ralph in giù, la diminuzione dell'altezza era graduale; e sebbene esistesse una zona franca in cui albergavano Simon, Roger e Maurice, nessuno aveva però alcuna difficoltà a distinguere i grandi da un lato e i piccoli dall'altro. I piccoli indiscussi, quelli di circa sei anni, conducevano una vita a parte, distinta e intensa al contempo. Non facevano che mangiare tutto il giorno, coglievano la frutta alla loro portata senza far tanto gli schizzinosi, matura o non matura, guasta o polposa. Erano ormai avvezzi ai mal di pancia e a una sorta di diarrea cronica. Di notte si raggruppavano per farsi coraggio, in balia di indicibili terrori. A parte il tempo che passavano a mangiare e a dormire, il resto della giornata lo trascorrevano intenti in giochi puerili, senza né capo né coda, inscenati in riva al mare, tra il candore della sabbia e l'acqua luccicante. Piangevano chiamando la mamma molto meno di quanto ci si sarebbe aspettati; erano abbronzatissimi e sudici all'inverosimile. Obbedivano al richiamo della conchiglia, in parte perché suonata da Ralph, che era grande abbastanza da poter riallacciare un legame con l'autorevole mondo degli adulti; e in parte perché allo spettacolo delle assemblee si divertivano. Ma se si escludono questi momenti, si occupavano di rado dei grandi e vivevano in un universo tutto loro, traboccante di emozioni e di vita affettiva.

Avevano costruito dei castelli di sabbia alla foce del fiumiciattolo. Erano alti all'incirca trenta centimetri e li avevano decorati di conchiglie, fiori secchi e pietre intriganti. Intorno ai castelli si sviluppava una rete di segnali, piste, muricciolі, linee ferroviarie che prendevano forma solo se osservati al livello della spiaggia. Era lì che giocavano i piccoli, se non felici, almeno tutti assorti; anzi, spesso si riunivano anche in tre per giocare insieme allo stesso gioco.

E infatti ora qui a giocare erano in tre – il maggiore dei tre era Henry. Era anche parente alla lontana di quell'altro ragazzino la cui faccia, macchiata dalla voglia color mora, non si era più rivista fin dalla sera del vasto incendio; ma non era grande abbastanza da rendersene conto, e se gli avessero detto che quel bimbo era tornato a casa in aereo avrebbe accolto la notizia senza clamori né sospetti.

Oggi pomeriggio Henry faceva un po' il capo, perché gli altri due, Percival e Johnny, erano i più piccoli dell'isola. Percival era di incarnato cinereo, quasi color topo, e persino la madre non lo aveva mai considerato un bel bambino; Johnny era robusto, capelli biondi e indole combattiva. In questo momento si dimostrava docile perché era concentrato, e i tre bambini, in ginocchio sulla sabbia, giocavano in pace.

Roger e Maurice sbucarono dalla foresta. Il loro turno di sorveglianza presso il fuoco era finito e adesso venivano giù a farsi una nuotata. Roger tirò dritto fra i castelli, abbattendoli a suon di calci, seppellendo i fiori, disperdendo le pietre selezionate con cura. Maurice lo seguì, e sghignazzando completò l'opera di devastazione. I tre piccoli smisero di giocare e alzarono lo sguardo. Per caso, le costruzioni a cui si dedicavano in quel momento non avevano subito danni, per cui non protestarono. Solo Percival cominciò a frignare per la sabbia negli occhi e Maurice se la svignò. Nella sua vita precedente all'isola, Maurice era stato punito per aver gettato la sabbia negli occhi di un bambino più piccolo. Ora, benché non ci fosse nessun genitore che gli mollasse un ceffone, Maurice avvertiva ancora il disagio di aver compiuto una cattiva azione. Nei meandri della sua mente prendeva corpo il vago impulso di chiedere scusa. Mormorò confusamente che andava a nuotare e se la squagliò.

Roger rimase lì a osservare i piccoli. Non è che si fosse abbronzato poi tanto da quando era arrivato, ma la folta chioma nera che gli adombrava la nuca e calava bassa sulla fronte ben si adattava a quel viso cupo, e conferiva un'aura minacciosa a colui che all'inizio era sembrato solo un ragazzino asociale e introverso. Percival finì il suo piagnisteo e riprese a giocare perché le lacrime gli avevano lavato via la sabbia. Johnny lo fissò coi suoi occhi di porcellana azzurra; poi cominciò a bersagliarlo di sabbia, e subito Percival riprese a frignare.

Appena Henry, stufo di quei giochi, si avviò verso la spiaggia, Roger lo seguì, tenendosi sotto le palme e scivolando come per caso nella sua stessa direzione. Henry camminava lontano dalle palme e dall'ombra perché era ancora troppo piccolo per preoccuparsi di rimanere al riparo dal sole. Discese fin sulla spiaggia e si affaccendò lungo il bagnasciuga. La vasta marea del Pacifico stava risalendo e, di secondo in secondo, l'acqua relativamente immobile della laguna si sollevava, un centimetro dopo l'altro. In quest'ultimo avamposto marino vivevano delle bestioline, creature minuscole e trasparenti che tentavano la sorte sulla sabbia calda e asciutta con l'avanzare dell'acqua. Dotate di impercettibili organi sensori, palpavano la nuova frontiera. Forse era comparso del cibo laddove durante la loro ultima incursione non ne avevano trovato affatto; escrementi di uccelli, magari degli insetti, o un rifiuto qualsiasi della vita sulla terraferma. Come una miriade di minuscoli dentelli di una sega, quegli animaletti trasparenti rovistavano tra le scorie della spiaggia.

Per Henry era affascinante. Pungolava la sabbia di qua e di là, armato di un bastoncino di legno, anch'esso un rifiuto, logoro e calcinato dalle onde, e tentava di controllare i movimenti degli spazzini. Creava sottili rigagnoli che la marea riempiva e cercava di popolarli di bestioline. Era totalmente assorbito da quest'attività, e quello che provava andava ben oltre la felicità: sentiva di esercitare un potere su degli esseri viventi. Parlava loro, li incoraggiava, impartiva ordini. Rimodellate dalla marea, le sue impronte si tramutavano in golfi in cui questi esserini rimanevano intrappolati, dandogli un'ulteriore illusione di dominio. Si accosciò lungo il pelo dell'acqua, chino, un ciuffo di capelli ribelle sulla fronte e fin sugli occhi, mentre il sole pomeridiano saettava le sue frecce invisibili.

Anche Roger aspettava. All'inizio, si era nascosto dietro un gran tronco di palma; ma il rapimento di Henry, lì concentrato sugli esserini trasparenti, era così palese che alla fine uscì allo scoperto. Guardò lungo la spiaggia. Fra le lacrime, Percival se n'era andato, e Johnny era rimasto, unico e trionfante proprietario di castelli. Se ne stava là seduto, canticchiava tra sé e lanciava sabbia a un Percival immaginario. Al di là di Johnny, Roger riuscì a intravedere la piattaforma e gli spruzzi d'acqua della piscina, dove si stavano tuffando Ralph e Simon, con Piggy e Maurice. Rimase in ascolto, concentrato, ma riusciva appena a sentirli.

Una brezza improvvisa scosse la frangia del palmizio, le fronde svolazzarono e si strusciarono. A una ventina di metri sulla testa di Roger, un grappolo di noci, bozzi fibrosi grandi come palle da rugby, si staccò dai fusti. Le noci gli caddero intorno tra una batteria di tonfi secchi, senza sfiorarlo. Roger non rifletté sulla fortuna di essere rimasto incolume, guardò invece le noci e poi Henry, e poi di nuovo le noci.

Lo strato di terriccio più profondo, al di sotto degli alberi di palma, altro non era se non una spiaggia sopraelevata; e generazioni di palme avevano lavorato con le loro radici questa spiaggia, liberando le pietre che un tempo si erano accumulate tra le sabbie di altre spiagge ancora. Roger si chinò, raccolse una pietra, prese la mira e la scagliò contro Henry – in realtà, mancandolo apposta. Questa pietra, testimonianza di un tempo remotissimo, rimbalzò a cinque metri da Henry, alla sua destra, e cadde nell'acqua. Roger raccolse una manciata di pietre e cominciò a lanciarle. C'era ancora uno spazio intorno a Henry, un diametro di oltre cinque metri, in cui non osava tirare. Qui, invisibile eppure ancora forte, resisteva il tabù della vecchia vita. Intorno al bambino accovacciato c'era la protezione dei genitori e della scuola, dei poliziotti e della legge. Il braccio di Roger rimaneva condizionato da una civiltà che di lui nulla sapeva e che era in rovina.

Henry fu sorpreso dai tonfi nell'acqua. Abbandonò le impercettibili bestioline trasparenti e puntò, immobile come un setter, al centro degli anelli che via via si allargavano. Le pietre cadevano qua e là, e Henry si girava, obbediente al rumore, ma sempre troppo tardi per scorgerne la traiettoria nell'aria. Alla fine ne intercettò una e rise, cercando con lo sguardo l'amico che si stava prendendo gioco di lui. Ma Roger era guizzato di nuovo dietro il fusto di palma e vi si incollava contro, il respiro affannato, le palpebre strizzate. Poi Henry si stufò anche delle pietre e se ne andò.

«Roger.»

A una decina di metri di distanza, in piedi sotto un albero, ecco Jack. Quando Roger aprì gli occhi e lo vide, un'ombra più cupa si insinuò, si espanse sotto la carnagione scura della sua pelle; ma Jack non si accorse di niente. Gli fece un cenno ansioso, fremente di impazienza, e Roger si recò da lui.

Alla foce del fiume c'era uno stagno, quasi un laghetto cintato da una diga di sabbia e ammantato da bianche ninfee e giunchi appuntiti come aghi. Sam ed Eric li stavano aspettando là, insieme a Bill. Jack si inginocchiò accanto allo stagno, all'ombra, e dischiuse le due grandi foglie che portava con sé. Una di esse conteneva creta bianca, e l'altra creta rossa. Accanto, aveva messo un tizzone di legno carbonizzato preso dal fuoco.

Mentre si affaccendava, Jack spiegò a Roger:

«Non è che fiutino il mio odore, mi vedono e basta, almeno penso. Intravedono qualcosa di rosa sotto gli alberi.»

Spalmò la creta.

«Se avessi almeno un po' di verde!»

Rivolse il viso semidipinto verso Roger e rispose al suo sguardo indagatore.

«È per andare a caccia. Come in guerra. Sai... quei colori mimetici. Come quando si cerca di assomigliare a qualcos'altro...»

Si contorse tutto nella frenesia di spiegare.

«... Come le falene sui tronchi degli alberi.»

Roger comprese e annuì, grave. I gemelli si avvicinarono a Jack e abbozzarono timide proteste. Jack li scacciò via con un braccio.

«Zitti voi.»
Strofinò il mozzicone carbonizzato tra le chiazze bianche e rosse che si era dipinto sul viso.
«No. Voi due, con me.»
Sbirciò l'immagine del suo volto riflesso nel laghetto ma non gli piacque. Si chinò, le mani a coppa, raccolse un po' d'acqua tiepida e fregò via il pasticcio che aveva in faccia. Riapparvero le lentiggini e le sopracciglia rossicce.
Roger sorrise, malvolentieri.
«Non è che così sia tanto meglio.»
Jack ideò una nuova maschera. Colorò di bianco una guancia e il contorno di un occhio, poi strofinò la creta rossa sull'altra metà del viso e lo tagliò con una striscia di carbone nero dall'orecchio destro alla mascella sinistra. Guardò il suo riflesso nello stagno, ma il respiro increspò lo specchio d'acqua.
«Sammeric. Portatemi una noce di cocco. Vuota.»
Si inginocchiò, sorreggendo il guscio pieno d'acqua. Una macchia di luce solare, rotonda, gli apparve sulla faccia e uno scintillio baluginò tra le profondità dell'acqua. Guardò con stupore, non più se stesso ma uno straniero, terrificante. Rovesciò l'acqua e balzò in piedi, ridendo eccitato. Accanto allo stagno, quel suo corpo nervoso sorreggeva una maschera che attirava gli occhi dei ragazzi e li sgomentava. Cominciò a danzare e la sua risata si trasformò in un ringhio rabbioso, sanguinario. Fece una capriola verso Bill, e d'un tratto la maschera fu una cosa a se stante, dietro cui Jack si nascondeva, libero dalla vergogna, e dalla consapevolezza di sé. Quella faccia rossa, bianca e nera oscillò nell'aria e poi danzò fino a Bill. Bill sussultò, rise; poi all'improvviso si azzittì e si dileguò, barcollante, tra i cespugli.
Jack si precipitò verso i gemelli.
«Voialtri, in fila. Andiamo!»
«Ma...»

«... Noi...»

«Andiamo! Striscerò io davanti, e colpirò...»

Quella maschera li soggiogava, prigionieri.

Ralph si issò fuori dalla piscina, risalì su per la spiaggia di corsa e poi si sedette all'ombra, sotto le palme. Scacciò via i capelli biondi incollati sulle sopracciglia. Simon galleggiava a pelo d'acqua scalciando coi piedi, e Maurice si esercitava a fare i tuffi. Piggy ciondolava lì in giro, ogni tanto raccattava qualcosa che poi buttava via. Le pozze tra gli scogli che lo affascinavano tanto erano coperte dalla marea, quindi non c'era niente che lo attraesse finché la marea non si fosse ritirata. Tutt'a un tratto vide Ralph sotto le palme e venne a sederglisi accanto.

Piggy indossava quel che rimaneva di un paio di calzoni corti, il corpo grasso era di un bronzo dorato, e gli occhiali scintillavano ovunque ogni volta che fissava lo sguardo su qualcosa. Era l'unico ragazzo dell'isola i cui capelli sembravano non crescere mai. Gli altri sfoggiavano capigliature leonine, irsute; i capelli di Piggy, invece, languivano appiccicati alla testa in ciuffetti radi, quasi la calvizie fosse il suo stato naturale, e quest'imperfetto parrucchino se ne dovesse andare presto, come il velluto dalle corna di un giovane cervo.

«Stavo pensando» esordì «a un orologio. Potremmo fabbricare una meridiana. Potremmo piantare un bastone nella sabbia, e poi...»

Lo sforzo di esprimere i processi matematici connessi all'impresa era eccessivo. Si accontentò di muovere qualche passo.

«E un aeroplano, e una televisione,» propose Ralph, scorbutico «e una locomotiva a vapore.»

Piggy scosse la testa.

«Devi avere un sacco di metallo per questo genere di cose,» rispose «e noi di metallo non ne abbiamo. Però di bastoni ne abbiamo eccome.»

Ralph si girò e senza volerlo sorrise. Piggy era un rompiscatole; con tutto quel grasso, il miasma e le sue idee pratiche, era davvero noioso: ma prenderlo in giro era sempre piuttosto divertente, specie quando lo scherzo risultava involontario.

Piggy vide quel sorriso e lo scambiò per un cenno di amicizia. Fra i grandi, si era andata formando la tacita opinione che Piggy fosse diverso dagli altri, non solo per l'accento, che alla fine non importava, ma per il grasso, e il miasma, e gli occhiali, e una certa avversione per i lavori manuali. Ora, scoprendo di aver detto qualcosa che aveva fatto ridere Ralph, si inorgoglì e incalzò per non lasciarsi sfuggire quell'occasione.

«Abbiamo un sacco di bastoni. Ognuno di noi potrebbe avere una meridiana. Così sapremmo tutti che ore sono.»

«Sai che vantaggio!»

«L'hai detto tu che volevi che facessimo le cose. Che è il solo modo per farci salvare.»

«Ma sta' zitto.»

Balzò in piedi e tornò a passo svelto alla piscina, proprio quando Maurice si esibì in un tuffo a dir poco maldestro. A Ralph non parve vero di poter cambiare discorso e gridò, mentre Maurice tornava a galla:

«Spanciata! Spanciata!»

Maurice sfoderò un gran sorriso verso Ralph, che agile scivolava nell'acqua. Fra tutti i ragazzi, era lui quello più a suo agio in acqua; ma oggi, infastidito dall'accenno al salvataggio, dall'inutile, insignificante accenno al salvataggio, non gli erano di conforto né le verdi profondità marine, né il riverbero dorato del sole. Invece di rimanere là a sguazzare, si immerse e con bracciate esperte nuotò sotto Simon fino a risalire sull'altro lato della piscina dove si distese, lucido e sgocciolante come una foca. Piggy, perseverando nell'errore, si alzò e gli venne accanto e Ralph si girò allora a pancia sotto, facendo finta di non vederlo.

Ormai i miraggi erano svaniti e volse uno sguardo cupo lungo la linea, tesa e azzurra, dell'orizzonte.

Un attimo dopo era in piedi e urlava:

«Fumo! Fumo!»

Simon fece come per mettersi seduto sull'acqua e andò sotto, facendosi una bella bevuta. Maurice, lì ritto, pronto a tuffarsi, roteò sui talloni, balzò come un fulmine verso la piattaforma, ma poi con uno scarto deviò verso l'erba, sotto le palme. Là cominciò a infilarsi i calzoncini laceri, per essere pronto a qualsiasi evenienza.

Ralph era in piedi, con una mano teneva i capelli indietro, l'altra era chiusa in un pugno. Simon si arrampicava fuori dall'acqua. Piggy strofinava gli occhiali contro i pantaloni corti strizzando gli occhi verso il mare. Maurice aveva infilato tutte e due le gambe in un buco solo dei calzoncini – fra tutti i ragazzi, Ralph era l'unico immobile.

«Non vedo nessun fumo» disse Piggy, incredulo. «Non vedo nessun fumo, Ralph... dov'è?»

Ralph non rispose. Ora entrambe le mani erano serrate sulla fronte, coi pugni chiusi afferrava i capelli biondi per tenerli fuori dagli occhi. Si protendeva in avanti, e già il sale gli imbiancava il corpo.

«Ralph... dov'è la nave?»

Simon gli era accanto, lanciando occhiate a Ralph e all'orizzonte. I calzoni di Maurice cedettero rumorosamente ed egli li abbandonò come un relitto, corse verso la foresta e poi ritornò.

Il fumo era una sorta di piccolo nodo sul filo dell'orizzonte, ben stretto, che serpeggiava via, lentamente. Sotto il fumo c'era un puntino che poteva anche essere un fumaiolo. Ralph, pallido in volto, disse tra sé:

«Vedranno il nostro fumo.»

Anche Piggy adesso fissava nella direzione giusta.

«Non si distingue mica tanto.»

Si girò a sbirciare su per la montagna. Ralph continuò

a fissare la nave, feroce. In faccia gli tornò un po' di colore. Simon, in piedi al suo fianco, rimaneva in silenzio.

«Lo so che non ci vedo un granché,» disse Piggy «ma noi il fumo ce l'abbiamo?»

Ralph fece un gesto impaziente, guardando sempre la nave.

«Il fumo è sulla montagna.»

Maurice sopraggiunse di corsa, e fissò il mare anche lui. Simon e Piggy guardavano tutti e due la montagna. Piggy raggrinzì la faccia, ma Simon urlò, come se si fosse fatto male.

«Ralph! Ralph!»

Al tono accorato di quell'invocazione, Ralph roteò sulla sabbia, in un guizzo.

«Allora» insistette Piggy ansioso. «Volete dirmi se c'è il nostro segnale?»

Ralph tornò a fissare il fumo, lì a disperdersi sull'orizzonte, e poi volse di nuovo gli occhi in cima alla montagna.

«Ralph... per favore! C'è il nostro segnale?»

Simon tese la mano, timido, quasi toccava Ralph; ma Ralph si mise a correre, schizzando acqua lungo il lato poco profondo della piscina, poi tagliando attraverso la sabbia calda, bianca, fin sotto le palme. Un attimo dopo, avanzava lottando contro l'intrico del sottobosco che stava già inghiottendo il solco. Simon lo tallonava, poi c'era Maurice. Piggy gridava:

«Ralph! Allora... Ralph!»

Poi, anche lui cominciò a correre, inciampando nei calzoncini abbandonati da Maurice prima di oltrepassare la terrazza. Dietro i quattro ragazzi, il fumo scivolava piano lungo l'orizzonte; sulla spiaggia, Henry e Johnny lanciavano la sabbia a Percival, che ora piangeva di nuovo, in silenzio; tutti e tre erano completamente all'oscuro della frenesia degli altri.

Ancora prima di essere riuscito ad approdare sul versante opposto del solco, Ralph si sgolava imprecando, sprecando fiato prezioso. Il suo corpo nudo era tutto striato di sangue perché si era scagliato con violenza disperata tra i rovi. Solo quando arrivò dove cominciava la salita ripida della montagna, si fermò. Maurice era appena qualche metro dietro di lui.

«Gli occhiali di Piggy!» gridò Ralph, «Se il fuoco è spento del tutto, ne avremo bisogno...»

Smise di urlare, scalpitò. Piggy si intravedeva appena; la spiaggia alle spalle, arrancava in salita. Ralph fissò l'orizzonte, poi su per la montagna. Forse era meglio andare a recuperare gli occhiali di Piggy, ma se nel frattempo la nave se ne andava? E se invece si arrampicavano fin su, per poi trovare il fuoco completamente spento, allora sarebbero rimasti lì a guardare Piggy, che saliva a passo di lumaca, mentre la nave affondava dietro l'orizzonte? Sul filo del rasoio, consapevole di dover prendere subito una decisione e macerandosi sul da farsi, Ralph urlò:

«Oh Dio, oh Dio!»

Simon, che lottava coi cespugli, trattenne il fiato, la faccia stralunata. Ralph si scagliò su per la montagna; alla cieca, incurante delle ferite, e il filo di fumo, intanto, andava avanti.

Il fuoco era spento. Se ne accorsero subito; videro ciò che in realtà già sapevano fin dalla spiaggia, quando era apparso quel filo di fumo che avrebbe potuto ricondurli a casa. Il fuoco era irrimediabilmente spento, niente fumo, morto; dei ragazzi di guardia nessuna traccia. Una pila di legna inutilizzata giaceva lì, pronta all'uso.

Ralph si rivolse al mare. L'orizzonte si allungava, di nuovo piatto, vuoto, salvo che per una fievole traccia di fumo. Incespicando, Ralph corse tra le rocce, si arrestò appena in tempo sull'orlo del dirupo di granito rosa e urlò alla nave:

«Tornate indietro! Tornate indietro!»

Correva da una parte all'altra lungo il dirupo, la faccia sempre rivolta al mare, una voce da pazzo, grida sempre più acute.

«Tornate indietro! Tornate indietro!»

Simon e Maurice lo raggiunsero. Ralph li fissò, gli occhi sbarrati. Simon distolse lo sguardo, tergendosi le guance grondanti di sudore. Ralph annaspò, cercò disperatamente l'insulto più volgare del suo repertorio.

«Cazzo, quei coglioni hanno lasciato spegnère il fuoco!»

Guardò in giù, lungo il versante ostile della montagna. Piggy arrivò, senza fiato e frignando come un bambino piccolo. Ralph serrò i pugni e divenne paonazzo. La durezza dello sguardo e il rancore della voce si condensarono in una sola parola.

«Eccoli.»

Era apparsa una processione, laggiù, tra i ghiaioni rosa digradanti fino al pelo dell'acqua. Alcuni dei ragazzi indossavano i cappelli neri, ma altrimenti erano tutti seminudi. Ogni volta che affrontavano un tratto facile, alzavano i bastoni in aria, insieme, tenendo il ritmo. Cantavano un ritornello, una cantilena che aveva a che fare col fagotto che quei vagabondi dei gemelli trasportavano con estrema cautela. Anche a quella distanza, Ralph distinse Jack facilmente; alto, capelli rossi, e in testa alla processione, naturalmente.

Ora lo sguardo di Simon andava da Ralph a Jack, come prima era andato da Ralph all'orizzonte, e ciò che vide sembrò fargli paura. Ralph non disse altro; attese che la processione si facesse più vicina. Il coro si sentiva, ma a quella distanza non si riuscivano a distinguere ancora le parole. Dietro Jack camminavano i gemelli, che trasportavano a spalla un lungo palo. Al palo era appesa la carcassa sventrata di un maiale, che dondolava pesante quando i gemelli si affannavano sul suolo irregolare. La testa del maiale penzolava all'ingiù, il collo squarciato, e sembrava fiutare qualcosa per terra. Alla fine le parole del coro fluttuarono sino a loro, tra le ceneri, lungo la conca di legna annerita.

«*Uccidi-il-maiale! Tagliagli-la-gola! Versa-il-sangue!*»

Ma appena riuscirono a distinguere le parole, la processione raggiunse il pendio più scosceso della montagna, e per qualche attimo il ritornello scemò via. Piggy gemette, Simon però lo zittì subito, come se avesse parlato a voce troppo alta in una chiesa.

Jack arrivò per primo in vetta; con la faccia impiastricciata di argilla di vari colori, eccitato, salutò Ralph, la lancia alzata.

«Guarda! Abbiamo ucciso un maiale... li abbiamo colti di sorpresa... li abbiamo accerchiati...»

Irruppero le voci dei cacciatori.

«Li abbiamo accerchiati...»

«Strisciando di soppiatto...»

«Il maiale strillava...»

I gemelli si fermarono, il maiale penzolante in mezzo a loro, che gocciolava sangue nero sulla roccia. In estasi, sembravano condividere un identico, ampio sorriso. Jack aveva troppe cose da raccontare a Ralph, così, tutte in una volta; incapace di trovare le parole, accennò qualche passo di danza, poi si ricordò della sua dignità di capo e, ghignando, si ricompose. Si accorse delle sue mani, lorde di sangue, e fece una smorfia di disgusto; cercò qualcosa per pulirle, poi le strofinò sui pantaloni corti, ridendo.

Ralph parlò:

«Avete lasciato spegnere il fuoco.»

Jack controllò che fosse spento sul serio, vagamente irritato dall'irrilevanza del misfatto, ma troppo felice per preoccuparsene davvero.

«Be', possiamo riaccenderlo. Peccato che non fossi con noi, Ralph. È stato fantastico. I gemelli sono finiti a gambe all'aria...»

«Abbiamo colpito il maiale...»

«... Io gli sono caduto addosso...»

«Ho tagliato la gola al maiale» disse Jack, orgoglioso, ma ancora in preda a uno spasmo di nervi mentre parlava. «Ralph, mi presti il tuo, per fare una tacca sul manico?»

I ragazzi chiacchieravano e ballavano. I gemelli sempre là, col loro identico sorriso.

«Tutto quel sangue,» soggiunse Jack, ridendo, fremendo «avresti dovuto vedere!»

«Andremo a caccia tutti i giorni...»

Ralph parlò ancora, la voce roca. Non si era mosso.

«Avete lasciato spegnere il fuoco.»

L'accusa, ripetuta, fece sentire Jack a disagio. Guardò i gemelli e poi Ralph, di nuovo.

«Avevamo bisogno di loro per la battuta di caccia,» disse «eravamo troppo pochi per accerchiarli.»

Colto in fallo, arrossì.

«Il fuoco è rimasto spento solo un'ora o due. Possiamo riaccenderlo...»

Si accorse del corpo nudo di Ralph, di tutti quei graffi, e avvertì il peso del silenzio cupo di tutti e quattro. Avvolto nell'aura caritatevole della propria felicità, tentò di renderli partecipi dell'accaduto. La mente era affollata di ricordi; quando coi suoi cacciatori aveva sferrato l'attacco finale contro il maiale che si dibatteva, ricordava la consapevolezza che era calata su di loro, la consapevolezza di aver vinto con l'astuzia un altro essere vivente, di averlo piegato alla loro volontà, di avergli tolto la vita bevendogliela via, a lungo, dissetandosene.

Spalancò le braccia.

«Avresti dovuto vedere tutto quel sangue!»

I cacciatori erano meno chiassosi ora, ma queste parole li eccitarono di nuovo. Ralph si gettò i capelli indietro. Tese un braccio, indicò l'orizzonte, vuoto. Parlò a voce alta, feroce, facendo piombare tutti nel silenzio:

«C'era una nave.»

Jack, messo al muro all'improvviso di fronte a troppe conseguenze nefaste, si ritirò. Posò una mano sul maiale ed estrasse il coltello. Ralph abbandonò il braccio lungo il corpo, il pugno ancora chiuso, un fremito nella voce.

«C'era una nave. Laggiù. Avevi detto che avreste tenuto il fuoco acceso e l'avete lasciato spegnere!» Mosse un passo verso Jack, che si voltò a guardarlo.

«Avrebbero potuto vederci. Potevamo andare a casa...»

A queste parole, Piggy fu travolto da uno sbocco di dolore per l'occasione perduta; dimenticò la propria timidezza e prese a urlare, la voce stridula:

«Al diavolo te e il tuo sangue, Jack Merridew! Al diavolo te e la tua caccia! Potevamo andare a casa...»

Ralph spinse Piggy di lato.

«Il capo ero io; e tu dovevi fare come ti avevo detto. Tu parli, ma non sai nemmeno costruire una capanna... poi te ne vai a caccia e lasci spegnere il fuoco...»

Si voltò, e tacque per un momento. Poi nella voce risuonò di nuovo il rancore, profondo.

«C'era una nave...»

Uno dei cacciatori più piccoli cominciò a piangere. La verità, densa di angoscia, affiorava in tutti loro. Jack si fece scarlatto mentre attaccava la carcassa del maiale, squartandola a pezzi.

«Non era un lavoro per pochi. Avevamo bisogno di tutti.»

Ralph lo incalzò:

«Una volta finiti i rifugi, potevi prenderli tutti. Ma tu, no, dovevi andare a caccia...»

«Avevamo bisogno di carne.»

Mentre diceva questo, Jack si alzò, il coltello insanguinato in mano. I due ragazzi si affrontarono. Da una parte, c'era il mondo brillante della caccia, le tattiche, l'adrenalina feroce, l'astuzia; dall'altra, ecco il mondo del buonsenso comune, le sue aspirazioni e il suo sconforto. Jack passò il coltello dalla mano destra alla sinistra, poi scacciò via i capelli appiccicati sulla fronte, ma nel farlo si macchiò di sangue.

Piggy tornò all'attacco.

«Non avreste dovuto lasciar spegnere il fuoco. Avevi detto che non avreste fatto morire il fumo...»

Questo rimprovero di Piggy e il consenso lagnoso di alcuni cacciatori indussero Jack alla violenza. Un lampo balenò negli occhi azzurri. Si fece avanti, e pronto infine a sferrare un colpo contro un essere umano, assestò un pugno nella pancia di Piggy. Un grugnito, e Piggy si accartocciò. Jack gli fu sopra, la voce infieriva, crudele:

«Ne vuoi un altro? Grassone!»

Ralph si avvicinò e Jack mollò un ceffone in testa a Piggy. Gli occhiali di Piggy volarono via per finire tintinnando sulle rocce. Piggy lanciò un grido di terrore:

«I miei occhiali!»

Carponi, si mise a cercarli, tastava le rocce; ma Simon, che l'aveva anticipato, li raccolse per lui. In cima alla montagna, intorno a Simon, oscure passioni si addensavano, adombrate di nefasti presagi.

«Si è rotta una lente.»

Piggy agguantò gli occhiali e li inforcò. Lanciò a Jack un'occhiata torva.

«Ho bisogno di questi occhiali io, non posso farne a meno. Adesso, ho un occhio solo. Aspetta e vedrai...»

Jack fece per avventarsi su Piggy, che corse via a gambe levate, andando a rifugiarsi dietro un gran masso. Sporse la testa in cima al masso e, attraverso l'ormai unica lente luccicante, fulminò Jack con lo sguardo.

«Ora ho un occhio solo. Aspetta e vedrai...»

Jack scimmiottò la sua voce piagnucolosa, e scattò:

«Aspetta e vedrai... come no!»

Piggy e la sua parodia erano così ridicoli che i cacciatori presero a ridere. Jack si sentì spalleggiato. Continuò la pagliacciata della fuga e la risata montò fino a una tempesta isterica. Senza volerlo, Ralph abbozzò un sorriso, ma subito si infuriò con se stesso per essersi lasciato andare.

Mormorò:

«È stata una porcata.»

Jack si fermò nel bel mezzo della buffonata, andò a piazzarsi davanti a Ralph e urlò con tutto il fiato che aveva:

«Va bene, va bene!»

Guardò Piggy, cacciatori e Ralph.

«Mi dispiace. Per il fuoco, voglio dire, ecco. Mi...»

Si fece serio, fiero.

«... Mi scuso.»

Tra i cacciatori serpeggiò un brusio di ammirazione di fronte a un gesto così nobile. Era chiaro: per loro, Jack aveva fatto la cosa giusta; quelle scuse generose a Ralph lo avevano messo dalla parte della ragione e Ralph, misteriosamente, stava passando dalla parte del torto. Rimasero in attesa di una degna risposta.

Eppure, la gola di Ralph si rifiutò di articolarne una. Si sentiva doppiamente offeso, dal comportamento scorretto di Jack ma anche da quest'ultimo inganno verbale. Il fuoco era spento, la nave se n'era andata. Ma lo capivano o no? Macché risposte degne, dalla gola gli sgorgò solo rabbia.

«È stata una porcata.»

In cima alla montagna calò un silenzio assoluto, mentre negli occhi di Jack riapparve e svanì quello sguardo opaco.

Fu Ralph ad avere l'ultima parola.

«Va bene. Accendete il fuoco» mormorò sgarbato.

Ora che potevano cimentarsi in un'azione costruttiva, un po' della tensione si sgonfiò. Ralph non disse altro, non mosse un dito, rimase lì a guardare le ceneri attorno ai suoi piedi. Jack si dava chiassosamente da fare. Impartiva ordini, canticchiava, fischiettava, elargiva commenti ad alta voce perché li sentisse Ralph, sempre taciturno – erano commenti che non richiedevano necessariamente una risposta, e quindi ignorarli non significava tracimare in un affronto; perciò Ralph rimaneva zitto. Nessuno, neppure Jack, osava chiedergli di spostarsi, e alla fine dovettero allestire il fuoco tre metri più in là, in un posto di sicuro meno adatto. Fu così che Ralph riaffermò la propria autorità di capo, e non avrebbe potuto scegliere una strategia migliore, anche se ci avesse meditato sopra per intere giornate. Contro quest'arma, così ineffabile, così efficace, Jack si sentiva impotente, furioso senza saperne il perché. Quando infine la catasta venne ammonticchiata, si ritrovarono sui lati opposti di quell'alta barricata.

Appena fu tutto pronto per il fuoco, ecco scoppiare un'altra crisi. Jack non aveva modo di accenderlo. Allora, con sua gran sorpresa, fu Ralph stesso ad andare a chiedere gli occhiali a Piggy. Nemmeno Ralph avrebbe saputo dire come mai quel legame tra lui e Jack si fosse spezzato, per poi riannodarsi altrove.

«Te li riporto.»

«Vengo anch'io.»

Mentre Ralph si inginocchiava e metteva a fuoco il punto luminoso per accendere la fiammella, Piggy rimase dietro di lui, isolato in un mare di colori amorfi. Nell'istante in cui venne acceso il fuoco, Piggy tese la mano e ghermì di nuovo gli occhiali. Di fronte allo sbocciare di queste lingue di fuoco, fiori dorati, rossi e viola di straordinario splendore, l'astio si dileguò. Divennero soltanto dei ragazzi stretti in cerchio attorno al falò di un accampamento, e persino Piggy e Ralph si lasciarono quasi soggiogare da questo momento. Poco dopo, qualche ragazzo si scapicollava giù lungo il pendio per raccattare ancora legna da ardere mentre Jack faceva a pezzi il maiale. Col sostegno di un palo, tentarono di issare l'intera carcassa sul falò, ma il palo bruciava più rapidamente di quanto cuocesse il maiale. Alla fine, infilzarono i pezzi di carne con dei rami appuntiti che tennero sulle fiamme a mo' di spiedi; ma anche così i ragazzi si arrostivano quasi quanto la carne stessa.

Ralph aveva l'acquolina in bocca. Avrebbe voluto rifiutarla, quella carne, ma la sua dieta sull'isola a base di frutta e noci di cocco, con qualche granchio o un pesciolino ogni tanto, non gli permise di resistere a lungo. Accettò un tocco di carne mezza cruda che addentò con la voracità di un lupo.

Piggy, pure lui con l'acquolina in bocca, chiese:

«E a me niente?»

Jack avrebbe voluto far finta di nulla, lasciandolo nell'incertezza, per rimarcare così il suo potere, ma Piggy, colpevole di aver reso pubblica quest'omissione, si meritava dunque un trattamento ben più crudele.

«Tu non sei venuto a caccia.»

«Neanche Ralph,» frignò Piggy intimorito «neanche Simon.» E insistette: «In un granchio non ci sono che briciole di carne».

Ralph sussultò, a disagio. Simon, seduto tra Piggy e i gemelli, si pulì la bocca e sulle rocce porse il suo pezzo di carne a Piggy, che lo afferrò. I gemelli ridacchiarono e Simon abbassò il capo, vergognoso.

Allora Jack balzò su, col coltello tagliò via un gran pezzo di carne e lo gettò ai piedi di Simon.

«Mangia! Accidenti a te!»

Fulminò Simon con lo sguardo.

«Prendilo!»

Ruotò su se stesso e gridò, rivolgendosi a tutti i ragazzi in circolo, sbigottiti.

«Ve l'ho procurata io questa carne, sì o no?»

Quella rabbia, primordiale e terrificante, sgorgava immane da frustrazioni infinite, inenarrabili.

«Mi sono dipinto la faccia... ho strisciato carponi. E adesso voi la mangiate... tutti voi... e io...»

Pian piano in cima alla montagna il silenzio dilagò, profondo, finché si udirono distintamente solo lo scoppiettio del fuoco e il lieve fischio della carne che sfrigolava. Jack si guardò intorno; cercava comprensione, ma trovò soltanto rispetto. Ralph, in piedi tra le ceneri del fuoco di avvistamento, le mani piene di carne, non diceva niente.

Alla fine, fu Maurice a rompere il silenzio. Cambiò argomento, scegliendo l'unico che avrebbe ricreato l'armonia tra la maggior parte dei ragazzi.

«Dove l'avete trovato il maiale?»

Roger indicò il lato impervio del pendio.

«Erano là... vicino al mare.»

Jack si era riscosso, non avrebbe mai sopportato di sentire la sua storia raccontata da altri. Si intromise senza preamboli.

«Ci siamo sparpagliati, in circolo. Strisciavo, su mani e ginocchia. Le lance cadevano, non avevano presa senza arpioni. Il maiale è scappato via, con un frastuono terribile...»

«Poi è tornato indietro e correva nel mezzo del cerchio, sanguinante...»

Adesso i ragazzi parlavano tutti insieme, rincuorati, effervescenti.

«L'abbiamo chiuso in una morsa...»

Il primo colpo gli aveva paralizzato gli arti posteriori, cosicché il cerchio si era serrato e giù, una valanga di botte...

«Ho tagliato la gola al maiale...»

I gemelli, sempre con quell'identico sorriso stampato in faccia, saltarono su e corsero in tondo, inseguendosi. Poi si aggiunsero gli altri, imitando i rumori e gli strilli di un maiale in agonia.

«Un colpo in testa!»

«Un pugno sul muso!»

Poi Maurice fece finta di essere il maiale e corse al centro, squittendo, e i cacciatori, ancora in circolo, finsero di colpirlo. Mentre danzavano, cantavano.

«*Uccidi-il-maiale! Tagliagli-la-gola! Fallo-a-pezzi!*»

Ralph li osservava, invidioso e corrucciato. Aspettò che finissero la danza e smettessero di cantare, poi parlò:

«Voglio indire un'assemblea.»

Uno per uno, si fermarono, e rimasero a guardarlo.

«Con la conchiglia. Chiamo l'adunata, anche se dobbiamo continuare al buio. Giù, alla piattaforma. Appena suonerò. Subito.»

Voltò le spalle e se ne andò giù per la montagna.

V

Una bestia dal mare

La marea saliva, e rimaneva solo una sottile striscia di spiaggia, compatta tra l'acqua e i detriti bianchi, in cui si inciampava presso la terrazza di palme. Ralph scelse come sentiero quella striscia dura perché aveva bisogno di pensare, e solo lì poteva lasciare che i piedi avanzassero senza dover stare attento a dove li metteva. D'un tratto, mentre camminava vicino all'acqua, venne sopraffatto dallo stupore. Come in un'epifania, comprese la fatica di quest'esistenza, in cui ogni percorso era nuovo e gran parte della vita attiva veniva impiegata a guardare dove si mettevano i piedi. Si fermò a scrutare la striscia di sabbia, e rammentò quella prima, entusiasta esplorazione che ormai sembrava far parte di un'infanzia più felice; sorrise beffardo. Poi si voltò e ritornò alla piattaforma, il sole negli occhi. Era arrivata l'ora di riunire l'assemblea, e mentre camminava irrorato dallo splendore accecante dei raggi del sole, ripassò minuziosamente il suo discorso, punto per punto. In quest'assemblea non poteva concedersi nessun errore, nessun volo pindarico...

Si smarrì in un labirinto di pensieri, via via più confusi perché mancavano parole adatte a esprimerli. Si accigliò, provò di nuovo a fare un po' di ordine.

Quest'assemblea era una cosa seria, non doveva ridursi a un mare di chiacchiere.

A questo pensiero, allungò il passo, rendendosi conto all'improvviso di aver poco tempo; il sole tramontava, un venticello lo accarezzava in viso, più sostenuto ora, perché quasi correva. Il vento gli incollava la camicia grigia sul torace e quindi constatò – i sensi acuiti da questa comprensione nuova – quanto le pieghe fossero diventate rigide, come il cartone, e sgradevoli; notò pure che i bordi logori dei calzoni corti gli avevano creato un'aureola rosa, fastidiosa, sulla parte davanti delle cosce. In uno spasmo di ribrezzo, Ralph scoprì lo sporco e la decadenza; percepì la repulsione che gli suscitavano quei capelli aggrovigliati, sempre a spenzolare davanti agli occhi, e ogni sera, quando andava via il sole, il doversi assopire rigirandosi tra il rumore fragoroso delle foglie secche. Adesso, correva davvero.

La spiaggia vicino alla piscina era punteggiata di capannelli di ragazzi che aspettavano l'assemblea. Si fecero da parte al suo passaggio, silenziosi, consci del suo umore tetro e della colpa del fuoco.

Si fermò nel luogo prescelto per l'assemblea, la cui forma ricordava un triangolo abbozzato; irregolare e impreciso, come del resto tutto quel che facevano. Innanzitutto, c'era il tronco su cui sedeva lui; un albero morto, elefantiaco, troppo grande per essere cresciuto su quella piattaforma. Forse era stato trascinato fin lì da una di quelle leggendarie tempeste del Pacifico. Questo fusto di palma giaceva parallelo alla spiaggia, sicché Ralph da seduto guardava l'interno dell'isola ma, agli occhi dei ragazzi, di lui appariva solo un'immagine scura, stagliata contro la laguna luminosa. I due lati del triangolo di cui il tronco fungeva da base erano ancora più grezzi. Sulla destra c'era un altro fusto, consunto e levigato laddove l'irrequieto pubblico aveva preso posto, che però non era grande come quello del capo, né altrettanto comodo. Sulla sinistra erano disposti quattro tronchetti, di cui uno – il più lontano dei quattro – deplorevolmente malfermo. Un'assemblea dopo l'altra, si erano susseguiti fragorosi scrosci di risate appena qualcuno, inclinatosi troppo all'indietro, l'aveva fatto rotolare, mandando a gambe all'aria nell'erba una mezza dozzina di ragazzi. Eppure, se ne rendeva conto solo adesso, nessuno finora – né lui, né Jack, ma nemmeno Piggy – aveva avuto il buonsenso di bloccarlo, mettendovi semplicemente una pietra a mo' di cuneo. Perciò, continuavano a sopportare quella trappola vacillante, perché, perché... E ancora si perse nei meandri dei suoi pensieri.

Se davanti a ogni ceppo l'erba appariva rada e calpestata, cresceva invece alta e vergine al centro del triangolo. Anche ai vertici, però, l'erba si infoltiva perché nessuno vi si sedeva mai. Tutt'intorno al luogo di riunione si ergevano i fusti grigi, dritti o inclinati, a sostegno del basso tetto di foglie. Su entrambi i lati c'era la spiaggia; dietro, la laguna; di fronte, l'entroterra tenebroso dell'isola.

Ralph si accostò allo scranno del capo. Prima d'ora, non avevano mai bandito un'assemblea così tardi. Ecco perché il posto sembrava tanto diverso. Di solito, la parte sottostante del tetto verde era rischiarata da un garbuglio di riflessi dorati, e le facce dei ragazzi venivano illuminate al contrario, come quando hai in mano una torcia elettrica, pensò Ralph. Ma ora i raggi del sole penetravano obliqui, da un lato solo, perciò disegnavano le ombre proprio dove dovevano essere.

Sprofondò di nuovo in un flusso meditativo così insolito per lui. Se le facce cambiavano, quando erano illuminate dall'alto o dal basso... cos'era mai una faccia? Che cos'era tutto?

Ralph si mosse, irrequieto. Il punto è che chi fa il capo deve pensare, deve essere saggio. Ma se ti lasci sfuggire l'attimo, le decisioni poi devi prenderle in fretta e furia.

Ecco perché sei costretto a pensare, perché il pensiero è prezioso, dà buoni frutti...

Solo che io, sentenziò Ralph davanti allo scranno del capo, io non so pensare. Non come Piggy.

Ancora una volta, quella sera Ralph dovette riaggiustare la sua scala di valori. Piggy sapeva pensare. Sapeva fare un passo dopo l'altro in quella sua testa cicciona, solo che Piggy non era un capo. Ma Piggy, nonostante il suo corpo ridicolo, di cervello ne aveva. Ralph era uno specialista del pensiero adesso, e sapeva riconoscere il pensiero altrui.

Il sole negli occhi gli ricordò che il tempo passava, quindi tirò giù dall'albero la conchiglia e ne esaminò la superficie. L'esposizione all'aria ne aveva schiarito il giallo e il rosa rendendoli quasi nivei, e trasparenti. Ralph avvertì una sorta di reverenza affettuosa per quella conchiglia, nonostante l'avesse ripescata dalla laguna lui stesso. Si rivolse al luogo di riunione e la portò alle labbra.

Gli altri non attendevano altro e arrivarono subito. Chi sapeva del passaggio della nave in prossimità dell'isola mentre il fuoco era spento era soggiogato dal pensiero del furore di Ralph; chi invece era ignaro di tutto, inclusi i piccoli, rimaneva impressionato dall'aura di solennità quasi palpabile che si respirava. La scena dell'assemblea si popolò rapidamente; Jack, Simon, Maurice e la maggior parte dei cacciatori alla destra di Ralph; tutti gli altri a sinistra, nel sole. Piggy li raggiunse, ma rimase fuori dal triangolo. Significava che voleva ascoltare, ma non avrebbe parlato; e Piggy dimostrava così la propria disapprovazione.

«Il fatto è che abbiamo bisogno di un'assemblea.»

Nessuno disse niente, ma le facce rivolte verso Ralph erano concentrate. Brandì la conchiglia con un gesto plateale. L'esperienza gli aveva insegnato che dichiarazioni fondamentali come questa si dovevano ripetere almeno due volte, prima che tutti le capissero. Ralph doveva rimanere seduto, attrarre gli occhi di tutti sulla conchiglia, e lasciar cadere le parole, come sassi rotondi e pesanti, tra i gruppetti di ragazzi che se ne stavano lì, rannicchiati o accovacciati. Si affannava alla ricerca di parole semplici, per riuscire a far capire persino ai piccoli lo scopo di quell'assemblea. Più tardi, forse, oratori consumati – Jack, Maurice, Piggy – con perizia avrebbero deviato il corso della riunione: ma adesso, all'inizio, l'argomento del dibattito doveva venire esposto chiaramente.

«Abbiamo bisogno di un'assemblea. Non per divertirci. O per ridere e cadere dal tronco,» i piccoli accalcati sul ceppo malfermo ridacchiarono, lanciandosi occhiate d'intesa «non per fare scherzi, e nemmeno per...» alzò la conchiglia, sforzandosi di trovare l'espressione adatta «per cimentarsi in una gara d'ingegno. Non per questo. Ci serve per mettere le cose in chiaro.»

Rimase un attimo in silenzio.

«Ci ho pensato a lungo. Ci ho pensato per conto mio, a quel che c'è da fare. Lo so io di cosa abbiamo bisogno. Di un'assemblea, per mettere le cose in chiaro. E parlo io per primo.»

Tacque un attimo e si tirò i capelli indietro con un gesto automatico. Piggy entrò nel triangolo in punta di piedi; la sua protesta passiva era finita, perciò si unì agli altri.

Ralph proseguì:

«Facciamo un sacco di assemblee. Piace a tutti parlare e stare insieme. Decidiamo le cose da fare. Ma poi queste cose non si fanno. Dovevamo andare a prendere l'acqua al ruscello in quei gusci di noci di cocco e poi sistemarli qui, sotto le foglie fresche. Così è stato, per pochi giorni. Adesso acqua non ce n'è più. I gusci sono vuoti. La gente beve al fiume.»

Ci fu un mormorio di assenso.

«Non c'è niente di male ad andare al fiume. Voglio dire, anch'io preferisco bere l'acqua laggiù – sapete, al laghetto sotto la cascata – piuttosto che da una vecchia noce di cocco. Solo che avevamo stabilito di andare a prendere l'acqua. E adesso acqua non ce n'è. Oggi pomeriggio c'erano solo due gusci pieni.»

Si umettò le labbra.

«Poi, la storia delle capanne. I rifugi.»

Di nuovo si gonfiò un brusio, che poi sfiatò.

«Di solito dormite tutti nei rifugi. Stanotte, a parte Sammeric di turno al fuoco, ci dormirete tutti. Ma i rifugi chi li ha costruiti?»

Turbinò subito un gran chiasso. Tutti avevano costruito i rifugi. Ralph dovette agitare la conchiglia un'altra volta.

«Un momento! Voglio dire, chi li ha costruiti tutti e tre? Abbiamo tutti costruito il primo, in quattro il secondo, e l'ultimo laggiù l'abbiamo fatto io e Simon da soli. E infatti è pericolante. No, non c'è niente da ridere. Se ricomincia a piovere, quel rifugio potrebbe crollare. E allora ne avremo bisogno eccome, di quei rifugi.»

Fece una pausa e si schiarì la gola.

«E un'altra cosa. Come gabinetti, abbiamo scelto quegli scogli, quelli subito dietro la piscina. Ed era anche un'idea sensata, perché poi la marea sale e pulisce via tutto. Voi piccoli ne sapete qualcosa.»

Risatine sparse, occhiate furtive.

«Adesso invece la gente la fa dove capita, dappertutto. Persino vicino ai rifugi, e alla piattaforma. Voi piccoli, quando mangiate la frutta; se avete la cagarella...»

L'assemblea esplose.

«Vi ripeto, se avete la cagarella state alla larga dalla frutta. È una porcheria.»

Altri sghignazzi.

«Ho detto che è una porcheria.»

Si staccò dalla pelle la camicia grigia, indurita dalla salsedine.

«È una porcheria, dico sul serio. Se avete la cagarella, correte a gambe levate per la spiaggia fino agli scogli. Capito?»

Piggy protese le mani verso la conchiglia, ma Ralph scosse la testa. Questo discorso l'aveva studiato, punto per punto.

«Dobbiamo usare ancora gli scogli, tutti quanti. Questo posto sta diventando una schifezza.» Tacque. L'assemblea, intuendo che la crisi era nell'aria, fremeva in trepida attesa. «E adesso: veniamo al fuoco.»

Ralph liberò il fiato trattenuto con un lieve sospiro, imitato dal suo pubblico. Jack cominciò a tagliuzzare un pezzo di legno col coltello e sussurrò qualcosa a Robert, che guardò altrove.

«Su quest'isola, la cosa più importante è il fuoco. Se non teniamo acceso il fuoco, come potremo mai essere salvati? Grazie a un colpo di fortuna, magari? Non siamo capaci di fare un fuoco?»

Un ampio movimento del braccio.

«Allora, contiamoci un po'! Quanti siamo? Eppure, non riusciamo a mantenere un fuoco acceso per fare del fumo. Non lo capite? Non vi rendete conto che dovremmo... dovremmo morire, piuttosto che lasciare spegnere il fuoco?»

Risatine imbarazzate serpeggiarono tra i cacciatori. Ralph, furioso, si scagliò contro di loro.

«Ridete quanto vi pare, voi cacciatori! Ma io vi dico, il fumo è più importante dei maiali, di tutti quelli che mai riuscirete ad ammazzare. Lo capite, tutti quanti, o no?» Allargò le braccia e si rivolse all'intero pubblico presente nel triangolo.

«Dobbiamo fare fumo lassù... o è la morte.»

Fece una pausa, concentrandosi sul punto successivo.

«E un'altra cosa.»

Qualcuno lo sfidò:

«Troppe cose.»

Echeggiarono brontolii di consenso. Ralph li ignorò.

«E un'altra cosa. Abbiamo quasi appiccato il fuoco all'intera isola. E sprechiamo il nostro tempo ad ammonticchiare sassi, ad allestire qua e là falò per cucinare. Ora vi dico questo, e questo sarà legge, perché il capo sono io. Non faremo più fuochi in giro, da nessuna parte se non sulla montagna. Mai più.»

Scoppiò subito il putiferio. I ragazzi saltarono su, gridavano, e Ralph urlò a sua volta, di rimando.

«Perché se volete un fuoco per arrostire pesci o granchi, potete benissimo andare sulla montagna. Così saremo al sicuro.»

Le mani si tesero verso la conchiglia, illuminate dalla luce del sole al tramonto. Ralph tenne duro e balzò in piedi sul tronco.

«Ecco tutto quello che avevo da dirvi. Adesso l'ho detto. Mi avete eletto vostro capo. Ora fate come dico io.»

Pian piano tutti si calmarono, e alla fine si rimisero seduti. Ralph scese dallo scranno e parlò col suo tono di voce normale.

«Quindi, tenete a mente. I gabinetti sono sugli scogli. Il fuoco deve rimanere acceso e il segnale di fumo dev'essere chiaramente visibile. Niente fuochi, a parte sulla montagna. Il cibo va portato lassù.»

Jack si alzò, accigliato nella penombra, e protese le mani.

«Non ho ancora finito.»

«Ma hai parlato un sacco!»

«La conchiglia ce l'ho io.»

Jack si sedette, mugugnando.

«E adesso, l'ultima cosa. Qui potete intervenire tutti.»

Aspettò finché sulla piattaforma non calò un silenzio totale.

«Sta andando tutto storto. Non so perché. Avevamo cominciato bene; eravamo felici. E poi...»

Mosse piano la conchiglia; lo sguardo perso nel nulla, non li vedeva, aveva in mente la bestiaccia, il serpente, l'incendio, i discorsi sulla paura.

«Poi, la gente ha cominciato ad aver paura.»

Un mormorio, quasi un gemito, sorse e svanì. Jack aveva smesso di intagliare. Ralph proseguì, a muso duro.

«Ma questa è roba da piccoli. Chiariamoci, una volta per sempre. Quindi, ecco l'ultima cosa, su questo punto possiamo intervenire tutti; in effetti si tratta di prendere una decisione sulla paura.»

I capelli gli calavano di nuovo sugli occhi.

«Dobbiamo parlarne, di questa paura, e stabilire che non è vero niente. Ho paura anch'io, a volte; ma è solo un mucchio di sciocchezze! Come gli orchi. Solo quando avremo chiarito questa faccenda, potremo tornare a occuparci di cose importanti, tipo il fuoco.» Gli sfiorò la mente l'immagine di tre ragazzi che camminavano insieme lungo una spiaggia luminosa. «E a essere felici.»

Con un gesto cerimonioso, Ralph depose la conchiglia sul tronco accanto a sé, a indicare che il suo discorso era finito. Rasoterra, il sole ancora li irrorava coi suoi ultimi bagliori.

Jack si alzò e prese la conchiglia.

«Dunque, questa riunione serve a mettere le cose in chiaro. Vi dirò io come stanno le cose. Siete voi piccoli ad aver cominciato con tutto 'sto discorso della paura. Delle bestie! E da dove salterebbero fuori, queste bestie? Certo, qui tutti quanti abbiamo paura a volte, ma ce la teniamo, la paura. Invece Ralph racconta che voi gridate di notte. Allora vuol dire che avete degli incubi e basta, o mi sbaglio? A ogni modo, voi non andate a caccia, non lavorate, non date nessun aiuto – siete un branco di frignoni, di femminucce. Ecco come stanno le cose. E per quanto riguarda la paura – dovete tenervela, come tutti quanti noi.»

Ralph guardava Jack a bocca aperta, ma Jack non se ne accorse.

«Qui il punto è... che la paura non può farvi mica male; è come nei sogni. Su quest'isola, bestie di cui aver paura non ce ne sono.» Fissò tutti i piccoli, seduti lì in fila a bisbigliare. «Vi starebbe proprio bene se qualcosa vi acchiappasse, voialtri, branco di frignoni! Ma non c'è *nessun* animale...»

Ralph lo interruppe, irritato:

«Ma che c'entra tutto questo? Chi ha mai parlato di un animale?»

«L'hai detto tu l'altro giorno. Hai detto che sognano e urlano. Adesso raccontano – non solo i piccoli, anche i miei cacciatori certe volte –, raccontano di una cosa, una cosa oscura, una bestia, o una specie di animale. Li ho sentiti. Da non crederci, vero? Ora, aprite bene le orecchie. Sulle piccole isole animali grandi non ce ne sono. Qui ci sono maiali e basta. I leoni o le tigri vivono solo in grandi paesi come l'Africa e l'India...»

«E anche allo zoo...»

«La conchiglia ce l'ho io. Non vi sto parlando della paura, io vi parlo della bestia. Spaventatevi quanto vi pare, ma riguardo alla bestia...»

Jack tacque, stringendo la conchiglia al petto, poi si rivolse ai cacciatori, coi loro cappelli neri sulla testa.

«Sentite un po', sono o non sono un cacciatore?»

Essi annuirono, e basta. Era un cacciatore, certo. Nessuno lo dubitava.

«Bene, allora... io quest'isola l'ho girata in lungo e in largo. Da solo. Se ci fosse stata una bestia, l'avrei vista. Spaventatevi pure quanto volete, liberissimi – ma nella foresta non c'è nessuna bestia.»

Jack restituì la conchiglia e si sedette. L'assemblea intera lo applaudì con sollievo. Allora Piggy porse la mano per prenderla.

«Non concordo su tutto quello che ha detto Jack, ma su una parte sì. Naturalmente non c'è nessuna bestia nella foresta. E come potrebbe esserci? Cosa mangerebbe questa bestia?»

«I maiali.»

«I maiali li mangiamo noi.»

«Piggy!»

«Ce l'ho io la conchiglia!» esclamò Piggy indignato. «Ralph, dovrebbero stare zitti, o no? Voi piccoli, silenzio! Quel che voglio dire è che non concordo su questa paura qui. Non c'è niente di cui aver paura nella foresta, ovvio. Perché... be', ci sono stato anch'io! La prossima volta salterete su a parlare di fantasmi o roba simile. Quel che succede lo sappiamo, e se c'è qualcosa che non va, ci sarà qualcuno per porvi rimedio.»

Si tolse gli occhiali, e li guardò strizzando gli occhi. Il sole era sparito ed era come se qualcuno avesse spento la luce.

Proseguì la spiegazione.

«Se avete mal di stomaco, piccolo o grande che sia...»

«Il tuo è bello grande.»

«Quando avrete finito di ridere, forse potremo andare avanti con l'assemblea. E se quei piccoli si arrampicano ancora sul tronco in bilico, tra un secondo cascano di nuovo. Quindi, tanto vale che si siedano per terra ad ascoltare. No. Allora, ci sono dottori che curano tutte le malattie, curano persino quelli malati di testa. Non verrete davvero a raccontarmi che dobbiamo sempre avere paura senza motivo? La vita» disse Piggy, loquace «è scientifica, ecco la verità. Tra un anno o due, quando la guerra sarà finita, andremo avanti e indietro su Marte, come se niente fosse. Io lo so, non c'è nessuna bestia – di quelle con gli artigli, e via dicendo – ma so anche che non c'è nemmeno nessuna paura.»

Piggy fece una pausa.

«A meno che...»

Ralph si mosse, irrequieto.

«A meno che cosa?»

«A meno che non abbiamo paura delle persone, di qualcuno di noi.»

Un frastuono, un misto fra scherno e risate, si levò tra i ragazzi seduti. Piggy abbassò la testa e proseguì, precipitoso.

«Quindi, sentiamo un po' quel piccolo che parlava della bestia, così magari riusciamo a dimostrargli che è un po' tocco.»

I piccoli cominciarono a farfugliare tra di loro, poi uno si fece avanti.

«Come ti chiami?»

«Phil.»

Per essere un piccolo, era disinvolto; allungò le mani, prese la conchiglia e la strinse al petto come Ralph, poi volse lo sguardo attorno, sui ragazzi, per attrarre l'attenzione di tutti prima di parlare.

«Stanotte ho fatto un sogno, un sogno orribile, lottavo contro delle cose. Ero fuori dal rifugio, da solo, combattevo quelle cose, quelle cose tutte ingarbugliate tra gli alberi.»

Si ammutolì e i piccoli risero, empatici, terrorizzati.

«Allora, ho avuto talmente paura che mi sono svegliato. E mi sono ritrovato fuori dal rifugio, da solo nel buio, e le cose ingarbugliate se n'erano andate via.»

L'orrore palpabile di quel racconto, così plausibile e denso di angoscia allo stato puro, li ridusse tutti al silenzio. La vocina del bambino, flautata, proseguì da dietro alla conchiglia bianca.

«E avevo paura e ho cominciato a chiamare Ralph e poi ho visto qualcosa che si muoveva tra gli alberi, qualcosa di grande e orribile.»

Tacque, quasi atterrito da quella rievocazione, eppure orgoglioso dell'effetto che stava creando.

«Era un incubo,» disse Ralph «camminavi nel sonno.»

Nell'assemblea serpeggiò un brusio di assenso, sommesso.

Il piccolo scosse il capo, testardo.

«Io dormivo quando le cose ingarbugliate volevano prendermi, ma quando se ne sono andate ero sveglio, e ho visto una cosa grande e orribile che si muoveva tra gli alberi.»

Ralph tese le mani per prendere la conchiglia e il piccolo si sedette.

«Dormivi. Non c'era nessuno là fuori. E a chi verrebbe in mente di andarsene in giro per la foresta di notte? C'era qualcuno? È uscito qualcuno?»

Ci fu una lunga pausa, colmata dai sogghigni dell'assemblea, al pensiero che qualcuno se ne andasse in giro nell'oscurità. Poi Simon si alzò e Ralph lo fissò con stupore.

«Tu! E cosa andavi a fare a zonzo nel buio?»

Simon afferrò la conchiglia, convulso.

«Volevo... andare in un posto... un posto che so io.»

«Che posto?»

«Solo un posto che so io. Un posto nella giungla.»

Indugiava.

Jack chiuse la questione per loro, con quel suo tono di disprezzo che poteva suonare così divertente e risolutivo.

«Aveva la cagarella.»

Umiliato lui stesso per Simon, Ralph riprese la conchiglia, fissandolo dritto in faccia, severo, mentre la prendeva.

«Be', non farlo più. Hai capito? Non di notte. Si fanno già troppi discorsi stupidi sulle bestie, senza che i piccoli ti vedano sgusciare in giro come un...»

Si levarono risa piene di scherno, intrise di accenti di paura e condanna. Simon aprì la bocca per parlare ma era Ralph ad avere la conchiglia, perciò tornò a sedersi al suo posto.

Quando l'assemblea fece silenzio, Ralph si voltò verso Piggy.

«Allora, Piggy?»

«Ce n'era un altro. Lui.»

I piccoli spinsero avanti Percival e poi lo lasciarono lì da solo. Il bambino rimase al centro, nel folto dell'erba alta, immerso fino al ginocchio; fissava i propri piedi nascosti, immaginandosi forse di essere protetto sotto una tenda. Ralph si ricordò di un altro ragazzino che era rimasto così imbambolato, e scacciò via quel ricordo dalla memoria. Quel pensiero l'aveva bandito, relegandolo nei meandri più remoti della propria coscienza, e solo un episodio concreto come questo lo costringeva a farlo riaffiorare in superficie. Non c'era stato nessun ulteriore tentativo di conteggio dei piccoli, in parte perché non c'era modo di assicurarsi che rispondessero tutti all'appello, e in parte perché Ralph conosceva già la risposta ad almeno una delle domande fatte da Piggy in cima alla montagna. C'erano bambinetti biondi, bruni, pieni di lentiggini, e tutti sporchi, ma quelle facce erano tutte prive di macchie vistose, e ciò era terribile. Nessuno aveva più rivisto la voglia color mora. Ma quella volta era stato Piggy ad aver persuaso a parlare il piccolo, incalzandolo un po'. Ammettendo tacitamente di ricordare l'inconfessabile, Ralph annuì a Piggy.

«Vai avanti. Su, fagli delle domande.»

Piggy si inginocchiò, reggendo la conchiglia.

«Allora. Come ti chiami?»

Il ragazzino si rincantucciò nella sua tenda. Piggy si voltò, disarmato, verso Ralph, che ripeté brusco la domanda.

«Come ti chiami?»

Irritata dal silenzio e dal rifiuto, l'assemblea intonò una cantilena:

«Come-ti-chiami? Come-ti-chiami?»

«Zitti!»

Ralph sbirciò il bambino nella penombra.

«Su, parla. Come ti chiami?»

«Percival Wemys Madison, Casa del Parroco, Harcourt St Anthony, Hants, telefono, telefono, tele...»

Come se quell'informazione affondasse le sue radici nelle remote sorgenti del dolore, il piccolo si mise a piangere. La faccia si increspò, le lacrime sgorgarono dagli occhi, la bocca si spalancò finché non videro un buco nero, quadrato. All'inizio, era l'effige silenziosa del dolore; poi però il lamento sgorgò fuori, alto e prolungato come il suono della conchiglia.

«Finiscila! Sta' zitto!»

Ma Percival Wemys Madison non la finiva. Si era aperta una falla laddove niente e nessuno poteva richiuderla, né l'autorità, né l'intimidazione fisica. Il pianto continuò, intervallato solo da singhiozzi e sospiri, e il bambino sembrava aggrapparsi proprio a quel pianto per riuscire a rimanere dritto.

«State zitti! State zitti!»

Perché ora anche gli altri piccoli avevano rotto il silenzio. Erano venuti a galla i dolori personali di ciascuno; e forse si sentivano partecipi di un dolore che era universale. Cominciarono a piangere per solidarietà, due di loro a dirotto, quasi come Percival.

Fu Maurice a salvarli. Urlò:

«Ehi, guardatemi!»

Finse un ruzzolone. Si raspò il didietro e si sedette sul tronco traballante, cadendo poi nell'erba. Se la cavava male a fare il pagliaccio; ma Percival e gli altri non se ne accorsero, e risero tra il moccio e le lacrime. Finirono per sbellicarsi tutti dalle risate, e fu una scena così assurda che persino i grandi si unirono alla cagnara.

Jack fu il primo a riprendere le redini. Non aveva la conchiglia, e così parlò contravvenendo alle regole; ma nessuno ci badò.

«E allora, la bestia?»

A Percival stava succedendo una strana cosa: sbadigliò, barcollò, tanto che Jack dovette afferrarlo e scuoterlo.

«Dove sta la bestia?»

Sorretto da Jack, Percival si accasciò.

«Dev'essere una bestia intelligente,» lo schernì Piggy «se riesce a nascondersi su quest'isola.»

«Jack l'ha girata tutta...»

«Dove potrebbe vivere una bestia?»

«Ma che bestia del cavolo!»

Percival borbottò qualcosa e l'assemblea ancora giù a ridere. Ralph si sporse in avanti.

«Che sta dicendo?»

Jack ascoltò la risposta di Percival e poi mollò la presa. Percival, libero infine, circondato dalla confortante presenza di altri esseri umani, scivolò nell'erba alta e si addormentò.

Jack si schiarì la gola e poi riferì, con affettata noncuranza.

«Dice che la bestia viene fuori dal mare.»

L'ultima risata si spense. Inconsciamente, Ralph si voltò; un profilo gobbo, nero, contro la laguna. L'assemblea seguì il suo esempio; osservò le vaste distese d'acqua fino in fondo, fino in alto mare, sconosciuto indaco di possibilità infinite; nel silenzio, si udiva il mormorare delle onde sulla barriera, quasi un respiro.

Maurice parlò – a voce così alta che i ragazzi sobbalzarono.

«Il mio papà mi ha detto che non hanno ancora scoperto tutti gli animali che esistono in mare.»

Si accese un nuovo dibattito. Ralph porse la conchiglia luccicante a Maurice che la prese, docile. L'assemblea si placò.

«Voglio dire, quando Jack dice che si può avere paura anche solo perché altri hanno paura, sono d'accordo. Ma quando dice che su quest'isola ci sono solamente maiali, magari ha ragione, però come fa a saperlo? Voglio dire, come fa a saperlo di sicuro?» Maurice prese fiato. «Il mio papà dice che ci sono animali, come si chiamano quelli che fanno l'inchiostro – i calamari –, lunghi centinaia di metri, che mangiano le balene in un boccone.» Tacque di nuovo, poi rise allegro. «Io alla bestia non ci credo, figuriamoci. Come dice Piggy, la vita è scientifica, ma noi che ne sappiamo? Che ne sappiamo davvero, voglio dire...»

Qualcuno gridò:

«Un calamaro mica può uscire fuori dall'acqua!»

«Eccome no!»

«Ma dài!»

Un attimo dopo, la piattaforma si trasformò in un'orda di ombre litigiose, gesticolanti. A Ralph, lì seduto, questo spettacolo sembrò il trionfo della follia. Paura, bestie, nessuna generale ammissione sul fatto che il fuoco fosse di importanza vitale: e appena si cercava di mettere le cose in chiaro, il dibattito scivolava alla deriva, impantanandosi tra nuovi argomenti esasperanti.

Riuscì a individuare un biancore nel buio, lì vicino a lui, perciò ghermì la conchiglia dalla presa di Maurice e la suonò, con tutto il fiato che aveva. L'assemblea rimase scioccata, e ridotta al silenzio. Simon gli era accanto, impose le mani sulla conchiglia: Simon sentì una pericolosa urgenza di parlare; ma parlare in assemblea per lui era una prova terribile.

«Forse,» disse esitante «forse una bestia c'è.»

L'urlo dell'assemblea esplose, selvaggio, e Ralph si alzò in piedi, sgomento.

«Tu, Simon? Tu ci credi?»

«Non lo so» disse Simon. I battiti del suo cuore impazzito lo soffocavano. «Ma...»

Scoppiò il finimondo.

«Ma siediti!»

«Sta' zitto!»

«Toglietegli la conchiglia!»

«Cretino!»

«Sta' zitto!»

Ralph gridò:

«Ascoltatelo! Ha la conchiglia!»

«Voglio dire forse... forse, siamo soltanto noi.»

«Cazzate!»

Era stato Piggy a parlare, scosso al punto da perdere il controllo. Simon proseguì:

«Forse siamo come...»

A Simon mancò la voce, sopraffatto dallo sforzo di tradurre in parole quella fondamentale malattia che affliggeva l'umanità. Gli venne un'ispirazione.

«Cos'è la cosa più sporca che ci sia?»

Per tutta risposta, Jack scagliò nell'attonito silenzio che seguì quell'unica, oscena parola. Fu una liberazione; fu come un orgasmo. Quei piccoli che si erano arrampicati di nuovo sul tronco instabile ricaddero a gambe all'aria, ma neanche se ne accorsero. I cacciatori strillavano di gioia.

Lo sforzo di Simon si era risolto in una disfatta; brutalmente annientato dalle risa di scherno, si afflosciò al suo posto, inerme.

Alla fine, l'assemblea si ricompose in silenzio. Qualcuno parlò senza aspettare il proprio turno.

«Forse vuol dire che c'è una specie di fantasma.»

Ralph levò la conchiglia e scrutò le tenebre. L'immagine più chiara che intravide fu la spiaggia pallida. E i piccoli, dov'erano? Di certo non si erano mossi. Infatti: senza dubbio erano quel groviglio di corpi ammassati al centro, nel fitto dell'erba, tutti raggomitolati. Un soffio di vento e il frusciare delle palme risuonò fragoroso, ora che buio e silenzio lo mettevano in risalto. Due tronchi grigi si strofinarono fra loro con uno stridio maligno che nessuno aveva notato durante il giorno.

Piggy gli prese la conchiglia dalle mani ed esplose, indignato:

«Non credo a nessun fantasma – mai e poi mai!»

Anche Jack balzò su, in preda a un furore inspiegabile.

«Chi se ne frega quel che credi tu... Grassone!»

«La conchiglia ce l'ho io!»

Si udì il suono di una rissa fulminea, mentre la conchiglia andava avanti e indietro.

«Ridammi la conchiglia!»

Ralph si intromise nella zuffa e si beccò un pugno in pieno petto. Strappò via la conchiglia a qualcuno e si sedette, senza fiato.

«Basta con queste storie di fantasmi. Avremmo dovuto affrontare quest'argomento in pieno giorno.»

Una voce, soffocata e anonima, insinuò:

«Forse la bestia è proprio questo: un fantasma.»

L'assemblea venne scossa come da una raffica di vento.

«La gente parla senza aspettare il proprio turno,» disse Ralph «ecco perché non riusciamo ad avere delle assemblee decenti; non rispettiamo le regole.»

Tacque di nuovo. Il piano di quest'assemblea, preparato con tanta cura, era miseramente fallito.

«Che volete che vi dica adesso? Ho sbagliato a indire un'assemblea così tardi. Li mettiamo ai voti, allora; i fantasmi, voglio dire; e poi ce ne torniamo tutti ai rifugi perché siamo stanchi. No, ehi... è Jack quello lì? Aspetta un attimo. Lo dico qui e ora: io ai fantasmi non ci credo. O penso di non crederci. E comunque non mi piace pensarci. Figuriamoci adesso, qui al buio. Ma dovevamo chiarirci le idee.»

Alzò la conchiglia per un attimo.

«Allora, benissimo. Dunque, adesso decidiamo una volta per tutte se i fantasmi esistono oppure no...»

Rifletté un momento, prima di formulare la domanda.

«Chi crede che esistano i fantasmi?»

Per un bel pezzo ci fu silenzio, nessun gesto visibile. Poi Ralph sbirciò nel buio, distinse le mani alzate e concluse, secco:

«Ho capito.»

Il mondo, quel mondo logico e legittimo, stava svaporando. Una volta si poteva decidere su una cosa o su un'altra; ma adesso... e la nave se n'era andata.

Gli venne strappata la conchiglia dalle mani e Piggy strillò:

«Non ho votato per nessun fantasma, io!»

Si rivolse a tutta l'assemblea.

«Ricordatevelo tutti quanti!»

Si sentì che batteva un piede per terra.

«Allora, cosa siamo? Degli esseri umani? O degli animali? O dei selvaggi? Che penseranno di noi i grandi? Andiamo di male in peggio... ci mettiamo a cacciare i maiali... e poi lasciamo spegnere il fuoco... e adesso, ci voleva pure questa!»

Un'ombra gli si piazzò davanti, minacciosa.

«Ma sta' zitto tu, palla di grasso!»

Ci fu una breve colluttazione; la conchiglia scintillante balenò su e giù. Ralph fu in piedi in un balzo.

«Jack! Jack! Non ce l'hai tu la conchiglia! Lascialo parlare.»

La faccia di Jack galleggiò nel buio fino a lui.

«Ma sta' zitto pure tu! Chi cavolo sei tu, in fin dei conti? Te ne stai là seduto, a dare ordini alla gente. Non sai cacciare, non sai cantare...»

«Sono il capo. Mi hanno eletto.»

«E chi se ne importa se ti hanno eletto? Non fai che dare ordini senza senso...»

«La conchiglia ce l'ha Piggy.»

«Va bene... stai dalla parte di Piggy, come sempre...»

«Jack!»

La voce di Jack risuonò in un'imitazione sguaiata:

«Jack! Jack!»

«Le leggi!» gridò Ralph. «Stai infrangendo le leggi!»

«E chi se ne importa?»

Ralph fece appello a tutta la sua lucidità.

«Ma le leggi sono la sola cosa che abbiamo!»

Jack, però, gli gridava contro, ribelle:

«Al diavolo le leggi, chi se ne frega! Siamo forti noi... siamo cacciatori! Se c'è una bestia, la staneremo! L'accerchieremo, e poi giù, colpi su colpi...!»

Cacciò un ululato selvaggio, saltò e atterrò giù sulla sabbia pallida. Subito, la piattaforma fu un caos di rumore e frenesia, balzi e strilli e risate. L'assemblea si disintegrò in gruppuscoli che ciarlavano a vanvera, si snodavano dalle palme alla laguna e poi lungo la spiaggia, dove nel buio non si riusciva più a distinguerli. Ralph sentì la conchiglia sfiorargli la guancia; la prese dalle mani di Piggy.

«Ma che diranno i grandi?» gridò di nuovo Piggy. «Ma guardali!»

Dalla spiaggia provenivano rumori di finte cacce, risate isteriche, urla di vero terrore.

«Ralph, suona la conchiglia.»

Piggy gli era così vicino che Ralph intravedeva il bagliore della sua unica lente.

«La sola cosa che conta è il fuoco. Possibile che non lo capiscano?»

«È adesso che devi importi. Devi costringerli a fare quel che vuoi tu.»

Ralph rispose con la voce ponderata di chi stia ripassando un teorema:

«Ma se suono la conchiglia e loro non tornano indietro, allora è davvero finita. Non riusciremo a mantenere il fuoco acceso. Diventeremo degli animali. Non verremo salvati, mai più.»

«Se non la suoni, diventeremo lo stesso degli animali, e molto presto. Non riesco a vedere che stanno facendo, però ci sento eccome.»

Le figure all'inizio disperse si erano adesso assembrate sulla sabbia, in una densa massa scura che girava. Intonavano un coro, e i piccoli che ne avevano avuto abbastanza barcollavano via, ululando. Ralph portò la conchiglia alle labbra, poi però l'abbassò.

«Ma Piggy, il punto è questo: 'sti fantasmi esistono oppure no? E le bestie?»

«Ma no, figuriamoci!»

«E perché no?»

«Perché allora le cose non avrebbero alcun senso. Le case, le strade, e... la televisione... non funzionerebbe niente.»

Danzando e cantando, i ragazzi si erano ormai allontanati; delle loro voci adesso non rimaneva nient'altro che una cantilena ritmata, un suono privo di parole.

«Ma mettiamo che le cose non abbiano senso; non qui, non su quest'isola. Mettiamo che ci sia qualcosa che ci spia, che ci aspetta.»

Ralph fu scosso da un tremito violento; si avvicinò ancora di più a Piggy, tanto che i due sbatterono l'uno contro l'altro, spaventandosi a morte.

«Smettila di parlare così! Siamo già nei guai fino al collo, Ralph, davvero, io non ce la faccio più. Se 'sti fantasmi esistono...»

«Dovrei piantarla di fare il capo. Ma sentili.»

«Oddio! No, no!»

Piggy si aggrappò al braccio di Ralph.

«Se il capo fosse Jack, ordinerebbe a tutti di andare a caccia, e allora non ci sarebbe più nessuno a occuparsi del fuoco. Rimarremmo qui, fino alla morte.»

Alzò la voce, un grido stridulo:

«Chi c'è là, là seduto?»

«Sono io. Simon.»

«Tre mentecatti» disse Ralph. «Tre imbecilli. Basta, mi arrendo.»

«Se getti la spugna» sussurrò Piggy, inorridito «che mi succederà?»

«Niente.»

«Mi odia. Non so perché. Se potesse fare quel che vuole... tu non hai niente da temere, ti rispetta. E poi... tu gliele suoneresti.»

«Eppure, poco fa, ve le siete date di santa ragione.»

«Avevo la conchiglia» disse soltanto Piggy. «Avevo diritto alla parola.»

Simon si mosse nel buio.

«Continua a fare il capo.»

«Simon, tu sta' zitto, imbranato! Non potevi mica dirlo, che non c'era nessuna bestia?»

«Ho paura di lui,» disse Piggy «ho paura perché lo conosco. Quando hai paura di qualcuno, lo odi, ma non puoi fare a meno di pensarci. Ti illudi che da lui non hai niente da temere, ma poi, quando lo vedi di nuovo... è come l'asma, ti soffoca. E ti dirò una cosa. Lui odia pure te, Ralph...»

«Me? E perché dovrebbe odiarmi?»

«Non so. L'hai beccato con la storia del fuoco; e poi sei il capo, e lui no.»

«Ma sì che è un capo, come no, è Jack Merridew!»

«Io ho passato a letto un sacco di tempo, è così che ho imparato a pensare. Conosco la gente. Conosco me stesso. E anche lui. A te non farà del male: ma se ti togli di mezzo tu, se la prenderà col tuo vicino. E quindi se la prenderà con me.»

«Piggy ha ragione, Ralph. Ci siete solo voi due, tu e Jack. Continua a fare il capo.»

«Sta andando tutto storto, va tutto in malora. A casa, bene o male, un grande lo trovavi sempre. Per favore, signore; per favore, signorina; e così ottenevi la tua brava risposta. Come sarebbe bello!»

«Vorrei che la zia fosse qui.»

«Vorrei mio padre... Oh, ma tanto a che serve?»

«Dobbiamo tenere il fuoco acceso.»

La danza era finita, e i cacciatori stavano ritornando ai rifugi.

«I grandi sanno come fare» disse Piggy. «Non hanno paura del buio. Si siederebbero a discutere davanti a una tazza di tè, e rimetterebbero tutto a posto...»

«Non darebbero fuoco all'isola. Non lascerebbero...»

«Costruirebbero una nave...»

In piedi, al buio, i tre ragazzi si sforzavano vanamente di rievocare la maestà della vita adulta.

«Non litigherebbero...»

«Non mi romperebbero gli occhiali...»

«Non parlerebbero di una bestia...»

«Se solo potessero mandarci un messaggio» gridò Ralph, disperato. «Se solo potessero inviarci qualcosa dal loro mondo di grandi... un segnale, o qualcosa del genere.»

Nelle tenebre, un gemito fievole li raggelò, li costrinse ad aggrapparsi l'uno all'altro. Quel gemito, remoto e spettrale, si innalzò per poi ridursi a un farfuglio inarticolato. Percival Wemys Madison, che viveva alla Casa del Parroco, Harcourt St Anthony, giaceva nell'erba alta, e viveva circostanze di fronte a cui la formula magica del suo indirizzo si dimostrava impotente.

VI

Una bestia dal cielo

Non c'era altra luce in cielo, salvo le stelle. Appena si resero conto che cos'era a fare quel rumore spettrale, e quando Percival si fu di nuovo acquietato, a fatica Ralph e Simon se lo caricarono maldestramente, e lo trasportarono fino a un rifugio. Piggy li tallonava da vicino, nonostante tutte le sue dichiarazioni coraggiose, e i tre ragazzi più grandi entrarono insieme nel rifugio accanto. Si stesero, inquieti e rumorosi, tra le foglie secche, lo sguardo immerso in quel pezzetto di stelle che era l'apertura, affacciata sulla laguna. Ogni tanto, un piccolo degli altri rifugi piangeva, e una volta un grande parlò nell'oscurità. Poi, anche loro si addormentarono.

Sull'orizzonte, sorse una sottile falce di luna; filiforme disegnò un sentiero di luce appena si adagiò sul pelo dell'acqua; ma altre luci brillavano in cielo, balenavano rapide, ammiccavano, o si spegnevano, sebbene non li raggiungesse nemmeno un lieve scoppiettio di quella battaglia combattuta a quindici chilometri di quota. Ma un segnale piombò giù dal mondo degli adulti, sebbene a quell'ora nessun bambino fosse sveglio per poterlo scorgere. Ecco un'improvvisa esplosione luminosa, e poi una scia attraverso il cielo, a forma di spirale; poi, di nuovo il buio e le stelle. Comparve un granello sull'isola; una figura calava veloce sotto un paracadute, una figura appesa, braccia e gambe penzoloni. I venti mutevoli delle diverse altitudini trascinavano la figura dove volevano. Poi, a quasi cinque chilometri di quota, il vento si stabilizzò e la guidò in una curva discendente giù per il cielo, quindi virò, tagliando una gran diagonale lungo la barriera corallina e la laguna, diretta verso la montagna. La figura cadde, raggomitolandosi tra i fiori azzurri del pendio, ma ora anche qui si era alzata una lieve brezza, e il paracadute afflosciato si rigonfiava, e sbatteva e tirava. Così la figura agganciata sotto, strascicando i piedi, risaliva il crinale della montagna. Un metro dopo l'altro, un soffio dopo l'altro, il venticello sospinse la figura tra i fiori azzurri, sui macigni e le pietre rosse, finché non giacque rannicchiata tra le rocce sparpagliate sulla vetta della montagna. Qui la brezza, incostante, orchestrò le corde del paracadute in garbugli e addobbi, finché la figura non si ritrovò seduta, la testa ancora protetta dal casco fra le ginocchia, e sorretta da un groviglio di fili. Appena la brezza soffiava, le corde si tendevano e sollevavano quella testa e quel torace prigionieri del viluppo, in modo tale che la figura sembrava ergersi di vedetta sulla cima della montagna. Poi, ogni volta che calava il vento, le corde si allentavano e la figura si incurvava, di nuovo ripiegata in avanti, affondando la testa tra le ginocchia. Così, sotto quel cielo trapunto di mobili stelle, la figura seduta in cima alla montagna si inchinava, si drizzava e si inchinava ancora.

Sul pendio, un po' più in giù, vicino a una roccia, si sentirono dei rumori nel buio del primo mattino. Due ragazzi sbucarono fuori da un intrico di sottobosco e foglie morte, due ombre scure che chiacchieravano assonnate. Erano i gemelli, di corvée per il fuoco. In teoria, uno avrebbe dovuto dormire e l'altro montare la guardia. Ma visto che l'uno senza l'altro non riusciva mai a far niente di sensato, e visto che rimanere svegli tutta la notte era impossibile, se n'erano entrambi andati a dormire. Si stavano ora avvicinando alla macchia nerastra, ai resti del fuoco di segnalazione; sbadigliavano, si stropicciavano gli occhi mentre incedevano col passo esperto di chi il suolo lo conosce. Appena raggiunta la meta, smisero di sbadigliare, e uno ritornò indietro di corsa, lesto, alla ricerca di sterpi e foglie.

L'altro si inginocchiò.

«Credo che si sia spento.»

Trafficò coi rametti che gli venivano passati tra le mani.

«No.»

Si stese per terra e avvicinò le labbra alla macchia amorfa di cenere, e vi soffiò piano. Apparve il suo viso, illuminato di rosso. Per un attimo, smise di soffiare.

«Sam... porta un po'...»

«... Di ramoscelli secchi.»

Eric si chinò e soffiò adagio, ancora, finché la chiazza non tornò luminosa. Sam ficcò uno stoppino secco nella brace calda, e poi un ramo. Il bagliore aumentò e il ramo prese fuoco. Sam ammonticchiò altri rami.

«Non bruciarli tutti,» disse Eric «ne metti troppi.»

«Riscaldiamoci un po'.»

«Poi, però, dovremo raccogliere altra legna.»

«Ho freddo.»

«Anch'io.»

«E poi, è...»

«... Buio. Va bene, allora.»

Eric si accovacciò di nuovo e osservò Sam che alimentava il fuoco. Costruì una piccola tettoia di legno secco e il fuoco avvampò, una bella fiammata decisa.

«Poco ci mancava.»

«Come si sarebbe...»

«Infuriato.»

«Uh!»

Per un po', i gemelli fissarono il fuoco, in silenzio. Poi Eric ridacchiò.

«Era infuriato, vero?»

«Vuoi dire per il...»

«Il fuoco, e per il maiale.»

«Per fortuna se l'è presa con Jack e non con noi.»
«Uh! Ricordi il vecchio Brontolo, a scuola?»
«Ragazzi, mi fate im-paz-zi-re!»
I gemelli scoppiarono in una risata identica, la loro, poi si ricordarono del buio e di tutto il resto, e si guardarono intorno, circospetti. Le fiamme che divoravano la tettoia di legna li ipnotizzarono di nuovo. Eric osservò il folle andirivieni degli onischi, terrorizzati al punto da non riuscire a evitare le fiamme, e pensò al primo fuoco – allestito proprio là, un po' più in giù, sul declivio più ripido della montagna, dove adesso regnava l'oscurità totale. Non gli piacque questo ricordo, perciò guardò altrove, in cima alla montagna.
Ora li riscaldava un po' di tepore, recando conforto a entrambi. Sam si divertiva a sistemare i rami nel fuoco in una trama sempre più fitta. Eric stese le mani, cercando la giusta distanza per esporsi al calore. Lo sguardo ozioso vagava oltre il fuoco, sulle rocce sparpagliate tutt'intorno, ora appiattite in sagome scure; ne ricostruiva il profilo, immaginandone i contorni delineati dalla luce del giorno. Laggiù c'era un grande masso, e là quelle tre pietre; poi quella roccia spaccata, e in fondo c'era un buco – proprio là...
«Sam?»
«Sì?»
«Niente.»
Le fiamme avvinghiavano i rami; la corteccia si arricciava e si spellava, il legno crepitava. La tettoia collassò, implose, spalancando un vasto circolo luminoso sulla cima della montagna.
«Sam...»
«Sì?»
«Sam! Sam!»
Sam fissò Eric spazientito. L'intensità dello sguardo di Eric calava un velo d'orrore sulla direzione in cui lui guardava, che Sam non poteva vedere perché di spalle. Incespicò attorno al fuoco, si accovacciò accanto a Eric e guardò

anche lui per scoprire di cosa si trattasse. Rimasero impietriti, aggrappati l'uno alle braccia dell'altro, quattro occhi sbarrati e due bocche aperte.

Molto più in basso, gli alberi della foresta sottostante sospirarono, poi ruggirono. Sulle fronti dei gemelli i capelli fluttuarono, e le fiamme ondeggiarono, reclinate di traverso sul falò. A una quindicina di metri di distanza, li raggiunse il lieve tonfo della tela che si gonfiava.

Nessuno dei due urlò, ma si strinsero più forte tra loro, e spalancarono la bocca a più non posso. Rimasero rannicchiati così per una decina di secondi, mentre il fuoco si dimenava spandendo fumo e scintille ovunque, irrorando di effimere lingue di luce la cima della montagna.

Poi, simultanei, come guidati da un'unica mente atterrita comune a entrambi, si slanciarono in una fuga a rompicollo giù per le rocce.

Ralph stava sognando. Si era addormentato dopo quelle che gli erano parse ore di sbatacchiamenti e rotoloni rumorosi tra le foglie secche. Perfino i suoni degli incubi che provenivano dagli altri rifugi non lo raggiungevano più, ormai, perché lui era tornato da dove era venuto, adesso offriva zuccherini ai pony oltre il muro del giardino. Poi c'era qualcuno che gli scuoteva il braccio, gli diceva che era l'ora del tè.

«Ralph! Svegliati!»

Le foglie stavano ruggendo, come il mare in tempesta.

«Ralph! Svegliati!»

«Che succede?»

«Abbiamo visto...»

«... La bestia...»

«... Proprio così!»

«Ma chi siete voi? I gemelli?»

«Abbiamo visto la bestia...»

«Zitti! Piggy!»

Il tramestio delle foglie si ingigantiva. Piggy gli sbatté

contro, e un gemello lo agguantò mentre tentava di raggiungere l'apertura oblunga dove impallidivano le stelle.

«Non puoi uscire... è orribile!»

«Piggy... dove sono le lance?»

«Ho ancora nelle orecchie...»

«Zitti allora. Restate immobili.»

Prima scettici e via via terrorizzati, si acquattarono là ad ascoltare la narrazione sussurrata dai gemelli, tra pause di silenzio assoluto. Ben presto l'oscurità fu un'orda di artigli, un orrido e minaccioso ignoto. L'alba interminabile dissolse le stelle, e alla fine una luce, triste e grigia, filtrò nel rifugio. Cominciarono a muoversi, sebbene fosse ancora impossibile affrontare il pericoloso mondo fuori dal rifugio. Il labirinto del buio si sgranò in contorni vicini e lontani, e le nuvolette al culmine della volta celeste vennero irrorate da colori tiepidi. Un uccello marino, solitario, si librò alto, emise un grido rauco a cui subito risposero nuovi stridii, e uno strillo fremette nella foresta. Ora, strisce di nuvole vicine all'orizzonte cominciarono a tingersi di bagliori rosa, e le cime piumate delle palme tornarono verdi.

Ralph si inginocchiò sulla porta del rifugio e sbirciò cauto attorno a sé.

«Sammeric. Chiamate tutti per un'assemblea. Con calma. Andate.»

I gemelli, avvinti in un tremulo abbraccio, affrontarono i pochi metri che li separavano dal rifugio più vicino e diffusero la terribile notizia. Ralph si alzò e si incamminò fino alla piattaforma misurando i passi con dignità, sebbene un brivido gli corresse lungo la schiena. Piggy e Simon lo seguirono e poi arrivarono gli altri, con andatura furtiva.

Ralph prese la conchiglia dallo scranno levigato dove l'aveva lasciata e la portò alle labbra; però indugiò, e desistette dal soffiarla. Sollevò la conchiglia, invece, esibendola in modo tale che capirono tutti.

Irradiandosi in alto, i raggi del sole si aprirono a ventaglio da sotto l'orizzonte, e poi scivolarono sulla terra, fino a ricongiungersi al loro sguardo. Ralph fissò per un momento il crescente spicchio d'oro puro che li illuminava da destra e gli parve che ormai si potesse iniziare un discorso. Il circolo di ragazzi che aveva di fronte era irto di lance da caccia.

Porse la conchiglia a Eric, il gemello più vicino.

«Abbiamo visto la bestia, coi nostri occhi. No... non dormivamo...»

Sam continuò la narrazione. Per consuetudine, ormai, la conchiglia serviva a entrambi i gemelli, perché la loro unità sostanziale era universalmente riconosciuta.

«Era una bestia pelosa. Aveva qualcosa che si muoveva dietro la testa... delle ali. Anche la bestia si muoveva...»

«Era orribile. Stava su, come seduta...»

«Il fuoco era bello luminoso...»

«L'avevamo appena riacceso...»

«... Ci avevamo messo molta legna...»

«Aveva degli occhi...»

«E i denti...»

«E che artigli...»

«Siamo scappati a gambe levate...»

«Andavamo a sbattere dappertutto...»

«La bestia ci seguiva...»

«L'ho vista, si nascondeva tra gli alberi...»

«Mi ha quasi toccato...»

Ralph additò timoroso la faccia di Eric, che era striata dalle ferite provocate dai cespugli in cui era incappato.

«E come te li sei fatti questi?»

Eric si toccò la faccia.

«Sono tutto graffiato. Esce sangue?»

Il circolo dei ragazzi si accartocciò su se stesso; terrorizzato, Johnny passò dallo sbadiglio alle lacrime, un pianto a dirotto soffocato da Bill a suon di ceffoni. Il mattino luminoso era pieno di minacce e il cerchio cominciò a mutare forma. Si volse al di fuori, piuttosto che rimanere rivolto all'interno, e le lance di legno appuntito si ersero a guisa di palizzata. Jack li richiamò tutti al centro.

«Questa sarà una vera caccia! Chi viene?»

A Ralph sfuggì un moto di impazienza.

«Le nostre lance sono fatte di legno. Non fare lo stupido.»

Jack lo derise.

«Paura?»

«Certo che ho paura. E chi non l'avrebbe?»

Si voltò in direzione dei gemelli, speranzoso ma senza farsi illusioni.

«Suppongo che non ci stiate prendendo in giro...»

La risposta fu troppo enfatica perché chiunque potesse dubitare della loro buona fede.

Piggy prese la conchiglia.

«Ma... non potremmo... magari... non muoverci da qui? Forse la bestia non verrà fin qui da noi.»

Se non avesse avuto la sensazione che qualcuno li osservasse, Ralph gli si sarebbe scagliato contro.

«Restare qui? E rimanere prigionieri di questo pezzetto di isola, sempre sul chi va là? E come potremmo procurarcelo il cibo? E per accendere il fuoco?»

«Muoviamoci,» disse Jack, incapace di star fermo «stiamo solo perdendo tempo.»

«No, non è vero. E coi piccoli come la mettiamo?»

«Al diavolo i piccoli!»

«Qualcuno dovrà pur badarci.»

«Finora, non l'ha fatto nessuno.»

«Ma non ce n'era bisogno! Adesso invece sì. Piggy, te ne occuperai tu.»

«Ma sì, Piggy tienilo sempre alla larga dai pericoli.»

«Fai funzionare il cervello. Che aiuto può darci Piggy, con un occhio solo?»

Incuriositi, tutti i ragazzi fissavano Jack e poi Ralph, nel loro botta e risposta.

«E un'altra cosa. Non puoi mica fare una battuta di caccia normale, perché la bestia non lascia tracce. Altrimenti, le avresti viste. Per quanto ne sappiamo, la bestia può saltare di albero in albero come... come cavolo si chiama...»

Assentirono tutti.

«Quindi, dobbiamo riflettere.»

Piggy si tolse gli occhiali mezzi rotti e pulì l'unica lente integra.

«E noi che faremo, Ralph?»

«Non hai la conchiglia. Ecco.»

«Voglio dire... e noi come ce la caviamo? Metti che la bestia venga quando non ci siete. Io non ci vedo bene e poi se ho paura...»

Jack lo interruppe, sprezzante:

«Hai sempre paura, tu.»

«La conchiglia ce l'ho io...»

«La conchiglia! La conchiglia!» gridò Jack. «Non abbiamo più bisogno di nessuna conchiglia. Tanto lo sappiamo chi ha diritto di parlare. Quando hanno parlato Simon, Bill, o Walter, a che è servito? È tempo che certa gente si accorga che deve starsene zitta e lasciar decidere tutto a noi...»

Ralph non poteva più far finta di niente. Il sangue, caldo, gli affluì alle guance.

«Non hai la conchiglia» disse. «Siediti.»

La faccia di Jack sbiancò, un lenzuolo, al punto che le lentiggini risaltarono, divennero tante macchioline marroni. Si umettò le labbra, ma rimase in piedi.

«Questa è roba da cacciatori.»

Tutti gli altri li fissavano, all'erta. Piggy, sentendosi nell'occhio del ciclone, lasciò scivolare la conchiglia sulle ginocchia di Ralph e si sedette. Il silenzio divenne insopportabile, e Piggy rimase lì, col fiato sospeso.

«Questa volta è molto di più che roba da cacciatori» disse Ralph, alla fine. «Perché la bestia non lascia tracce. E poi, non vuoi essere salvato?»

Si rivolse all'assemblea.

«Voi, tutti quanti, non volete essere salvati?»

Tornò a fissare Jack.

«L'ho già detto prima, il fuoco è la cosa più importante. Adesso il fuoco si sarà spento di sicuro...»

L'esasperazione emerse ancora una volta in lui e lo salvò, dandogli l'energia per tornare all'attacco.

«Ma qui non c'è nessuno con un po' di sale in zucca? Dobbiamo riaccenderlo, quel fuoco. A questo ci hai mai pensato, Jack, oppure sì? O non c'è nessuno di voi che voglia essere salvato?»

Sì, volevano essere salvati, a riguardo dubbi non ce n'erano; e con questo brusco colpo di mano da parte di Ralph superarono la crisi. Piggy liberò il fiato con un rantolo, cercò di nuovo l'aria, ma non la trovò. Giacque contro un tronco, la bocca aperta, ombre blu gli si allargavano intorno alle labbra. Nessuno ci fece caso.

«Adesso, Jack, fai mente locale. Sull'isola sei stato dappertutto?»

Jack rispose, riluttante:

«C'è un posto solo... ma sì, ti ricordi? La parte finale, quella a forma di coda, dove ci sono tutte quelle pietre ammonticchiate. Là mi ci sono solo avvicinato. La roccia forma una specie di ponte. C'è una sola via per salirci.»

«E quella cosa potrebbe vivere là.»

Allora i ragazzi vociarono tutti assieme.

«Silenzio. D'accordo. Andremo là a cercarla. Se poi la bestia non è là, andremo a vedere in cima alla montagna; e accenderemo il fuoco.»

«Muoviamoci.»

«Mangiamo prima, e poi andiamo.» Ralph tacque, e poi aggiunse: «È meglio prendere le lance».

Dopo mangiato, Ralph e i grandi si incamminarono lungo la spiaggia. Lasciarono Piggy di vedetta sulla piattaforma. Al pari delle altre giornate, anche questa prometteva di trasformarsi in un bagno di sole sotto una cupola azzurra. La spiaggia si snodava di fronte a loro disegnando una curva dolce che la prospettiva immergeva poi nella foresta; non era ancora mezzogiorno, perciò le fluide cortine dei miraggi non appannavano la vista. Seguendo le direttive di Ralph, scelsero di costeggiare con prudenza la terrazza di palme, piuttosto che calcare la sabbia bollente presso la riva. Ralph lasciò Jack alla testa del gruppo, e Jack incedeva con circospezione teatrale, benché si potesse avvistare un nemico a una ventina di metri di distanza. Ralph chiudeva la colonna, lieto di poter sfuggire alle proprie responsabilità, almeno per una volta.

Simon, che camminava davanti a Ralph, non riusciva a capacitarsi: ma come, una bestia dagli artigli micidiali seduta in cima a una montagna, che non lasciava tracce, eppure non era abbastanza veloce da acchiappare Sammeric? Comunque Simon la mettesse, nella sua immaginazione questa bestia assumeva le sembianze di un essere umano nel contempo eroico e malato.

Sospirò. Sembrava che gli altri riuscissero ad alzarsi e a parlare davanti a un'assemblea senza sentirsi schiacciati dallo spaventoso senso di oppressione generato dalla massa; riuscivano a dire quel che volevano come se stessero parlando a una persona sola. Sgusciò via dalla colonna e si guardò dietro. La lancia sulla spalla, Ralph si stava avvicinando. Guardingo, Simon si sforzò di controllare la propria andatura finché non si ritrovò a camminare a lato di Ralph, sbirciandolo dalla zazzera di capelli neri che ora gli ripiombava sugli occhi. Ralph lo guardò di sfuggita e si sforzò di sorridergli, come se avesse già dimenticato che Simon gli aveva fatto fare la figura dello stupido, poi distolse lo sguardo, e tornò a fissare il vuoto. Per un po', Simon fu lieto di essere stato perdonato, fino a obliare se stesso. Quando si schiantò contro un albero, Ralph gli rivolse un'occhiata spazientita e Robert sghignazzò. Simon barcollò; sulla fronte una macchia bianca si fece rossa e cominciò a sgocciolare sangue. Ralph lasciò perdere Simon e si rituffò nel tumulto dei suoi pensieri. Prima o poi avrebbero raggiunto il castello; allora, il capo sarebbe dovuto andare per primo.

Jack ritornò indietro di corsa.

«Ci siamo, l'abbiamo avvistato.»

«D'accordo. Avviciniamoci il più possibile.»

Seguì Jack in direzione del castello su per un lieve pendio. Alla loro sinistra, si aggrovigliava un intrico impenetrabile di alberi e liane.

«E se ci fosse qualcosa nascosto lì dentro?»

«Ma no, si vedrebbe. E poi non si muove una foglia.»

«E allora, questo castello?»

«Eccolo lì.»

Ralph si aprì un varco tra il sipario dell'erba alta e guardò. Ancora qualche metro appena di suolo roccioso e poi i due lembi dell'isola si fondevano quasi, e l'occhio si aspettava di incontrare la punta di un promontorio. Invece, una stretta cornice di roccia, ampia pochi metri e lunga forse una quindicina, faceva sì che l'isola proseguisse nel mare fino a congiungersi con un baluardo squadrato, un'enorme rocca di quel granito rosa che costituiva la struttura di base dell'isola. Il castello su questo lato svettava maestoso per una trentina di metri, ed era il bastione rosa che avevano avvistato dall'alto della montagna. La parete rocciosa di questa scogliera era spaccata, e la cima era cosparsa di grandi massi che parevano in bilico.

L'erba alta alle spalle di Ralph ora pullulava di cacciatori silenziosi. Ralph guardò Jack.

«Il cacciatore sei tu.»

Jack arrossì.

«Lo so. D'accordo, chiaro.»

Ma in Ralph un istinto profondo, insondabile, parlò per lui, e aggiunse:

«Però il capo sono io. Ci vado io. Argomento chiuso.»
Si rivolse agli altri:
«Voi rimanete qui nascosti ad aspettarmi.»
Si accorse che la voce o gli rimaneva strozzata in gola o gli scappava fuori troppo acuta. Guardò Jack.
«Tu... pensi?»
Jack borbottò:
«Sono stato dappertutto. Deve essere qui.»
«Va bene, allora.»
Simon mormorò, in un soffio: «Io alla bestia non ci credo».
Ralph gli rispose con cortesia, come se si dicesse d'accordo sul tempo.
«Infatti, penso che tu abbia ragione.»
Aveva le labbra tese, pallide. Con lentezza, si tirò indietro i capelli.
«Bene. Ci vediamo.»
Costrinse i piedi ad avanzare finché non lo condussero allo scoperto, sull'istmo. Ovunque si girasse, si sentiva come in un vuoto d'aria, circondato da abissi. Anche se non avesse voluto proseguire, non avrebbe potuto nascondersi da nessuna parte. Si fermò su quella sottile lingua di terra e guardò in basso. Presto, in una manciata di secoli, il mare avrebbe trasformato il castello in un'isola. A destra c'era la laguna, insidiata dall'alto mare; e a sinistra...
Ralph rabbrividì. La laguna li aveva protetti dal Pacifico; e il caso aveva voluto che solo Jack si fosse avventurato su quella riva, dall'altra parte. Ora vedeva il mare dall'alto, il gonfiarsi dell'onda, e gli sembrò come il respiro di una splendida creatura. Poi le acque affondavano lente tra le rocce, rivelando rosee tavole di granito, strane escrescenze di corallo, polipi e alghe. Le acque si ritiravano giù, sempre più giù, in un sussurro, come il vento tra le cime degli alberi della foresta. Là in fondo, ecco una roccia piatta, espansa come una tavola; le ac-

que vorticavano in un abissale risucchio scoprendone i quattro lati tappezzati di alghe, facendoli assomigliare a delle falesie a picco sul mare. Ma poi il leviatano assopito vomitava il fiato – le acque si alzavano, le alghe fluttuavano, e l'acqua ribolliva sulla lastra rocciosa con un ruggito. Non si percepiva il passaggio delle onde; solo l'infinito protrarsi di questo moto verticale, giù, su e poi giù, di nuovo.

Ralph si rivolse alla rossa scogliera. Gli altri aspettavano dietro di lui, nel folto dell'erba, aspettavano la sua prossima mossa. Sentì che il sudore sulle palme delle mani era freddo, ormai; con sorpresa si accorse che in realtà non immaginava di imbattersi in nessuna bestia, né sapeva come avrebbe reagito se l'avesse incontrata.

Vide che era fattibile scalare la parete rocciosa, ma non ce n'era neanche bisogno. La struttura squadrata della roccia creava tutt'intorno una sorta di zoccolo, cosicché era meglio avanzare verso destra lungo quella cornice al di sopra della laguna, per poi doppiare l'angolo non in vista. Era un percorso facile, e di lì a poco stava già curiosando sull'altro lato della roccia.

Non trovò nessuna sorpresa ad attenderlo: solo rosei massi affastellati, ricoperti da una glassa di guano stratificato; e un pendio scosceso fino in cima, dove altre rocce sparpagliate incoronavano il bastione.

Un rumore alle sue spalle lo fece voltare. Jack si stava avvicinando lungo il bordo del cornicione.

«Non potevo lasciarti andare da solo.»

Ralph non rispose. Continuò a farsi strada sulle rocce, ispezionò un incavo, una specie di grotta, che non nascondeva niente di più spaventoso di una covata di uova marce e alla fine si sedette, guardandosi intorno e picchiettando la roccia con l'estremità della lancia.

Jack era euforico.

«Che posto fantastico per un forte!»

Una colonna di spuma li spruzzò.
«Acqua da bere non ce n'è.»
«E quella allora cos'è?»
In effetti, su per la roccia, a metà strada dalla cima, c'era una lunga striscia verde. Si arrampicarono e assaggiarono il rivolo d'acqua.
«Si potrebbe mettere qui un guscio di noce di cocco, e riempirlo quando serve.»
«Non fa per me. È un posto orrendo.»
L'uno accanto all'altro scalarono insieme il tratto finale, dove il groviglio di massi si assottigliava ed era come incoronato dall'ultima roccia spaccata. Jack sferrò un pugno al macigno più vicino che scricchiolò lievemente.
«Ti ricordi...?»
In entrambi riaffiorò la consapevolezza degli episodi drammatici accaduti dopo di allora. Jack aggiunse in fretta:
«Se arrivasse un nemico, basta ficcare un tronco di palma sotto quella pietra e... guarda là!»
Sotto di loro, a una trentina di metri, c'era lo stretto passaggio, poi suolo roccioso, poi l'erba punteggiata di teste, e dietro la foresta.
«Una bella spinta,» gridò Jack, esultante «e... vai...!»
Con la mano, fece come per spazzare via tutto. Ralph guardò verso la montagna.
«Che ti prende?»
Ralph si girò.
«Perché?»
«Avevi una faccia... non saprei.»
«Non c'è nessun segnale adesso. Niente di visibile.»
«E dagli con questo segnale, ti sei fissato.»
Tutt'intorno, tagliato solo dalla cima della montagna, li circondava l'orizzonte, teso e azzurro.
«È tutto quel che abbiamo.»
Poggiò la lancia contro la pietra malferma e con le due mani si tirò indietro i capelli.

«Dobbiamo tornare indietro e salire sulla montagna. È là che hanno visto la bestia.»

«La bestia là non ci sarà.»

«E cos'altro possiamo fare?»

Appena videro Jack e Ralph illesi, gli altri, lì ad aspettarli nel folto dell'erba, uscirono allo scoperto in pieno sole. Dimenticarono la bestia; lasciandosi trasportare dall'euforia dell'esplorazione, sciamarono sul ponte e, in men che non si dica, tra le urla si arrampicavano sul bastione. Ralph era immobile adesso, in piedi, la mano poggiata a un enorme macigno rosso, un blocco grande come la ruota di un mulino che si era staccato dalla falesia e giaceva là, in equilibrio precario. Fissava la montagna, cupo. Chiuse il pugno e lo sbatté come un martello sul muro rosso alla sua destra. Serrava le labbra con forza, e gli occhi ardevano sotto la frangia di capelli.

«Fumo.»

Si succhiò il pugno escoriato.

«Jack! Andiamocene.»

Ma Jack non c'era. Un manipolo di ragazzi, con un gran baccano di cui lui non si era nemmeno reso conto, stava facendo leva per divellere un masso. Appena si voltò, il masso si staccò dalla parete e con tutta la sua mole si sfracellò in mare, col boato di un tuono, sollevando un pennacchio di spuma alto fino a metà falesia.

«Basta! Basta!»

Al suono della voce di Ralph, si zittirono tutti.

«Fumo.»

Un fenomeno strano gli accadde nella testa. Qualcosa di nero calò sulla sua mente, fluttuò come l'ala di un pipistrello, eclissandogli i pensieri.

«Fumo.»

D'un tratto le idee gli tornarono, e con esse la rabbia.

«Abbiamo bisogno di fumo. E voi state qui a perdere tempo, a far rotolare i sassi.»

Roger gridò:

«Abbiamo tutto il tempo che vogliamo!»
Ralph scosse la testa.
«Adesso andiamo sulla montagna.»
Scoppiò un putiferio. Un gruppo di ragazzi voleva tornare alla spiaggia. Poi c'erano quelli che volevano far rotolare altre rocce. Il sole splendeva e il pericolo era svanito insieme alle tenebre.
«Jack. La bestia potrebbe essere su quest'altro lato dell'isola. Prendi ancora tu il comando, visto che ci sei già stato.»
«Potremmo costeggiare la riva, c'è anche della frutta.»
Bill si avvicinò a Ralph.
«Ma perché non rimaniamo qui ancora un po'?»
«Ma sì, ha ragione.»
«Costruiamo un forte...»
«Qui non abbiamo né cibo né rifugi,» disse Ralph «e poi l'acqua da bere è poca.»
«Come forte sarebbe fenomenale.»
«Si possono far rotolare dei massi...»
«Dritto dritto sul ponte...»
«Vi ho detto che dobbiamo andare avanti» gridò Ralph furibondo. «Dobbiamo scoprire se c'è la bestia. Partiamo adesso.»
«Rimaniamo ancora qui...»
«Torniamo al rifugio...»
«Sono stanco...»
«No!»
Ralph si staccò la pelle dalle nocche ferite. Il dolore non lo sentì nemmeno.
«Il capo sono io. Dobbiamo scoprire se c'è la bestia. Ma la montagna la vedete o no? Non c'è nessun segnale, e potrebbe esserci una nave là fuori. Siete impazziti, tutti quanti?»
Recalcitranti, i ragazzi fecero silenzio o si accontentarono di mugugnare.
Jack si incamminò per primo, giù per le rocce e poi sul ponte.

VII

Ombre e alti alberi

La pista dei maiali, sull'altro versante dell'isola, costeggiava un'accozzaglia di rocce accatastate presso l'acqua, e Ralph era ben contento di seguire Jack durante quella marcia. Se si fingeva di non sentire il lento risucchio del mare e il ribollire della risacca quando risaliva, se si riusciva a dimenticare quanto fossero ombrosi e inesplorati i cespugli irti di felci su entrambi i lati, allora forse scacciare la bestia dalla mente era possibile, e per un po' si poteva anche sognare. Il sole aveva oltrepassato lo zenit e il caldo pomeridiano stava assediando l'isola. Col passaparola Ralph inviò un messaggio in testa, a Jack, e quando arrivarono agli alberi da frutta la squadra al completo si fermò a mangiare.

Mentre era seduto, per la prima volta in quella giornata, Ralph si rese conto del caldo. Con disgusto, si scollò la camicia grigia dalla pelle e si chiese se fosse il caso di avventurarsi a lavarla. Lì seduto, in balia di una calura che sembrava insolita persino per quell'isola, Ralph pianificò la sua immaginaria pulizia. Gli sarebbe piaciuto possedere un paio di forbici per tagliarsi i capelli – rigettò indietro la massa –, tagliare questi capelli sporchi, lasciandosi solo un centimetro. Gli sarebbe piaciuto fare un bagno, uno di quelli in cui crogiolarsi col sapone. In via sperimentale, si passò la lingua sui denti e decise che anche uno spazzolino sarebbe stato molto utile. Poi c'erano le unghie...

Ralph voltò in su una mano e la esaminò. Le unghie erano tutte rosicchiate, eppure non riusciva a ricordare quando avesse ripreso questo vizio, né quando se le mangiasse.

«Ci manca solo che mi succhio il pollice...»

Si guardò intorno, furtivo. A quanto pareva, non l'aveva sentito nessuno. I cacciatori erano tutti seduti a rimpinzarsi di quel cibo lì già pronto, tentando di convincersi di andare pazzi per le banane e per quell'altra frutta simile a gelatina, grigio-oliva. Con in mente la propria immagine di un tempo, di quando era pulito, Ralph li esaminò. Erano sporchi, ma non era lo sporco spettacolare di ragazzi scivolati nel fango o zuppi di pioggia fino alle mutande. Nessuno di loro era un caso eclatante bisognoso di una doccia, eppure... sfoggiavano capelli troppo lunghi, zazzere aggrovigliate, ciuffi annodati intorno a foglie secche e sterpi; facce ripulite alla meglio a furia di mangiare e per via della normale traspirazione, ma adombrate negli angoli meno accessibili da una specie di alone; i vestiti erano logori, irrigiditi come il suo per il sudore, indossati non per decoro o comodità, ma solo per abitudine; la pelle, in tutto il corpo, era una crosta di salsedine...

Con lieve sgomento, scoprì che ormai queste condizioni per lui erano diventate normali, e neppure ci badava. Con un sospiro, buttò via il gambo da cui aveva strappato la frutta. I cacciatori già sciamavano guardinghi nella foresta o giù tra le rocce in cerca di indizi. Si voltò allora a guardare il mare.

Qui, dall'altra parte dell'isola, si godeva ben altra vista. Gli incantesimi velati dei miraggi svaporavano al contatto con l'oceano freddo, sconfinato, e l'orizzonte era di un blu duro, netto. Ralph girovagò tra gli scogli. Laggiù, quasi a pelo d'acqua, l'occhio riusciva a seguire il moto incessante delle onde di alto mare, il loro perenne gonfiarsi e passare oltre. Si estendevano per chilometri, a un primo sguardo non sembravano né cavalloni né le fitte creste increspate delle acque basse. Percorrevano l'isola in tutta la sua lunghezza con una sorta di indifferenza, come se stessero badando a ben altro; più che incedere, sembravano orchestrate da un immenso alzarsi e abbassarsi dell'intero oceano. Ora il mare veniva risucchiato in giù, formava gorghi e cascate d'acqua e scompariva, sprofondava sotto gli scogli incollandovi ciocche di alghe a mo' di capelli lucenti; una pausa, e poi richiamava le acque a raccolta e risorgeva con un ruggito, ingoiando irresistibile spuntoni di scogli e affioramenti, arrampicandosi sulla piccola scogliera, scagliando un ultimo braccio di spuma su per un crepaccio, quasi a un metro da lui, spruzzandolo con le sue dita schiumose.

Onda su onda, Ralph seguì quell'ascesa e quel precipizio perpetui, finché la mente non gli si intorpidì, ipnotizzata dalla remota lontananza del mare. Poi, pian piano, fu l'immensità di quella massa liquida ad attrarre la sua attenzione. Ecco, era proprio la barriera corallina a fare da spartiacque. Sull'altro versante dell'isola, avvolti dai miraggi di mezzogiorno, difesi dallo scudo della laguna quieta, si poteva anche sognare di essere salvati; ma qui, di fronte all'ottusità brutale dell'oceano, ai chilometri sconfinati, ci si sentiva impotenti, soffocati in una morsa, condannati...

Simon quasi gli parlava nell'orecchio. Ralph scoprì di essersi aggrappato allo scoglio con entrambe le mani, era dolorante, il corpo inarcato, i muscoli del collo contratti, la bocca spalancata.

«Tu tornerai da dove sei venuto.»

Simon rafforzò quelle parole con un cenno del capo. Era accovacciato su una roccia più in alto, si teneva con le due mani, seduto su una gamba col ginocchio flesso; l'altra era tesa giù fino a Ralph.

Ralph rimase interdetto e scrutò il viso di Simon in cerca di indizi.

«Ma è enorme, non lo vedi...»

Simon assentì.

«Non importa. Tornerai a casa sano e salvo. Almeno, io la penso così.»

Un po' di tensione abbandonò il corpo di Ralph. Sbirciò il mare, poi si rivolse a Simon con un sorriso amaro.

«Per caso hai una nave nella tasca?»

Simon sorrise e scosse la testa.

«E allora come fai a saperlo?»

Simon rimase un attimo in silenzio e Ralph soggiunse, brusco: «Sei un po' tocco».

Simon scosse il capo con veemenza, e l'irsuta zazzera di capelli neri gli si scompigliò sul viso, avanti e indietro.

«No che non lo sono. *Penso solo che tornerai a casa, sano e salvo...*»

Per un attimo non si dissero altro. Poi, d'un tratto, si sorrisero.

Roger chiamò dal folto dei cespugli:

«Venite a vedere!»

Vicino alla pista dei maiali, il terreno era smosso e trasudava gli umori di un po' di sterco fumante. Jack gli si chinò accanto, quasi travolto da un impeto amoroso.

«Ralph... abbiamo bisogno di carne, anche se diamo la caccia a quell'altra cosa...»

«Se pensi che non ci porti fuori strada, perché no, andiamo.»

Si rimisero in marcia, i cacciatori vicini, tutti intruppati per la paura della bestia appena menzionata; Jack era invece in testa, in avanscoperta. Avanzavano più piano di quanto Ralph si sarebbe augurato; eppure in un certo senso anche lui era contento di indugiare, stringendo al petto la sua lancia. A un certo punto, Jack si trovò di fronte a un'emergenza e la processione si fermò bruscamente. Ralph si appoggiò contro un albero e si abbandonò subito ai suoi sogni a occhi aperti. Jack aveva assunto il comando della caccia, quindi ci avrebbero messo un bel po' prima di arrivare alla montagna...

Una volta, seguendo gli spostamenti di suo padre da Chatham a Devonport, avevano vissuto in un cottage al limite della brughiera. Nell'avvicendarsi di case che Ralph aveva abitato, questa gli era rimasta impressa con particolare limpidezza perché era stata l'ultima prima che partisse per il collegio. La mamma era ancora insieme a loro, e il papà rientrava a casa tutte le sere. Dei pony selvatici facevano capolino presso il muro di pietra in fondo al giardino, ed era appena nevicato. Proprio dietro il cottage, c'era una specie di tettoia sotto cui si accomodava per osservare il turbinio dei fiocchi di neve. Individuava il punto bagnato dove ogni fiocco andava a morire; poi riconosceva quel primo fiocco che si adagiava senza sciogliersi, e scrutava il biancore che pian piano invadeva il suolo. Se aveva freddo, rientrava e continuava a guardare fuori dalla finestra, accanto alla teiera di rame lucente e al servizio da tè con gli omini blu...

Prima di andare a letto, gli spettava una scodella di fiocchi d'avena con la panna e lo zucchero. E poi c'erano i libri – allineati su di uno scaffale accanto al letto, inclinati tutti da una parte; due o tre erano sempre messi in cima di piatto perché non si prendeva la briga di rimetterli a posto per bene. Avevano le orecchie ed erano pieni di scarabocchi. C'era quello di Topsy e Mopsy, lucido, patinato, che non leggeva mai perché parlava di due bambine; poi quello del Mago, che divorava avvinto in una specie di terrore, saltando la pagina ventisette con la figura dell'orrido ragno; c'era il libro su quella gente che aveva fatto degli scavi, estraendo delle cose, roba egizia; e il *Libro dei treni* e il *Libro delle navi*. Gli comparivano davanti agli occhi; sembravano veri, avrebbe potuto allungarsi e toccarli, riusciva a sentirne il peso, l'ovattato fruscio con cui scivolava dalla mensola il tomo dell'*Enciclopedia per ragazzi*... Era tutto perfetto; un mondo colmo di gioia e di amore.

I cespugli davanti a loro si squarciarono in uno schianto. I ragazzi balzarono via dalla pista dei maiali in un gran pandemonio e si fiondarono nel sottobosco urlanti. Ralph vide Jack cadere, sospinto di lato. Allora comparve una creatura che galoppava sulla pista venendogli incontro; aveva zanne scintillanti e grugniva minacciosa. Ralph scoprì di essere in grado di calcolare la distanza con freddezza e di prendere la mira. Il cinghiale era a meno di cinque metri di distanza quando scagliò la ridicola lancia di legno che portava con sé; la vide colpire quel gran muso e rimanervi appesa per un attimo. Il grugnito del cinghiale si trasformò in uno strillo e l'animale sterzò di lato, slanciandosi tra i cespugli. La pista si ripopolò subito di ragazzi vocianti, Jack tornò indietro di corsa, e con la sua lancia rovistò nel sottobosco.

«Di qua, andiamo...»

«Ma ci ammazzerà!»

«Qui dentro, vi ho detto...»

Il cinghiale annaspava nell'intrico della foresta, in fuga. Si imbatterono in un'altra pista parallela alla prima, e Jack vi si lanciò in una corsa a capofitto. Ralph traboccava di spavento, timore e orgoglio.

«L'ho colpito! La lancia è rimasta appesa...»

Raggiunsero adesso, inaspettatamente, uno spazio aperto vicino al mare. Jack ispezionò le rocce brulle, teso.

«Ci è scappato.»

«L'ho colpito,» disse ancora Ralph «e la lancia per un attimo è rimasta conficcata sul muso.»

Sentì il bisogno di testimoni.

«Non mi avete visto?»

Maurice annuì.

«Ma sì che ti ho visto. L'hai colpito dritto sul grugno... Sbang!»

Ralph continuò a blaterare, eccitato.

«L'ho centrato in pieno. La lancia si è conficcata. L'ho ferito!»

Esultava, orgoglioso del nuovo rispetto che si era guadagnato, e gli parve che in fin dei conti la caccia fosse una bella cosa.

«L'ho davvero conciato per le feste. Allora la bestia l'abbiamo trovata, immagino!»

Jack tornò sui suoi passi.

«Non era la bestia. Quello era un cinghiale.»

«L'ho colpito.»

«Perché non l'hai catturato? Io almeno ci ho provato...»

Ralph alzò la voce:

«Ma era un cinghiale!»

Jack arrossì di colpo.

«Hai detto che ci avrebbe ammazzati. Allora cos'hai tirato a fare la lancia? Perché non hai aspettato?»

Jack allungò un braccio.

«Guardate qui.»

Con l'avambraccio sinistro in bella mostra, fece un giro plateale perché tutti lo vedessero. Aveva un taglio sulla parte esterna; una ferita da poco, ma sanguinava.

«Me l'ha fatto con le zanne. Non ho avuto il tempo di pararlo con la lancia.»

Jack divenne il polo d'attrazione.

«È una ferita,» disse Simon «e faresti bene a succhiarla. Come Berengaria.»

Jack la succhiò.

«L'ho colpito» ripeté Ralph, indignato. «L'ho colpito con la lancia, l'ho ferito.»

Tentò di riguadagnarsi la loro attenzione.

«Veniva giù per il sentiero. L'ho lanciata, così...»

Robert gli ringhiò contro. Ralph accettò il gioco e tutti risero. D'un tratto, tutti pungolavano Robert coi bastoni, lui zigzagava, facendo finta di scappare.

Jack ordinò:

«Fate un cerchio!»

Il cerchio si formò e si chiuse, ad anello. Robert strillava, prima con finto terrore, poi perché gli stavano facendo male davvero.

«Ahi! Basta! Mi fate male!»

L'estremità di una lancia gli piombò sulla schiena e Robert stramazzò a terra in mezzo a loro.

«Tenetelo fermo!»

Lo afferrarono, gambe e braccia. Ralph, ottenebrato da un orgasmo improvviso, violento, agguantò la lancia di Eric e la affondò contro Robert.

«Ammazzalo! Ammazzalo!»

D'un tratto Robert cominciò a dibattersi e a strillare come una furia scatenata. Jack lo acciuffò per i capelli; nella mano libera brandiva il coltello. Dietro di lui c'era Roger, che lottava per avvicinarsi. Si levò il coro rituale, come nel momento culminante della danza o della caccia.

«*Uccidi-il-maiale! Tagliagli-la-gola! Uccidi-il-maiale! Fallo-a-pezzi!*»

Anche Ralph sgomitava per farsi sotto, per guadagnarsi un pezzo di quella carne scura, vulnerabile. Il desiderio di conficcare la lancia, di ferire, era irresistibile.

Jack calò il braccio; il circolo palpitante applaudì e imitò gli strilli di un maiale in agonia. Poi si fermarono, ansanti, ascoltando i gemiti atterriti di Robert. Lui si asciugò la faccia con un braccio sporco e si sforzò di ricomporsi.

«Oh, le mie chiappe!»

Si grattò il fondoschiena dolente. Jack, sdraiato, si rigirò.

«Che bel gioco.»

«Solo un gioco» aggiunse Ralph, a disagio. «Una volta a rugby mi sono fatto molto male.»

«Dovremmo avere un tamburo,» disse Maurice «allora sì, che verrebbe bene.»

Ralph lo guardò.

«Bene come?»

«Mah, non so; ci vorrebbe un fuoco, credo, e un tamburo, e si dovrebbe scandire il ritmo col tamburo.»

«Ci vorrebbe un maiale,» fece Roger «come una caccia vera e propria.»

«O qualcuno che faccia finta» disse Jack. «Si potrebbe prendere qualcuno travestito da maiale e fargli recitare la parte... cioè, dovrebbe fingere di attaccarmi e tutto il resto...»

«Quindi ci vuole un maiale vero,» disse Robert, che stava ancora lì a massaggiarsi il sedere «perché alla fine si deve ammazzare.»

«Allora prenderemo un piccolo» disse Jack, e tutti risero.

Ralph si tirò su a sedere.

«Be', di questo passo non troveremo quel che stiamo cercando.»

Si alzarono, uno alla volta, mettendosi a posto gli stracci.

Ralph guardò Jack.

«E ora via, alla montagna.»

«Non dovevamo ritornare da Piggy» chiese Maurice «prima che facesse buio?»

I gemelli annuirono con un solo cenno del capo, come se di ragazzo ce ne fosse uno.

«Sì, è vero. Ci saliremo domattina.»

Ralph alzò lo sguardo e fissò il mare.

«Dobbiamo riaccendere il fuoco.»

«Ma non hai gli occhiali di Piggy» disse Jack «quindi non puoi.»

«Almeno scopriremo se ci sono dei pericoli sulla montagna.»

Maurice parlò; titubante, non voleva sembrare un fifone.

«Ma mettiamo che la bestia sia lassù?»

Jack brandì la lancia.

«La ammazzeremo.»

Il sole sembrava splendere un po' meno torrido. Mulinò la lancia.

«Allora, che aspettiamo?»

«Se continuiamo a rasentare il mare» propose Ralph

«secondo me dovremmo sbucare sotto il pezzo di foresta bruciata; potremmo scalare la montagna da lì.»

Ancora una volta, Jack si mise a capo della colonna, costeggiando il mare abbagliante, perso nel suo risucchio e rigonfiarsi infinito.

Ancora una volta Ralph sognava, lasciando i suoi piedi esperti a cavarsela da soli con le asperità del percorso. Eppure, qui i suoi piedi sembravano meno esperti di prima. Per gran parte del tragitto, dovettero inerpicarsi sugli scogli nudi lambiti dall'acqua, e destreggiarsi tra tutto questo e l'oscura giungla lussureggiante. Si imbatterono in piccole falesie da scalare, su cui dovevano individuare un percorso, lunghi tratti da affrontare adoperando mani e piedi. Qua e là riuscivano ad arrampicarsi sulle rocce bagnate dalle onde, balzando tra le pozze limpide create dalla marea. Arrivarono a una gola che tagliava la stretta battigia come un fossato difensivo. Sembrava un pozzo senza fondo, e sgomenti sbirciarono quella crepa scura dove gorgogliava l'acqua. Poi tornò l'onda, la gola ribollì di fronte a loro e la spuma schizzò in alto, fino alle piante rampicanti, e i ragazzi si ritrovarono fradici e urlanti. Tentarono di aprirsi un varco nella giungla ma era fitta e intricata come il nido di un uccello. Alla fine, dovettero saltare il crepaccio uno per volta, aspettando il momento propizio, quando l'acqua sprofondava; ma anche così, alcuni di loro si ritrovarono zuppi di nuovo. Più avanti, le rocce sembravano diventare invalicabili, perciò si misero seduti per un po', a far asciugare i loro stracci mentre guardavano le creste sfilacciate dei cavalloni che proseguivano, lente, oltre l'isola. Trovarono frutta in un posto infestato da nugoli di minuscoli uccelli sgargianti che volteggiavano come insetti. Poi Ralph disse che avanzavano troppo lentamente. Si arrampicò lui stesso su un albero, scostò le fronde e intravide la sommità squadrata della montagna, che sembrava ancora assai distante. Tentarono allora di accelerare il passo sugli scogli, però Robert si procurò un gran brutto taglio al ginocchio e dovettero rassegnarsi: se non volevano farsi male sul serio, dovevano andarci piano lungo quel percorso. Così ripresero il cammino, ma questa volta con la cautela di chi si inerpica su per un monte periglioso, finché gli scogli non si trasformarono in una falesia invalicabile che precipitava a picco sul mare ed era sormontata da una giungla inespugnabile.

Ralph fissò il sole con occhio critico.

«È già pomeriggio avanzato. In ogni caso, è passata l'ora del tè.»

«Questa scogliera non me la ricordo,» ammise Jack, avvilito «quindi dovremmo trovarci su quel pezzo di costa che mi sono perso.»

Ralph annuì.

«Fammi riflettere.»

Ormai, Ralph non si sentiva più in imbarazzo a pensare in pubblico; affrontava anzi le decisioni quotidiane come le mosse di una partita a scacchi. L'unico problema era che la stoffa per diventare un ottimo giocatore di scacchi non l'avrebbe mai avuta. Pensò ai piccoli, e a Piggy. Gli parve di trovarselo davanti agli occhi, Piggy da solo, rannicchiato nell'angolo di un rifugio, in un silenzio squarciato solo dalle urla dei bambini, assediati dagli incubi.

«Non possiamo lasciare i piccoli da soli insieme a Piggy. Non per tutta la notte.»

Gli altri ragazzi non risposero, rimasero a guardarlo immobili, in circolo.

«Se torniamo indietro, ci metteremo delle ore.»

Jack si schiarì la gola e parlò con una voce effeminata, artefatta.

«Per carità, a Piggy non deve succedere niente, vero?»

Ralph si picchiettò la punta sudicia della lancia di Eric sui denti.

«Ma se tagliamo...»

Si guardò intorno.

«Allora, qualcuno deve tagliare per l'interno dell'isola e andare a dire a Piggy che saremo di ritorno col buio.»

Parlò Bill, scettico:

«Attraversando la foresta da solo? A quest'ora?»

«Non possiamo mandarne più di uno.»

Simon si fece largo fino a sfiorare il gomito di Ralph.

«Se vuoi ci vado io. Nessun problema, davvero.»

Prima che Ralph avesse il tempo di rispondere, accennò un sorriso, si voltò e già si inerpicava nel fitto della foresta.

Esasperato, Ralph tornò a fissare Jack, quasi lo vedesse per la prima volta.

«Jack... quella volta, quando hai fatto tutto il giro fino alla rocca del castello.»

Jack lo guardò in cagnesco.

«Sì?»

«Fino a un certo punto hai costeggiato la riva – sotto la montagna, là in fondo.»

«Sì.»

«E poi?»

«Ho trovato una pista di maiali. Andava avanti per parecchi chilometri.»

Ralph assentì. Indicò la foresta.

«Quindi quella pista dev'essere là, da qualche parte.»

Tutti annuirono, assennati.

«Va bene allora. Ci apriremo un varco nella giungla finché non la troveremo.»

Fece un passo, ma subito si fermò.

«Ehi, aspetta un attimo! Se seguiamo questa pista, dove arriviamo?»

«Sulla montagna» disse Jack. «Te l'ho già detto.» E poi, con un sogghigno: «Non è sulla montagna che vuoi andare?».

Ralph sospirò; sentiva montare l'antagonismo, capiva

che Jack, ogni volta che doveva rinunciare al comando, sapeva reagire solo così.

«Stavo pensando alla luce. Presto non ce ne sarà più, non faremo che inciampare.»

«Ma non dovevamo trovare la bestia...»

«Non ci sarà abbastanza luce.»

«Io problemi non ne ho» si scaldò Jack. «Appena arriveremo in cima, andrò io a cercarla. E tu? Magari preferisci tornare ai rifugi per raccontare tutto a Piggy?»

Ora fu Ralph a essere punto sul vivo; avvampò, ma pronunciò parole rassegnate, dettate da quel nuovo modo di ragionare mutuato da Piggy.

«Perché mi odi?»

I ragazzi fremettero, a disagio come se avessero udito un'accusa indecente. Il silenzio si prolungò.

Ralph, ancora indignato e ferito, voltò le spalle per primo.

«In marcia.»

Si mise a capo della colonna con la naturalezza di un condottiero e cominciò ad aprirsi un varco nell'intrico della giungla. Jack rimase nelle retrovie, per ultimo, a distanza e corrucciato.

La pista dei maiali era una galleria buia, perché il sole scivolava in fretta sul limite del mondo e nella foresta le ombre si addensavano copiose. La pista era ampia e battuta e la percorsero a passo svelto. Poi il tetto di foglie si aprì e si fermarono, ansimanti, gli occhi rivolti alle prime stelle che ammiccavano intorno alla cima della montagna.

«Ci siamo.»

I ragazzi si scambiavano occhiate guardinghe. Ralph prese una decisione.

«Be', adesso ce ne torniamo difilato alla piattaforma e scaleremo la montagna domani.»

Mormorii di assenso; ma Jack, alle sue spalle, aveva la risposta pronta.

«Naturalmente, se hai paura...»

Ralph si voltò verso di lui.
«Chi è salito per primo sul castello?»
«Ci sono venuto anch'io. E comunque era di giorno.»
«Ho capito. Chi vuole scalare la montagna adesso?»
Silenzio di tomba.
«Sammeric? Dico a voi!»
«Dovremmo andare a dirlo a Piggy...»
«... Sì, ad avvisare Piggy che...»
«Ma ci è andato Simon!»
«Ma dovremmo dirlo a Piggy... nel caso...»
«Robert? Bill?»
Volevano tornare alla piattaforma, adesso. No, ci mancherebbe, non avevano paura... però erano stanchi.
Ralph si rivolse di nuovo a Jack.
«Dunque?»
«Dunque sulla montagna ci vado io.»
Jack scandì le parole con ferocia, sembrava che lanciasse una maledizione. Fissò Ralph, il corpo magro era un fascio di nervi, impugnava la lancia come per minacciarlo.
«Sulla montagna ci vado io a cercare la bestia... adesso.»
Poi il colpo di grazia; una parola sola pronunciata con indifferenza, provocatoria:
«Vieni?»
Questa domanda fece dimenticare agli altri ragazzi tutta la fretta di rientrare; si volsero verso quei due per assistere a un nuovo scontro tra titani nelle tenebre. Era una domanda troppo indovinata, troppo provocatoria; una minaccia perfetta da non ripetersi una seconda volta. Ralph rimase di stucco; i nervi tesi si stavano già rilassando all'idea di tornare al rifugio, alle acque quiete e affettuose della laguna.
«E perché no?»
Stupito, sentì il proprio tono di voce, freddo e impassibile, che annientava il dileggio provocatorio di Jack.
«Se non hai niente in contrario, ovvio.»
«Niente in contrario.»

Jack fece un passo avanti.

«Bene, allora...»

L'uno accanto all'altro, sotto lo sguardo silenzioso dei ragazzi, i due si avviarono su per la montagna.

Ralph si fermò.

«Siamo degli imbecilli. Perché dovremmo andare noi due soli? Se troviamo qualcosa, non ce la faremo in due...»

Udirono un rumore di passi concitati, erano i ragazzi che se la davano a gambe. Incredibile ma vero, una sagoma scura avanzò controcorrente.

«Roger?»

«Sì.»

«Allora siamo in tre.»

Si rimisero di nuovo in marcia, inerpicandosi lungo il pendio della montagna.

L'oscurità sembrava lievitare, saliva e li accerchiava come una marea. Jack, silenzioso, si sentì soffocare e cominciò a tossire; poi una folata di vento li costrinse a sputacchiare tutti e tre. Ralph non vedeva più niente, aveva gli occhi pieni di lacrime.

«È la cenere. Siamo all'inizio della parte bruciata.»

I loro passi, insieme alla brezza che ogni tanto si alzava, sollevavano nuvolette di polvere. Si fermarono di nuovo, e tra i colpi di tosse Ralph rimuginò sull'idiozia di quella loro spedizione. Se non c'era nessuna bestia – e dava quasi per certo che non ce ne fosse nessuna –, in quel caso, tutto bene quel che finisce bene; ma se in cima alla montagna ci fosse stato qualcosa in agguato... che avrebbero fatto loro tre da soli, accecati dal buio e armati unicamente di bastoni?

«Ci stiamo comportando da imbecilli.»

Dall'oscurità emerse la risposta:

«Te la fai sotto?»

Ralph sussultò, irritato. Era tutta colpa di Jack.

«Ma certo. Assodato questo, ci stiamo comportando da imbecilli lo stesso.»

«Se non vuoi andare avanti» disse la voce, sarcastica «continuerò da solo.»

Ralph raccolse lo scherno e odiò Jack. La cenere gli bruciava negli occhi, era stanco, spaventato; la rabbia esplose.

«E vai avanti tu, allora! Ti aspettiamo qui.»

Silenzio.

«Allora, perché non ci vai? Hai paura?»

Una macchia nel buio, una macchia che era Jack, si staccò e cominciò ad allontanarsi.

«Va bene. Ciao.»

La macchia svanì. Un'altra prese il suo posto.

Ralph urtò col ginocchio qualcosa di duro e smosse un tronco carbonizzato, scabro al tatto. Sentì qualcosa di pungente, quello che un tempo era stato una corteccia, premergli sul retro del ginocchio e allora seppe che Roger si era seduto. Tastò il tronco con le mani e si sedette accanto a Roger, mentre il tronco traballava tra ceneri invisibili. Roger, riservato per natura, non disse una parola. Non fece nessun commento sulla bestia, né confidò a Ralph perché avesse deciso di unirsi a questa folle spedizione. Se ne stava solo lì seduto a far dondolare il tronco piano, avanti e indietro. Poi Ralph si accorse di un tamburellare frenetico, incalzante, e comprese che Roger stava picchiettando contro qualcosa la sua stupida lancia di legno.

Se ne rimasero seduti così, l'imperscrutabile Roger, lì a dondolarsi e a tamburellare, e Ralph, furioso; intorno a loro il cielo, vicinissimo, era trapunto di miriadi di stelle, salvo dove la montagna si ergeva con la sua mole nera come la pece.

Sopra di loro, in alto, si sentì come il rumore di qualcosa che strisciava, lo scalpiccio di qualcuno che muoveva passi giganti e avventati su cenere e roccia. Poi Jack li trovò; tremava come una foglia e parlava con una voce rauca, quasi irriconoscibile.

«Ho visto una cosa sulla cima.»

Lo sentirono inciampare contro il tronco, che oscillò violentemente. Tacque per un attimo, poi mormorò.

«Tenete gli occhi bene aperti. Magari mi sta seguendo.»

Una pioggia di cenere scrosciava intorno a loro. Jack si sedette.

«Ho visto una cosa che si gonfiava sulla montagna.»

«Te la sei solo immaginata» rispose Ralph, con un tremito nella voce «perché non esiste qualcosa che si gonfia. Nessuna specie di animale lo fa.»

Roger parlò; e loro trasalirono entrambi perché si erano dimenticati di lui.

«Una rana.»

Jack sogghignò e rabbrividì.

«Una specie di rana. Ho sentito anche un rumore. Un rumore come un *plop*. Poi quella cosa si è gonfiata.»

A questo punto, Ralph si meravigliò di se stesso, non tanto per il tono della propria voce, che rimase neutro mentre parlava, ma per la temerarietà della proposta che fece:

«Andiamo a vedere.»

Per la prima volta da quando lo conosceva, Ralph sentì Jack esitare.

«Adesso...?»

La sua voce parlò per lui.

«Naturalmente.»

Smontò dal tronco e si fece strada su per il pendio, i resti carbonizzati che scricchiolavano nel buio al suo passaggio, e gli altri lo seguirono.

Ora che la sua voce corporea taceva, acquattata in gola, la voce interiore della ragione, e anche altre voci, presero il sopravvento. Piggy gli diceva che si stava comportando come un bambino. Un'altra voce gli intimò di non fare lo stupido; e le tenebre che avvolgevano quell'impresa disperata trasformarono la notte in un universo irreale, in una bolla, come quando si sedeva sulla poltrona del dentista.

Appena arrivarono sull'ultimo tratto del pendio, Jack e Roger si avvicinarono; le due macchie di inchiostro si trasformarono in figure umane. Di comune accordo, si fermarono e si accovacciarono tutti e tre assieme. Dietro di loro, sull'orizzonte, c'era una banda di cielo più luminosa, là dove tra poco sarebbe sorta la luna. Il vento ruggì di nuovo nella foresta e fece svolazzare i brandelli dei loro abiti laceri.

Ralph si riscosse.

«Andiamo.»

Avanzarono lentamente, Roger dietro, un po' staccato. Jack e Ralph approdarono insieme sulla spalla della montagna. Sotto di loro, remota, apparve la laguna scintillante e oltre ecco la lunga sbavatura bianca della barriera corallina. Roger li raggiunse.

Jack sussurrò:

«Strisciamo in avanti, su mani e ginocchia. Forse dorme.»

Roger e Ralph si mossero, lasciando questa volta Jack nelle retrovie, malgrado tutte le sue spavalde millanterie. Giunsero sulla cima piatta dove la roccia era dura sotto mani e ginocchia.

Una creatura che si gonfiava.

Ralph mise una mano nelle ceneri del fuoco, fredde, morbide, e soffocò un grido. A quel contatto inatteso, mano e spalla furono smosse da un tremito. Tra la nausea, gli apparvero dei bagliori verdi che in un attimo corrosero l'oscurità. Roger era acquattato dietro di lui, e la bocca di Jack gli sussurrava nell'orecchio:

«Laggiù, c'era un vuoto tra le rocce. Adesso c'è una specie di gobba... vedi?»

Le ceneri del falò estinto inondarono il viso di Ralph. Non riusciva a vederlo quel vuoto, non riusciva a vedere niente, perché le luci verdi si dilatavano di nuovo, si ingigantivano, e la cima della montagna scivolava via di lato.

Ancora una volta, a distanza, sentì il bisbiglio di Jack:

«Paura?»

No, non era tanto la paura, era la paralisi; si sentiva come incollato, immobilizzato sulla cima di quella montagna che invece si spostava, digradava. Jack sgusciò via da lui, Roger sbatté, annaspò, un sibilo nel respiro affannato, e i due passarono oltre. Li sentì bisbigliare.

«Vedi qualcosa?»

«Là...»

Di fronte a loro, a poca distanza, tre o quattro metri al massimo, c'era una gobba, forse una roccia, dove però non avrebbero dovuto affatto esserci rocce. Ralph riuscì a cogliere una specie di brusio ovattato, ma non capiva da dove venisse – forse dalla sua stessa bocca. Si riebbe con un grande sforzo di volontà, fuse paura e ribrezzo in un impeto d'odio e si alzò in piedi. Avanzò di due passi, le gambe grevi come il piombo.

Dietro di loro uno spicchio di luna risplendeva sull'orizzonte. Davanti a loro, un essere, una specie di scimmia enorme, stava seduta con la testa appoggiata sulle ginocchia, dormiva. Proprio allora, ecco il vento, ruggì nella foresta; poi lo scompiglio fra le tenebre, e la creatura sollevò la testa, offrendo ai loro occhi l'orrore di una faccia devastata.

Ralph si slanciò in una corsa a perdifiato, falcate elefantiache tra le ceneri, sentiva altre creature urlare e correre e saltare e si giocò il tutto per tutto giù per la discesa oscura; in un attimo la montagna rimase deserta, fatto salvo per i tre bastoni abbandonati, e quella cosa, là, a reclinare il capo.

VIII

Un dono per le tenebre

Con aria affranta, Piggy alzò lo sguardo dalla spiaggia, pallida nell'alba, su per la montagna oscura.

«Sei sicuro? Intendo dire, sicuro sul serio?»

«Te l'avrò ripetuto una decina di volte ormai,» disse Ralph «l'abbiamo vista.»

«Credi che quaggiù siamo in salvo?»

«E come diavolo faccio a saperlo?»

Con uno scarto brusco Ralph lo piantò in asso e mosse qualche passo lungo la spiaggia. Seduto sulle ginocchia, Jack disegnava con l'indice ghirigori rotondi nella sabbia. La voce di Piggy si appellò a entrambi, soffocata:

«Siete sicuri? Proprio sicuri?»

«Va' un po' su a vedere,» replicò Jack, sprezzante «e in bocca al lupo.»

«Neanche per sogno.»

«Aveva dei denti, quella bestia,» aggiunse Ralph «e occhi neri, enormi.»

Fu scosso da un brivido violento. Piggy si tolse gli occhiali e pulì la superficie dell'unica lente rimastagli.

«Che faremo allora?»

Ralph si volse verso la piattaforma. La conchiglia scintillava tra gli alberi, una macchia bianca lì a stagliarsi contro il punto in cui sarebbe sorto il sole. Ricacciò indietro la capigliatura incolta.

«Non lo so.»

Ricordò il panico di quella fuga a rompicollo giù per la montagna.

«Francamente, non credo che riusciremmo mai a farcela contro un animale di quelle dimensioni. Possiamo anche stare qui a raccontarcelo, ma non potremmo affrontare una tigre. Ci nasconderemmo. Si nasconderebbe persino Jack.»

Jack continuava a fissare la sabbia.

«E i miei cacciatori?»

Simon si avvicinò di soppiatto, nell'ombra, rasentando i rifugi. Ralph ignorò la domanda di Jack. Indicò l'alone giallo che si spandeva sul mare.

«Finché c'è luce, siamo abbastanza coraggiosi. Ma dopo il tramonto? E quella cosa ora se ne sta là, accucciata accanto al fuoco, come se non volesse farci salvare...»

Senza accorgersene, adesso si torceva le mani. Alzò la voce.

«Quindi non possiamo neanche accendere un fuoco di avvistamento... siamo spacciati.»

Una goccia d'oro apparve sopra il mare, e d'un tratto si illuminò tutto il cielo.

«E i miei cacciatori?»

«Ragazzi armati di bastoni.»

Jack si alzò in piedi. Mentre si allontanava, il viso era paonazzo. Piggy inforcò i suoi occhiali con una lente sola e guardò Ralph.

«L'hai fatta grossa. Hai offeso i suoi cacciatori.»

«Ma sta' zitto!»

Li interruppe il suono della conchiglia modulato con scarsa perizia. Come se stesse intonando una serenata al sole che sorgeva, Jack continuò a suonare finché nei rifugi non cominciò il tramestio del risveglio; i cacciatori strisciarono fin sulla piattaforma e i piccoli piagnucolarono, come ormai facevano spesso. Ralph si alzò obbediente, poi Piggy, e insieme raggiunsero la piattaforma.

«Parole,» si sfogò Ralph amaramente «parole, parole, parole.»

Prese la conchiglia dalle mani di Jack.

«Quest'assemblea...»

Jack lo interruppe:

«L'ho convocata io.»

«Se non l'avessi fatto tu, l'avrei fatto io. Hai solo suonato la conchiglia, tutto qui.»

«Be', è di questo che si tratta, o no?»

«E va bene, tienila tu! Vai avanti... parla!»

Ralph ficcò la conchiglia nelle braccia di Jack e si sedette sul tronco.

«Ho convocato l'assemblea» disse Jack «per un sacco di ragioni. Primo: lo sapete, abbiamo visto la bestia. Ci siamo avvicinati strisciando fino in cima. Eravamo a meno di un metro. La bestia si è tirata su e ci ha guardati. Non so che cosa faccia. Non sappiamo neanche cosa sia...»

«La bestia viene dal mare...»

«Salta fuori dal buio...»

«Dagli alberi...»

«Silenzio!» gridò Jack. «Ascoltatemi. Qualunque cosa sia, la bestia se ne sta seduta lassù...»

«Forse aspetta...»

«Forse va a caccia...»

«Sì, a caccia.»

«A caccia» disse Jack. Ricordò le sue paure ancestrali nella foresta. «Sì. La bestia va a caccia. Solo che... zitti tutti! L'altra cosa che ho da dirvi è che non siamo riusciti ad ammazzarla. E poi ancora che Ralph ha detto che i miei cacciatori non servono a niente.»

«Non ho mai detto questo!»

«Ho la conchiglia. Ralph pensa che siete dei codardi,

perché scappate davanti a un cinghiale e alla bestia. E non finisce qui.»

Sulla piattaforma aleggiò come un sospiro, quasi tutti sapessero dove Jack voleva arrivare. La voce di Jack proseguì, tremula ma decisa contro quel silenzio poco incoraggiante.

«Lui è come Piggy. Dice le stesse cose di Piggy. Non è un vero capo.»

Jack strinse a sé la conchiglia.

«Lui per primo è un codardo.»

Tacque un attimo e poi continuò:

«Sulla cima, quando io e Roger siamo andati avanti... lui è rimasto indietro.»

«Sono venuto anch'io!»

«Dopo!»

I due ragazzi si guardarono in cagnesco tra le ciocche di capelli calate sugli occhi.

«Sono venuto anch'io» disse Ralph. «Poi sono scappato. Come te.»

«Dammi del codardo, allora.»

Jack si rivolse ai cacciatori.

«Non è un cacciatore. Non ci avrebbe mai procurato della carne. Non è un capoclasse e non sappiamo niente di lui. Non fa che dare ordini e pretende che la gente gli obbedisca punto e basta. Tutte queste chiacchiere...»

«Tutte queste chiacchiere!» gridò Ralph. «Chiacchiere, chiacchiere! Chi se le è cercate? Chi ha convocato l'assemblea?»

Jack si voltò; era tutto rosso in faccia, il capo chino col mento sul petto. Gli occhi torvi, puntati su di lui, lo fissavano da sotto le sopracciglia.

«Va bene, allora,» scandì le parole con un tono denso di oscure minacce «va bene.»

Strinse la conchiglia al petto con una mano e levò l'altra, con l'indice puntato, a tagliare l'aria come un coltello.

«Chi vuole che Ralph smetta di fare il capo?»

Guardò speranzoso i ragazzi schierati in circolo, raggelati da quella domanda. Sotto le palme, calò un silenzio mortale.

«Alzino la mano» incitò Jack con veemenza «tutti quelli che non vogliono più Ralph come capo.»

Non volava una mosca; un silenzio greve di vergogna, tutti erano col fiato sospeso. Lentamente, il rossore sbiancò dalle guance di Jack, ma poi vi riaffiorò di colpo, quasi con uno spasmo doloroso. Jack si umettò le labbra e voltò la testa di sbieco, per evitare l'imbarazzo di incrociare gli occhi degli altri.

«Quanti vogliono...»

La domanda implose nel nulla. Le mani, nel reggere la conchiglia, gli tremavano. Si schiarì la gola, e parlò a voce alta:

«Va bene allora.»

Poggiò la conchiglia ai suoi piedi, nell'erba, con gran cura. Lacrime di umiliazione spuntarono agli angoli degli occhi e gli rigarono le guance.

«Basta, non gioco più. Non con voi.»

I ragazzi, gran parte, fissavano l'erba o i propri piedi, gli occhi bassi. Jack si schiarì di nuovo la gola.

«Me ne vado, nel gruppo di Ralph non ci sto più...»

Si rivolse verso i tronchi disposti sulla destra, e squadrò uno per uno i cacciatori che un tempo erano stati un coro.

«Me ne vado per conto mio. Che si catturi da solo i suoi maiali. Chiunque voglia venire a caccia quando ci vado io, venga pure.»

Scattò fuori dal triangolo, verso la discesa sulla sabbia bianca.

«Jack!»

Jack si voltò e sostenne lo sguardo di Ralph. Rimase immobile per un attimo, poi lanciò un grido stridulo, furioso:

«... No!»

Balzò giù dalla piattaforma e corse lungo la spiaggia, senza badare alle lacrime che gli rigavano il volto, copiose, e finché non si dileguò nella foresta, gli occhi di Ralph lo seguirono.

Piggy era indignato.

«Ralph, ti sto parlando, e tu te ne stai lì come...»

A bassa voce, fissando Piggy senza vederlo, Ralph parlava tra sé.

«Tornerà. Al tramonto, tornerà.» Fissò la conchiglia tra le mani di Piggy.

«Cosa?»

«Lascia perdere!»

Piggy abdicò al tentativo di rimproverare Ralph. Strofinò di nuovo la lente e ritornò al discorso di prima.

«Possiamo fare a meno di Jack Merridew. Su quest'isola non c'è mica solo lui. Ma ora che una bestia esiste davvero, anche se stento a crederlo, non dobbiamo allontanarci dalla piattaforma; ci sarà meno bisogno di lui e della sua caccia. Quindi ora possiamo decidere davvero le cose importanti da fare.»

«Troppo tardi, Piggy. Non c'è più niente da fare.»

Scoraggiati, per un po' rimasero tutti seduti, in silenzio. Poi Simon si alzò e prese la conchiglia dalle mani di Piggy, il quale ne fu così stupito da restare imbambolato. Ralph guardò Simon.

«Simon? Che c'è stavolta?»

Un risolino di scherno si propagò nel circolo e Simon fremette.

«Io credo che potremmo fare qualcosa. Forse potremmo...»

Di nuovo gli mancò la voce, a causa della soggezione che gli incuteva l'assemblea. Annaspò, alla ricerca di aiuto e solidarietà, e scelse Piggy come referente. Si girò a metà verso di lui, stringendosi la conchiglia al petto abbronzato.

«Penso che dovremmo scalare la montagna.»

Il circolo rabbrividì dal terrore. Simon si interruppe e si rivolse a Piggy, che lo fissava con un'aria interdetta, canzonatoria.

«A che ci serve arrampicarci fin lassù dalla bestia, se l'hanno già fatto Ralph e gli altri due senza combinare niente?»

Simon sussurrò, di rimando:

«E che altro potremmo fare?»

Aveva concluso il suo discorso e lasciò che Piggy gli sfilasse la conchiglia dalle mani. Poi si rincantucciò, seduto il più possibile lontano dagli altri.

Ora Piggy si esprimeva con maggiore sicurezza e, se le circostanze non fossero state così gravi, gli altri avrebbero notato che parlava addirittura con piacere.

«Ho già detto che possiamo tutti fare a meno di una certa persona. Ora vi dico che dobbiamo decidere che cosa possiamo fare. E credo di potervi dire quel che Ralph vi ripeterà tra poco. Su quest'isola, la cosa più importante è il fumo, ma non può esserci fumo senza un fuoco.»

Ralph si abbandonò a un moto di irritazione.

«Niente da fare, Piggy. Niente fuoco. Quella cosa se ne sta seduta lassù... e perciò noi dobbiamo rimanere qui.»

Piggy sollevò la conchiglia, come per aggiungere enfasi alle parole che stava per pronunciare.

«Non possiamo fare il fuoco sulla montagna. Ma che c'è di male se il fuoco lo facciamo quaggiù? Potremmo allestire un fuoco su quelle rocce. Persino sulla sabbia. Comunque sia, faremmo del fumo.»

«È vero!»

«Il fumo!»

«Là, vicino alla piscina!»

I ragazzi cominciarono a cicalare. Solo Piggy poteva avere l'audacia intellettuale di suggerire lo spostamento del fuoco giù dalla montagna.

«Allora il fuoco lo faremo qui» disse Ralph. Si guardò

attorno. «Possiamo farlo proprio qui, tra la piscina e la piattaforma. Naturalmente...»

Si interruppe aggrondato, pensando all'efficacia dell'impresa, rosicando senza avvedersene il rimasuglio di un'unghia.

«Naturalmente il fumo non sarà molto visibile, non potranno scorgerlo a grandi distanze. Ma, almeno, non dovremo avvicinarci, avvicinarci alla...»

Gli altri capirono perfettamente e annuirono. No, non dovevano avvicinarsi.

«Faremo il fuoco subito.»

Le idee più grandi sono le più semplici. Ora che c'era qualcosa da fare, tutti si misero all'opera con ardore. Piggy traboccava di gioia e di quel senso di libertà che lievitava grazie alla dipartita di Jack; era così pieno di orgoglio per quel suo contributo reso al bene della collettività che aiutò a raccogliere la legna. La legna che raccoglieva era a portata di mano, si trattava dei resti di un albero caduto sulla piattaforma, che durante le assemblee non serviva; eppure per gli altri la sacralità delle riunioni in quel luogo aveva reso intoccabile persino ciò che era inutile. Poi i gemelli realizzarono che quel fuoco, acceso lì, vicino a loro, li avrebbe confortati durante la notte, e nell'euforia alcuni dei piccoli applaudirono e ballarono.

La legna non era così asciutta come quella usata in cima alla montagna. Gran parte era putrida e marcia e popolata di insetti in fuga; i tronchi dovevano sollevarli dal suolo con cautela, altrimenti si sbriciolavano in polveri fradice. Inoltre, per evitare lo spauracchio di addentrarsi nel folto della foresta, i ragazzi si accaparravano qualsiasi pezzo di legno in cui si imbattevano, senza curarsi se fosse avviluppato in nuovi germogli. I confini della foresta e il solco erano familiari, e non incutevano timore, vicini com'erano alla conchiglia e ai rifugi e alla luce del giorno. Quel che potevano diventare di notte, immersi nelle tenebre, nessuno osava pensarlo. Lavoravano perciò animati da grande allegria ed energia, benché col trascorrere del tempo nell'energia si insinuasse una punta di panico, e nell'allegria una vena d'isteria. Sulla nuda sabbia presso la piattaforma, allestirono una piramide di foglie e sterpi, rami e tronchi. Per la prima volta da quando erano sull'isola, fu Piggy stesso a togliersi gli occhiali dall'unica lente, si inginocchiò e diresse i raggi del sole sulla brace. Presto si innalzò una cortina di fumo, seguita da un ciuffo di lingue gialle.

I piccoli, che avevano visto ben pochi fuochi dopo la prima catastrofe, si abbandonarono a un'eccitazione sfrenata. Ballarono e cantarono e un'aria di festa aleggiò sull'allegra comitiva.

Alla fine, Ralph smise di affaccendarsi e si alzò in piedi, tergendosi il sudore dal viso con l'avambraccio sporco.

«D'ora in poi, il fuoco dobbiamo farlo piccolo. Questo è troppo grande da tenere acceso.»

Piggy sedette con cautela sulla sabbia e cominciò a pulire la lente.

«Potremmo cominciare degli esperimenti; trovare il modo migliore per fare un fuoco piccolo, vivace, e poi aggiungerci sopra via via dei rami verdi, per alimentare solo il fumo. Alcuni tipi di foglie devono essere più adatti di altri allo scopo.»

Man mano che il fuoco perdeva vigore, si smorzava pure l'eccitazione. I piccoli smisero di cantare e ballare e si allontanarono alla chetichella verso il mare, o tra gli alberi da frutta o verso i rifugi.

Ralph si buttò nella sabbia.

«Dobbiamo fare una nuova lista per stabilire i turni di chi sorveglia il fuoco.»

«Se riesci a trovare chi lo sorvegli.»

Si guardò attorno, e si rese conto per la prima volta di quanti pochi grandi fossero rimasti, e allora capì perché il lavoro era stato così faticoso.

«Dov'è Maurice?»

Piggy ripulì di nuovo la sua lente.

«Forse... ma no, non credo che si avventurerebbe da solo nella foresta.»

Ralph saltò su, corse rapidamente intorno al fuoco e, tirandosi indietro i capelli, si fermò vicino a Piggy.

«Ma una lista dobbiamo farla! Ci siamo io, te, Sammeric e...»

Non osava guardare Piggy, però gli domandò con finta noncuranza:

«Dove sono Bill e Roger?»

Piggy si sporse in avanti per mettere un pezzo di legno sul fuoco.

«Se ne saranno andati, immagino. Quindi suppongo che non vorranno neanche aiutarci coi turni.»

Ralph si sedette e cominciò a fare dei buchetti nella sabbia con le dita. Si stupì nel vedere in uno di essi una goccia di sangue. Esaminò da vicino l'unghia mangiata e osservò il piccolo globo di sangue gonfiarsi dove era stata rosicchiata via la carne viva.

Piggy continuò a parlare:

«Li ho visti sgattaiolare via mentre stavamo raccogliendo la legna. Se la sono filata da quella parte. Nella stessa direzione in cui se n'è andato lui.»

Ralph finì la sua ispezione e levò lo sguardo in alto. Il cielo, quasi fosse solidale coi grandi mutamenti avvenuti tra di loro, oggi era diverso, la foschia era così pastosa da sembrare lattea dove l'aria era più calda. Il disco del sole pareva di un argento opaco, come se fosse più vicino e non così caldo, nonostante l'aria afosa.

«Ci hanno creato solo grattacapi, vero?»

La voce di Piggy gli arrivò, ansiosa, accanto alla spalla.

«Possiamo cavarcela anche senza di loro. Saremo più felici, ora, vero?»

Ralph rimaneva seduto. Arrivarono i gemelli; trascinavano un gran tronco, con un sorriso trionfale. Catapultarono il tronco fra le braci, sollevando miriadi di scintille.

«Possiamo farcela benissimo da soli, vero?»

Per un bel po', mentre il tronco si asciugava, prendeva fuoco e diventava rosso incandescente, Ralph, sempre seduto sulla sabbia, non disse una parola. Non vide Piggy andare dai gemelli e bisbigliare in combutta con loro, né i tre ragazzi sparire nella foresta.

«Ecco qua.»

Si riebbe con un sussulto. Piggy e gli altri due gli erano accanto, carichi di frutta.

«Ho pensato che forse» esordì Piggy «dovremmo fare una specie di festa.»

I tre ragazzi si sedettero. Avevano raccolto frutta in abbondanza, e tutta succulenta. Sorrisero a Ralph appena ne prese un po' e cominciò a mangiarla.

«Grazie» disse, e poi di nuovo, con un tono di voce lieto, sorpreso: «Grazie!».

«Da soli ce la caveremo benissimo» disse Piggy. «Quelli là non hanno sale in zucca, combinano solo guai su quest'isola. Faremo un fuocherello vivace...»

Ralph tornò alle sue preoccupazioni.

«Dov'è Simon?»

«Non lo so.»

«Non credi che stia salendo sulla montagna?»

Piggy gongolò in una risata fragorosa e si servì di altra frutta.

«Tutto è possibile.» Ne trangugiò un bel boccone. «È matto.»

Simon aveva oltrepassato la zona degli alberi da frutta, ma oggi i piccoli non lo avevano inseguito, perché erano tutti affaccendati col fuoco sulla spiaggia. Proseguì tra la massa di liane finché non raggiunse la grande trapunta intessuta accanto alla radura, e ci si intrufolò dentro. Al di là della cortina di foglie, la luce diluviava e al centro le farfalle danzavano la loro danza senza fine. Si inginocchiò, e un raggio di sole lo raggiunse, come un dardo. L'altra volta l'aria gli sembrava che vibrasse alle vampe di calore, ma adesso il caldo era perfino minaccioso. Presto il sudore cominciò a colargli giù per i capelli lunghi e irsuti. Irrequieto, tentò di spostarsi ma non c'era modo di trovare scampo dal sole. Di lì a poco gli venne sete, e poi la sete divenne arsura.

Continuò a rimanere accucciato lì.

Lontano, sulla spiaggia, Jack era al cospetto di un piccolo drappello di ragazzi. A vederlo, sembrava sprizzare gioia da tutti i pori.

«A caccia» disse. Li squadrò. Ciascuno di loro indossava i resti di un cappello nero e, in un tempo remotissimo, quando le loro voci intonavano ancora la canzone degli angeli, si sarebbero disposti su due file austere.

«Andremo a caccia. Sarò io il capo.»

Annuirono, e la crisi era già alle spalle.

«E ancora... a proposito della bestia.»

Si mossero, e volsero gli occhi verso la foresta.

«Attenti a quel che vi dico. Della bestia non ci occuperemo.»

Annuì col capo.

«La bestia ce la scordiamo.»

«Giusto!»

«Sì!»

«Scordiamoci la bestia!»

Se Jack fosse stupito dal loro fervore, non lo diede a vedere.

«E un'altra cosa. Niente incubi qui. Siamo quasi alla fine dell'isola.»

Approvarono con tutto l'ardore che sgorgava dai meandri delle loro singole vite tormentate.

«Ora ascoltatemi bene. Alla rocca del castello ci andremo più tardi. Adesso voglio andare a recuperare altri ragazzi grandi, li voglio dalla nostra parte, basta con la conchiglia e tutto il resto. Ammazzeremo un maiale e daremo una festa.» Tacque e proseguì, più lentamente: «E riguardo alla bestia, quando ammazzeremo il maiale, le lasceremo un po' di carne. Così, forse, non ci darà fastidio».

Bruscamente, si alzò in piedi.

«Andiamo a caccia nella foresta, adesso.»

Si girò e partì di buon passo, e un attimo dopo gli altri lo seguirono, obbedienti.

Si dispersero, nervosi, nella foresta. Quasi subito Jack trovò le radici divelte e sparpagliate che tradivano il passaggio di un maiale e un attimo dopo ecco le tracce fresche. Jack fece cenno ai cacciatori di rimanere in silenzio e avanzò da solo. Era felice e perfettamente a proprio agio nell'umida oscurità della foresta. Strisciò giù lungo un pendio fino a rocce e alberi sparsi vicino al mare.

I maiali, gonfi otri di grasso, riposavano sdraiati, godendosi con voluttà l'ombra degli alberi. Non c'era un filo di vento ed erano tranquilli, e l'esperienza aveva reso Jack silenzioso come un'ombra. Sgattaiolò via di nuovo e diede istruzioni ai suoi cacciatori nascosti. Subito presero tutti ad avanzare lentamente, sudando nel silenzio e nella calura. Sotto un albero, un maiale mosse un orecchio, pigro. Un po' appartata dal resto del gruppo, assorta nelle gioie estatiche della maternità, riposava la scrofa più grande del gruppo. Era rosea con delle chiazze nere; e il suo addome, rigonfio come una grande vescica, era sfrangiato da una fila di porcellini che dormivano, o poppavano e squittivano.

A una quindicina di metri dal branco, Jack si fermò; il suo braccio, tendendosi, puntò alla scrofa. Rivolse in giro uno sguardo indagatore, per essere certo che tutti avessero capito, e i ragazzi annuirono. In fila, tutti tirarono indietro il braccio destro con la lancia in pugno, pronti a colpire.

«Ora!»

Il branco dei maiali si riscosse, e appena a una decina di metri di distanza le lance di legno con le punte indurite dal fuoco volarono contro la preda prescelta. Un porcellino, con uno strillo forsennato, si buttò in mare trascinandosi dietro la lancia di Roger. La scrofa emise un grido soffocato e barcollò, con due lance infilzate nel fianco grasso. I ragazzi gridarono e si slanciarono all'attacco, i maialini si sparpagliarono e la scrofa sfondò la linea d'avanzamento scagliandosi con gran trambusto attraverso la foresta.

«Dietro di lei!»

Partirono in corsa lungo la pista, ma la foresta era troppo buia e intricata, perciò Jack, imprecando, li bloccò e perlustrò da solo gli anfratti tra gli alberi. Poi rimase in silenzio per un po', ansimando intensamente, e tutti gli si fecero accanto, sbigottiti, lanciandosi occhiate furtive piene di ammirazione. All'improvviso, Jack puntò il dito al suolo.

«Là...»

Prima che gli altri riuscissero a ispezionare la macchia di sangue, Jack si era girato di scatto, studiava una traccia, toccava un ramo spezzato. Così si rimise in marcia, misteriosamente sicuro e determinato; e i cacciatori dietro di lui.

Si fermò davanti a un groviglio di arbusti.

«Lì dentro.»

Circondarono il nascondiglio, ma la scrofa fuggì via con la punta di un'altra lancia conficcata nel fianco. Quello strascico di lance la intralciava, e le punte aguzze e spezzate erano un vero supplizio. Andò a sbattere contro un albero, forzando una lancia ancora più in profondità; da quel momento in poi, chiunque dei cacciatori riuscì a seguirla facilmente per via delle gocce di sangue vivo che colavano. Il pomeriggio si consumava tra i vapori e gli orrori del caldo umido; la scrofa scappava, barcollando davanti a loro, sanguinante e impazzita, e i cacciatori la incalzavano, posseduti da una frenesia orgiastica, eccitati dal lungo inseguimento e dal sangue che colava. La scorgevano ormai, l'avevano quasi raggiunta, ma lei scattò via con le ultime forze rimastele e li distanziò di nuovo. Le erano alle calcagna quando approdò vacillando in una radura, punteggiata da fiori variopinti su cui le farfalle intrecciavano danze nell'aria afosa e immobile.

Qui, sopraffatta dalla calura, la scrofa rovinò al suolo e i cacciatori si scagliarono su di lei. Quest'incursione terrificante da un mondo sconosciuto la rese forsennata; strillò e si divincolò e l'aria fu piena di sudore e frastuono, sangue e terrore. Roger correva intorno al mucchio, immergendo la lancia ovunque gli apparisse carne di maiale. Jack balzò sul dorso della scrofa e da lì affondava il coltello alla cieca. Roger trovò un anfratto di carne cedevole alla sua punta e cominciò a spingere con forza, finché non si poggiò al bastone con tutto il peso del corpo. La lancia penetrava, centimetro dopo centimetro, e lo strillo atterrito si trasformò in un urlo acutissimo. Poi Jack trovò la gola, e il sangue caldo schizzò sulle sue mani. La scrofa collassò sotto di loro e tutti le furono sopra, grevi e appagati. Le farfalle danzavano ancora, inquiete, in mezzo alla radura.

Alla fine, la frenesia della strage scemò. I ragazzi si ritirarono, e Jack si alzò, mostrando le mani.

«Guardate.»

Le agitava sghignazzando, mentre i ragazzi ridevano di quei palmi lordi e puzzolenti. Jack afferrò Maurice e gli strofinò sulle guance quella roba. Roger cominciò a estrarre la sua lancia e i ragazzi la notarono per la prima volta. Robert stigmatizzò l'immagine con una definizione accolta a furor di popolo.

«Dritto nel culo!»

«Avete sentito?»

«Avete sentito quel che ha detto?»

«Dritto nel culo!»

Questa volta furono Robert e Maurice a interpretare i due ruoli; e la scena di Maurice che mimava gli sforzi del maiale per evitare l'incalzare della lancia fu così comica che i ragazzi ne risero fino alle lacrime.

Alla lunga, anche questo scherzo venne a noia. Jack cominciò a ripulirsi le mani insanguinate strofinandole su di un masso. Poi cominciò a scannare la scrofa; la sventrò, tirando fuori le rosee sacche tiepide delle budella, e ammucchiandole sulla roccia mentre gli altri lo osservavano. Intanto, parlava.

«Trasporteremo la carne sulla spiaggia. Poi tornerò alla piattaforma e li inviterò alla festa. Così guadagneremo un po' di tempo.»

Roger parlò.

«Capo...»

«Sì...?»

«Come faremo ad accendere il fuoco?»

Jack si accosciò di nuovo davanti al maiale, fissandolo accigliato.

«Tenderemo un agguato per prendere il fuoco. Ho bisogno di quattro di voi. Tu e Henry, Bill e Maurice. Ci dipingeremo la faccia e ci avvicineremo di nascosto; mentre io dirò quel che ho da dire, Roger agguanterà un ramo dal falò. Tutti gli altri possono trasportare il maiale al posto dove eravamo prima. Il fuoco lo faremo là. E poi...»

Tacque e si alzò, scrutando le ombre sotto gli alberi. Quando riprese a parlare, lo fece a bassa voce.

«Ma un po' di questa preda la lasceremo per...»

Si inginocchiò e si mise ancora all'opera col coltello. I ragazzi si affollarono intorno a lui. Inclinò appena il capo verso Roger, al suo fianco, e gli ordinò:

«Preparami un bastone con la punta da tutte e due le parti.»

Dopo un po' si alzò; tra le mani reggeva la testa gocciolante della scrofa.

«Allora, dov'è quel palo?»

«Eccolo.»

«Piantalo per terra. No, non qui... c'è la roccia. Ficcalo in quella crepa. Perfetto.»

Jack sollevò la testa e infilò nella gola morbida l'estremità aguzza del palo, che penetrò fin nella bocca. Fece un passo indietro e la testa rimase lì, impalata, un po' di sangue sgocciolava lungo il bastone.

D'istinto, i ragazzi si ritrassero anche loro, e un silenzio profondo inondò la foresta. Rimasero in ascolto, ma l'unico rumore che sentirono fu il ronzio delle mosche sulle interiora ammucchiate.

Jack mormorò:

«Tirate su il maiale.»

Maurice e Robert infilzarono la carcassa, sollevarono il peso morto, ed erano già pronti. Zitti, in piedi accanto al sangue oramai secco, apparivano guardinghi.

Jack parlò a voce alta:

«Questa testa è per la bestia. È un dono.»

Il silenzio accettò il dono, e un timore reverenziale li invase. La testa rimase lì, gli occhi opachi, un lieve sogghigno, il sangue nerastro a coagularsi tra i denti. All'improvviso stavano correndo via, con tutte le loro forze, attraverso la foresta, verso la spiaggia aperta.

Simon rimase dov'era, una figura minuta, bruna, nascosta nel fogliame. Anche se chiudeva gli occhi, continuava a vedere la testa della scrofa, come se ne avesse interiorizzato l'immagine. Gli occhi socchiusi erano appannati dall'infinito cinismo della vita adulta. Raccontavano a Simon che stava andando tutto a rotoli.

«Questo lo so.»

Simon si rese conto di aver parlato a voce alta. Aprì subito gli occhi ed ecco quella testa sogghignare divertita nella strana luce del giorno, ignara delle mosche, delle budella affastellate, ignara persino dell'onta di essere impalata su di un bastone.

Guardò altrove, umettandosi le labbra secche.

Un dono per la bestia. Ma la bestia sarebbe venuta a prenderlo? La testa, pensò, sembrava annuire. Scappa via, diceva la testa silenziosa, ritorna dagli altri. È stato uno scherzo, davvero... non preoccuparti. Ti sei solo sbagliato, ecco tutto. Un lieve mal di testa, forse qualcosa che hai mangiato e ti ha fatto male. Torna indietro, ragazzino, disse la testa silenziosa.

Simon alzò lo sguardo e, oppresso dal gravame dei capelli bagnati, fissò il cielo. Lassù, per una volta, ecco le nuvole, enormi torri rigonfie che germogliavano sull'isola, grigie e crema e color del rame. Le nuvole poggiavano quasi per terra; mungevano, stillavano un secondo dopo l'altro questa calura oppressiva, tormentosa. Perfino le farfalle disertarono la radura dove ghignava e sgocciolava quella cosa oscena. Simon abbassò il capo, gli occhi serrati, poi li schermò addirittura con la mano. Gli alberi non facevano più ombra, ma ovunque dilagava una calma perlacea, perciò anche le cose reali apparivano illusorie e sfocate. Il mucchio di budella era un bubbone nero di mosche che ronzavano con lo stridio di una sega. Dopo un po', queste mosche scovarono Simon. Ormai satolle, si posarono sui suoi rivoli di sudore e bevvero. Gli fecero il solletico sotto le narici e gli giocarono alla cavallina sulle cosce. Erano nere e di un verde iridescente, e infinite; e di fronte a Simon il Signore delle Mosche sogghignava, infilzato sul palo. Alla fine, Simon si arrese e riaprì gli occhi; vide i denti bianchi e gli occhi opachi, il sangue – e il suo sguardo fu catturato da quell'epifania antica, ineluttabile. Nella tempia destra di Simon, una vena cominciò a pulsare, batteva sul cervello.

Ralph e Piggy erano sdraiati sulla sabbia; fissavano il fuoco e oziosi lanciavano sassolini nel centro del falò dove la fiammella era ancora vivace.

«Quel ramo è andato.»

«Dove sono Sammeric?»

«Dovremmo raccogliere altra legna. Non ci sono più rami verdi.»

Ralph sospirò e si alzò. Sotto le palme della piattaforma, le ombre erano sparite; dilagava solo questa strana luce che, simultanea, pareva venire dappertutto. In alto, tra le nuvole gravide, un tuono scoppiò col fragore di una cannonata.

«Pioverà a catinelle.»

«E il fuoco?»

Ralph corse nella foresta e ritornò con un grosso ramo frondoso che gettò sul fuoco. Il ramo scoppiettò, le foglie si arricciarono e il fumo giallo si propagò.

Con le dita, Piggy tracciava ghirigori senza senso sulla sabbia.

«Il guaio è che non c'è più abbastanza gente per il fuoco. Sammeric devi contarli per un turno solo. Fanno tutto insieme...»

«Naturalmente.»

«Be', però non è giusto, non ti sembra? Dovrebbero fare due turni.»

Ralph ci pensò su e capì. Lo irritava assai scoprire quanto poco sapesse ragionare come un grande, e sospirò di nuovo. L'isola andava di male in peggio.

Piggy guardò il fuoco.

«Tra poco ci vorrà un altro ramo verde.»

Ralph si rotolò sulla sabbia.

«Piggy. Come faremo?»

«Non c'è che da tirare avanti senza di loro.»

«Ma... il fuoco.»

Si accigliò davanti al mucchio bianco e nero in cui si ammassavano i resti dei rami non ancora bruciati. Tentò di esprimere il suo pensiero.

«Ho paura.»

Vide Piggy alzare lo sguardo; e parlò a ruota libera.

«Non della bestia. Voglio dire, ho paura anche di quella. Ma nessun altro capisce la faccenda del fuoco. Se qualcuno ti gettasse una corda mentre anneghi; se il dottore dicesse prendi questa medicina, altrimenti morirai... tu la prenderesti, vero? Mi spiego o no?»

«Certo che la prenderei.»

«Non se ne rendono conto, non riescono a capire che senza un segnale di fumo moriremo qui? Guarda che miseria!»

Dalle ceneri salì una tremula colonna d'aria calda, ma neanche un filo di fumo.

«Non riusciamo a tenere acceso un fuoco. E loro se ne fregano. E c'è dell'altro...» Guardò intensamente la faccia di Piggy, madida di sudore.

«Quel che è peggio è che certe volte me ne frego *anch'io*. Ti immagini se divento anch'io come gli altri... se non me ne importa più niente. Che ne sarà di noi?»

Piggy si tolse gli occhiali, profondamente turbato.

«Non lo so, Ralph. Possiamo solo tirare avanti, tutto qui. Questo è quel che farebbero i grandi.»

Ralph oramai aveva cominciato a sfogarsi, e non si tirò più indietro.

«Piggy, ma cosa c'è che non va?»

Piggy lo guardò stupito.

«Vuoi dire la...»

«No, non quella... Voglio dire... perché sta andando tutto in malora?»

Piggy strofinò gli occhiali, lento, e si mise a riflettere. Appena comprese quanto Ralph si fosse avvicinato al suo modo di pensare, avvampò di un rossore orgoglioso.

«Non saprei, Ralph. Mi immagino che sia lui.»

«Jack?»

«Jack.» Persino intorno a quella parola, lievitava ormai una sorta di tabù.

Ralph annuì, solenne.

«Sì,» rispose «dev'essere proprio lui.»

La foresta vicino a loro esplose in un ruggito. Figure demoniache dalle facce bianche, rosse e verdi ne sbucarono fuori ululando e misero in fuga i piccoli, tra grida terrorizzate. Con la coda dell'occhio, Ralph vide correre Piggy. Due figure si slanciarono verso il fuoco e lui si preparò a difendersi, ma quelli afferrarono dei rami mezzo bruciacchiati e poi se la diedero a gambe lungo la spiaggia. Gli altri tre rimasero immobili, fissavano Ralph; lui notò che il più alto dei tre, tutto nudo salvo per la maschera tribale e la cintola, era Jack.

Ralph riprese fiato e parlò:

«E allora?»

Jack lo ignorò, sollevò la lancia e cominciò a urlare:

«Ascoltatemi, tutti. Io e i miei cacciatori ora ce ne stiamo sulla spiaggia laggiù, vicino a una roccia piatta. Ce la spassiamo; andiamo a caccia e facciamo festa. Se volete unirvi alla mia tribù, venite a trovarci. Forse vi accetterò. O forse no.»

Detto questo, fece una pausa e scrutò intorno a sé. Ormai, dietro quella maschera che lo salvava dalla vergogna e zittiva la voce della coscienza, riusciva a guardarli dritto negli occhi, uno per uno. Ralph era inginocchiato presso i resti del fuoco come un centometrista al blocco di partenza, con la faccia seminascosta tra i capelli e le macchie di fuliggine. Sammeric facevano capolino dietro un tronco di palma sul limitare della foresta. Accanto alla piscina, un piccolo ululava, una ragnatela di rughe terrorizzate sul viso scarlatto, e Piggy era in piedi sulla piattaforma, la conchiglia bianca avvinghiata fra le mani.

«Stasera daremo una festa. Abbiamo ammazzato un maiale, abbiamo carne. Potete venire a mangiare con noi, se volete.»

Nel cielo, tra le gole dei nembi torreggianti, il tuono echeggiò di nuovo. Jack e i due anonimi selvaggi al suo fianco sussultarono, guardarono in su, e poi si ricomposero. Il piccolo continuò a ululare. Jack aspettava. Bisbigliò agli altri poche parole frettolose:

«Avanti... adesso!»

Qualche sussurro dei due selvaggi. Jack li incalzò, aspro:

«Avanti!»

I due selvaggi si guardarono, levarono insieme le lance e recitarono, all'unisono:

«Il Capo ha parlato.»

Poi si girarono tutti e tre e se la svignarono.

Dopo un po', Ralph si alzò in piedi e rimase a guardare nella direzione in cui erano svaniti i selvaggi. Sammeric lo raggiunsero, balbettavano mormorii sbigottiti.

«Credevo che fosse...»

«... E io avevo...»

«... Paura.»

Piggy li sovrastava dalla piattaforma, stringendo ancora la conchiglia.

«Erano Jack, Maurice e Robert» disse Ralph. «Se la stanno spassando mica male!»

«Pensavo che mi venisse un attacco d'asma.»

«Al diavolo il tuo miasma.»

«Appena ho visto Jack, ero sicuro che volesse la conchiglia. Non so perché.»

Il gruppo dei ragazzi guardò la conchiglia bianca con affettuoso rispetto. Piggy la depose nelle mani di Ralph e i piccoli, scorgendo quel simbolo familiare, cominciarono a tornare indietro.

«Non qui.»

Si volse alla piattaforma; sentiva il bisogno di quel rituale. Ralph avanzava per primo, la conchiglia bianca avvinta tra le braccia, poi Piggy con un'aria grave, poi i gemelli, poi i piccoli e gli altri.

«Sedetevi, tutti quanti. Quest'incursione l'hanno fatta per prenderci il fuoco. Se la stanno spassando. Ma il...»

C'era come una persiana nel cervello di Ralph che si apriva e si chiudeva, intermittente. C'era qualcosa che voleva dire; ma la persiana si era chiusa.

«Ma il...»

Lo osservavano, seri, non ancora turbati da alcun dubbio rispetto alla sua inadeguatezza. Ralph cacciò via quegli insulsi capelli dagli occhi e guardò Piggy.

«Ma il... ah, sì, appunto... il fuoco! Il fuoco, naturalmente!»

Scoppiò a ridere, poi smise, e ricominciò a parlare con scioltezza.

«Il fuoco è la cosa più importante. Senza il fuoco non verremo mai salvati. Anche a me piacerebbe dipingermi la faccia come un guerriero e giocare a fare il selvaggio. Ma dobbiamo tenere acceso il fuoco. Sull'isola, il fuoco è la cosa più importante perché, perché...»

Tacque, di nuovo, e calò un silenzio sbigottito, pieno di dubbi.

Piggy bisbigliò, tempestivo:

«Il salvataggio.»

«Ah, sì. Senza il fuoco non possiamo essere salvati. Quindi dobbiamo rimanere accanto al fuoco a fare fumo.»

Quando rimase zitto, nessuno aggiunse altro. Dopo i molti brillanti discorsi tenutisi proprio in quel luogo, persino alle orecchie dei piccoli le dichiarazioni di Ralph suonavano patetiche.

Alla fine, Bill tese le mani per chiedere la conchiglia.

«Ora che non possiamo fare il fuoco lassù – perché lassù non possiamo più farlo – c'è bisogno di più gente per tenerlo acceso. Andiamo alla festa e diciamogli che siamo in pochi qui per il fuoco, non ce la facciamo. E poi andare a caccia e tutto il resto – fare i selvaggi, voglio dire – dev'essere un gran bel divertimento.»

Sammeric presero la conchiglia.

«Sì dev'essere uno spasso, come dice Bill... e poi ci ha invitati...»

«... Alla festa...»

«... La carne...»

«Arrostita...»

«... Un po' di carne me la mangerei volentieri...»

Ralph alzò la mano.

«E allora perché non ce la procuriamo da soli, la nostra carne?»

I gemelli si guardarono perplessi. Fu Bill a rispondere:

«Ma non vogliamo andare nella giungla.»

Ralph sogghignò.

«Lui... come ben sapete... ci va.»

«Ma lui è un cacciatore. Loro sono tutti cacciatori. È diverso.»

Per un po' nessuno parlò, poi, lo sguardo fisso sulla sabbia, Piggy mormorò:

«Carne...»

I piccoli rimanevano lì seduti, seri, immersi nel pensiero della carne con l'acquolina in bocca. Sopra le loro teste, esplose una nuova cannonata e un'improvvisa folata di vento torrido scompigliò le fronde crepitanti dei palmizi.

«Sei un ragazzino stupido,» disse il Signore delle Mosche «solo un ragazzino stupido e ignorante, tutto qui.»

Simon mosse la lingua, gonfia, ma non fiatò.

«Ho ragione o no?» disse il Signore delle Mosche. «Non sei solo un ragazzino stupido?»

Simon gli rispose con la stessa voce silenziosa.

«E allora» disse il Signore delle Mosche «faresti meglio a scappare via a giocare insieme agli altri. Ti credono matto. Non vuoi mica che Ralph pensi che tu sia matto, vero? Ralph ti è molto simpatico, vero? Anche Piggy, e Jack?»

La testa di Simon si era sollevata leggermente verso l'alto. Gli occhi non riuscivano a staccarsi dal Signore delle Mosche, sospeso nel vuoto davanti a lui.

«Ma che ci stai a fare qui, solo soletto? Non hai paura di me?»

Simon scosse il capo.

«Non c'è nessuno ad aiutarti. Ci sono solo io. E io sono la Bestia.»

La bocca di Simon, con immenso sforzo, articolò parole comprensibili:

«Una testa di maiale su un palo.»

«Che idea balzana, pensare alla Bestia come a qualcosa che potevate cacciare, e uccidere!» disse la testa. Per qualche attimo, la foresta risuonò fin negli anfratti più bui e riposti della parodia di una risata. «Ma tu lo sapevi, vero? Lo sapevi che sono parte di te? Vieni qui, avvicinati; più vicino, ancora di più! Lo sapevi che è per causa mia che non c'è via di scampo? Ecco perché le cose stanno così, e non c'è verso di cambiarle.»

La risata riecheggiò di nuovo.

«Su, allora» disse il Signore delle Mosche. «Tornatene dagli altri e dimentichiamoci tutta questa storia.»

La testa di Simon oscillò. Aveva gli occhi socchiusi, come se stesse imitando quella cosa oscena sul palo. Sapeva che gli stava arrivando uno dei suoi attacchi. Il Signore delle Mosche si gonfiava come un enorme pallone.

«È ridicolo. Sai benissimo che mi incontrerai soltanto qui... allora non tentare di sfuggirmi!»

Il corpo di Simon si era inarcato, rigido. Il Signore delle Mosche parlò con la voce di un maestro di scuola.

«Questo scherzo è durato abbastanza, adesso basta. Mio povero, sventato bambino, credi davvero di saperne più di me?»

Ci fu una pausa.

«Stai attento. Mi stai facendo perdere la pazienza. Ma non lo vedi? Qui non c'è posto per te. Hai capito? Su quest'isola vogliamo divertirci. Hai capito? Vogliamo divertirci, su quest'isola! Quindi non provarci nemmeno, mio povero, sventato ragazzo, altrimenti...»

Simon si accorse che stava guardando dentro una bocca enorme. Dentro era buio pesto, e il buio si allargava.

«... Altrimenti» disse il Signore delle Mosche «ti uccideremo. Hai capito? Jack e Roger e Maurice e Robert e Bill e Piggy e Ralph. Ti uccideremo. Hai capito?»

Simon era dentro la bocca. Cadde e perse conoscenza.

IX
Una visione di morte

Le nuvole continuavano ad affollarsi sull'isola. Una corrente costante di aria calda si innalzò tutto il giorno dalla montagna, risalendo su, fino a tremila metri; vorticose masse di gas accumularono elettricità statica finché l'etere fu pronto a esplodere. Già nel tardo pomeriggio il sole era scomparso, e al posto della limpida luce del giorno si diffuse un bagliore color ottone. Persino l'aria che premeva verso terra dal mare era afosa e non portava alcun refrigerio. L'acqua, gli alberi e le rosee superfici rocciose impallidirono, prosciugati dei loro colori, e nuvole bianche e marroni si accovacciarono tetre sull'isola. Nulla prosperava, a parte le mosche, che trionfali annerivano il loro signore e plasmavano le viscere riverse in un piccolo mucchio di carbone luccicante. Persino quando la vena si ruppe nel naso di Simon, e il sangue sgorgò giù in un rivolo, lo lasciarono in pace, preferendogli il gusto eccitante del maiale.

Grazie allo sbocco di sangue, la crisi di Simon si tramutò in un sonno spossato. Era sdraiato riverso in quel giaciglio di liane intrecciate mentre la sera avanzava e tuonavano le cannonate. Alla fine si svegliò, e vide confusamente la terra scura vicino alla sua guancia. Eppure non si mosse, giacque ancora con la guancia per terra, gli occhi appannati fissi davanti a sé. Poi si rigirò, accostò i piedi sotto il corpo e si aggrappò alle liane per issarsi. Appena le liane si riscossero, le mosche esplosero via dalle budella, tutte nello stesso istante, con un suono feroce, ma subito le riafferrarono in una morsa. Adesso Simon era in piedi. La luce era sovrannaturale. Il Signore delle Mosche stava in cima al suo palo come una palla nera.

Simon parlò a voce alta alla radura:

«Che altro c'è da fare?»

Non ebbe risposta. Simon volse le spalle alla radura e si intrufolò tra le liane finché non si ritrovò nella penombra della foresta. Si aggirava fra i tronchi come uno spettro, la faccia priva di espressione, e il sangue coagulato intorno al mento e alla bocca. Mentre sollevava i cordami delle liane e si orientava studiando la pendenza del terreno, pronunciava di tanto in tanto parole afone, che non raggiungevano l'aria.

Ora le liane che inghirlandavano rami e tronchi si facevano più rade, e dal cielo pioveva fra gli alberi una diffusa luce perlacea. Quest'area era la spina dorsale dell'isola, una lingua di terra un po' più in alto, proprio sotto la montagna, dove la foresta non era più giungla impenetrabile. Si aprivano qui ampi spazi punteggiati di cespugli e intervallati da alberi enormi, ed era l'andamento stesso del suolo a condurlo su, dove la foresta si diradava. Tirava avanti, barcollando a volte per la stanchezza, ma senza fermarsi mai. La luce di sempre che gli brillava negli occhi si era spenta, e avanzava con una sorta di determinazione cupa, come un vecchio.

Una raffica di vento lo fece vacillare e si rese conto di essere all'aperto, sulle rocce, sotto un cielo sulfureo. Si accorse che le gambe non lo reggevano e la lingua continuava a fargli male. Quando il vento raggiunse la cima della montagna, intravide qualcosa di indistinto che si muoveva; il tremolio di una cosa azzurra contro le nuvole marroni. Si trascinò ancora in avanti e il vento arrivò di nuovo, più forte adesso; si abbatté sulle cime della foresta, le frustò ed esse ruggirono. D'un tratto Simon vide un essere gobbo tirarsi su, seduto sulla cima, e lo fissò. Si nascose la faccia tra le mani, e arrancò di nuovo, sempre avanti.

Anche le mosche avevano trovato quella figura. Quel suo muoversi, quasi da persona ancora viva, le spaventava per un attimo e perciò si alzavano in volo, creando una nuvola scura intorno alla testa. Poi, appena la tela azzurra del paracadute si afflosciava, la figura corpulenta si chinava in avanti, sospirando, e le mosche vi si posavano di nuovo.

Simon sentì che le ginocchia gli sbattevano sulla roccia. Strisciò innanzi e di lì a poco comprese. Il groviglio di corde smascherava il meccanismo di questa parodia; esaminò il bianco delle cavità nasali, i denti, i colori della decomposizione. Vide come gli strati di tela e i finimenti di gomma tenevano insieme, senza pietà, quel povero corpo destinato solo a imputridire. Poi il vento soffiò di nuovo, e la figura si sollevò, si chinò, e respirò marciume su di lui. Simon si inginocchiò, carponi, e vomitò finché non ebbe più niente nello stomaco. Poi afferrò le corde; le strattonò via dalle rocce e liberò la figura dall'oltraggio del vento.

Alla fine voltò le spalle e guardò giù, ai litorali sabbiosi. Il fuoco vicino alla piattaforma sembrava spento, o almeno non faceva fumo. Più in là, lungo la spiaggia, oltre il fiumiciattolo e vicino a un lastrone di roccia, si alzava nel cielo un sottile rivolo di fumo. Simon, dimentico delle mosche, si schermò gli occhi con entrambe le mani e scrutò il fumo. Persino a quella distanza era possibile vedere che gran parte dei ragazzi – forse tutti i ragazzi – erano là. Quindi avevano spostato il campo adesso, lontano dalla bestia. Appena Simon formulò questo pensiero, si girò verso la povera figura contorta al suo fianco, immersa nel fetore. La bestia era innocua e orribile; e questa notizia doveva raggiungere anche gli altri al più presto. Si incamminò giù per la montagna, ma le gambe gli cedevano. Per quanto si sforzasse, avanzava piano, barcollando.

«Fare il bagno,» disse Ralph «ecco l'unica cosa da fare.»

Piggy ispezionava il cielo minaccioso attraverso la sua lente.

«Non mi piacciono quelle nuvole. Ti ricordi che pioggia, subito dopo l'atterraggio?»

«Pioverà ancora.»

Ralph si tuffò nella piscina. Un paio di piccoli giocavano sul bordo, cercando un po' di refrigerio in quella massa liquida più tiepida del sangue. Piggy si tolse gli occhiali, entrò nell'acqua con gesti misurati e li inforcò di nuovo. Ralph tornò a galla e lo schizzò, con un gran zampillo dalla bocca.

«Attento agli occhiali» disse Piggy. «Se mi va l'acqua sulla lente, devo uscire a pulirli.»

Ralph lo schizzò ancora e lo mancò. Rise di Piggy, convinto che avrebbe battuto in ritirata, con la coda tra le gambe, in un silenzio penoso. Invece, Piggy sbatté i palmi delle mani sull'acqua.

«Smettila!» gridò. «Sei sordo?»

Inferocito, lanciò a sua volta acqua in faccia a Ralph.

«Va bene, va bene» disse Ralph. «Datti una calmata.»

Piggy smise di schizzarlo.

«Ho mal di testa. Ci vorrebbe un filo d'aria fresca.»

«Vorrei che si decidesse a piovere.»

«Vorrei che ce ne tornassimo a casa.»

Piggy si sdraiò contro il pendio sabbioso della piscina. L'addome, che sporgeva dall'acqua, si asciugò subito. Ralph lanciò con la bocca uno spruzzo d'acqua al cielo. Si riusciva a indovinare la traiettoria del sole solo seguendo lo spostamento di un alone di luce tra le nuvole. Si inginocchiò nell'acqua e si guardò intorno.

«Dove sono tutti quanti?»

Piggy si tirò su, seduto.

«Forse si riposano nei rifugi.»

«Dove sono Sammeric?»

«E Bill?»

Piggy fece segno col dito oltre la piattaforma.

«Ecco dove sono andati. Alla festa di Jack.»

«Buon per loro,» rispose Ralph, a disagio «non me ne importa niente.»

«Solo per un po' di carne...»

«E per andare a caccia,» aggiunse Ralph, con sagacia «e per far finta di essere una tribù e dipingersi come guerrieri.»

Piggy smosse la sabbia sotto il pelo dell'acqua evitando lo sguardo di Ralph.

«Forse dovremmo andarci anche noi.»

Ralph gli gettò un'occhiata fulminea e Piggy arrossì.

«Voglio dire... per sorvegliare che non succeda niente di grave.»

Ralph schizzò l'acqua di nuovo.

Assai prima di raggiungere il gruppo di Jack, Ralph e Piggy potevano già udire il baccano della festa. Tra la foresta e la spiaggia, dove le palme lasciavano ampio spazio al manto erboso, c'era un bel prato. Proprio sul limitare del prato, un passo più in giù, ecco la sabbia bianca, fina, che l'alta marea lasciava intatta, tiepida, asciutta e ricamata di orme. Al di sotto, c'era ancora roccia scogliosa, protesa verso la laguna. Oltre la roccia, una breve striscia di sabbia e infine la riva, l'acqua. Un fuoco ardeva su di una lastra rocciosa e il grasso sgocciolava dalla carne del maiale, che arrostiva tra le fiamme invisibili. Tutti i ragazzi dell'isola, eccetto Piggy, Ralph, Simon, e i due addetti alla cottura del maiale, erano raggruppati sul manto erboso. Ridevano, cantavano; sdraiati, accovacciati, o in piedi sull'erba, le mani alle prese col cibo. A giudicare dalle facce unte, però, il banchetto di carne doveva essere quasi finito; e alcuni si abbeveravano ai gusci di noci di cocco che reggevano tra le mani. Prima dell'inizio della festa, avevano trascinato in mezzo al prato un grande tronco e Jack, dipinto e inghirlandato, vi sedeva sopra come un idolo. Accanto a lui c'erano parecchi pezzi di carne adagiati su foglie verdi, e poi frutta, e gusci di cocco colmi d'acqua.

Piggy e Ralph raggiunsero il limitare di quella piattaforma erbosa; e gli altri, via via che li scorgevano, uno alla volta ammutolivano, finché si udì parlare solo il ragazzo vicino a Jack. Poi il silenzio si insinuò fin lì e Jack, sempre seduto, si voltò. Per un po' rimase a fissarli, e l'unico rumore che sovrastava lo sciacquio della risacca sulla barriera corallina fu lo scoppiettare del fuoco. Ralph distolse lo sguardo; e Sam, pensando che Ralph si fosse voltato verso di lui con fare accusatorio, mise giù l'osso spolpato con una risatina nervosa. Ralph mosse un passo indeciso, indicò una palma, e bisbigliò a Piggy parole incomprensibili; ed entrambi ridacchiarono come Sam. Sollevando i piedi insabbiati, Ralph ricominciò a camminare, come per passare oltre. Piggy tentò di fischiettare.

In quell'istante, all'improvviso, i ragazzi che stavano arrostendo la carne sul fuoco ne staccarono un gran bel pezzo e sorreggendolo corsero verso il prato. Nella foga colpirono Piggy, che si scottò e si mise a strillare e a saltellare. Fu un attimo: Ralph e la folla dei ragazzi si ritrovarono, coesi e rincuorati, in quello scroscio di risate. Piggy, ancora una volta, era il centro del pubblico ludibrio, e perciò tutti si sentirono allegri e normali.

Jack si alzò in piedi e brandì la sua lancia.

«Dategli della carne.»

I ragazzi con lo spiedo diedero a Ralph e a Piggy un pezzo succulento a testa. Con l'acquolina in bocca, i due ricevettero quel dono. Rimasero così, in piedi, a mangiare sotto un cielo di ottone, tonante, che echeggiava la tempesta in arrivo.

Jack brandì di nuovo la lancia.
«Hanno mangiato tutti a sazietà?»
C'erano ancora avanzi di cibarie, sfrigolanti sugli spiedi di legno, affastellati sulle foglie verdi. Tradito dalla gola, Piggy gettò via un osso spolpato sulla spiaggia e si chinò per prendere altra carne.
Jack chiese ancora, impaziente:
«Hanno mangiato tutti a sazietà?»
Nel tono c'era una velata minaccia, quella dell'orgoglio del padrone, e quindi i ragazzi mangiarono più in fretta, finché c'era tempo. Vedendo che nell'immediato non avrebbero smesso di ingozzarsi, Jack si alzò da quel ceppo che ormai era il suo trono e passeggiò fino al limitare del prato. Al sicuro, dietro la sua maschera di colori, squadrò Ralph e Piggy. I due si scostarono un po' sulla sabbia, e Ralph lanciò uno sguardo al fuoco mentre mangiava. Perplesso, notò che le fiamme adesso si stagliavano nette contro lo sfondo opaco. Scendeva la sera, non con la serena bellezza di sempre, ma tra minacce di violenza.
Jack parlò:
«Datemi da bere.»
Henry gli portò una noce di cocco e lui bevve sul ciglio frastagliato dell'erba, guardando Piggy e Ralph. I muscoli gonfi e abbronzati degli avambracci emanavano forza; l'autorità del capo, come una scimmietta ammaestrata, gli bisbigliava all'orecchio, acquattata sulla spalla.
«Sedetevi, tutti quanti.»
I ragazzi si disposero su varie file, seduti sul prato davanti a lui; solo Ralph e Piggy rimasero un po' più in basso, in piedi sulla sabbia fine. Per il momento Jack finse di ignorarli, rivolse invece la sua maschera guerriera ai ragazzi lì seduti e brandì la sua lancia verso di loro.
«Chi viene nella mia tribù?»
Ralph fece un movimento improvviso, quasi inciampò. Alcuni tra i ragazzi si volsero a guardarlo.

«Vi ho dato da mangiare,» disse Jack «e i miei cacciatori vi proteggeranno dalla bestia. Chi vuol venire nella mia tribù?»

«Il capo sono io» disse Ralph «perché mi avete eletto. E noi dovevamo mantenere acceso il fuoco. Ma ora voi correte solo dietro alla carne...»

«Incluso te!» gridò Jack. «Guarda l'osso che hai in mano!»

Ralph divenne scarlatto.

«Ho detto che i cacciatori eravate voi. Era compito vostro.»

Jack fece finta di ignorarlo, di nuovo.

«Chi vuol venire a divertirsi nella mia tribù?»

«Il capo sono io» disse Ralph con voce tremante. «E il fuoco? E la conchiglia ce l'ho io...»

«Non ce l'hai qui con te» disse Jack, beffardo. «Te la sei dimenticata a casa. Furbo, no? E la conchiglia su questa parte dell'isola non vale...»

All'improvviso, scoppiò un tuono. Invece di un boato sordo, fu l'esplosione di una bomba, vicinissima.

«La conchiglia vale anche qui,» disse Ralph «e vale su tutta l'isola.»

«E allora, come te la caverai adesso che non ce l'hai?»

Ralph esaminò le file dei ragazzi. Non c'era da aspettarsi nessun aiuto da loro, e così distolse lo sguardo, confuso e madido di sudore. Piggy sussurrò:

«Il fuoco... il salvataggio.»

«Chi vuol venire nella mia tribù?»

«Io vengo.»

«Anch'io.»

«Anch'io.»

«Suonerò la conchiglia» disse Ralph senza fiato «e convocherò un'assemblea.»

«Non la sentiremo.»

Piggy toccò il polso di Ralph.

«Andiamocene. Guai in vista. E la carne l'abbiamo avuta.»

Al di là della foresta ecco il balenio di una luce vivida, e poi il tuono esplose, di nuovo, al che un piccolo cominciò a frignare. Goccioloni di pioggia presero a cadere tra i ragazzi, e se ne udiva ogni singolo crepitio al momento dell'impatto.

«Una tempesta in arrivo,» disse Ralph «pioverà, come quando siamo precipitati qui. Chi è il furbo adesso? Dove sono i vostri rifugi? Come ve la caverete ora?»

I cacciatori guardavano il cielo inquieti, trasalendo sotto i picchiettii delle gocce. Un'ondata di angoscia spinse i ragazzi a vagare senza scopo. I lampi divennero sempre più accecanti e le esplosioni dei tuoni erano ormai quasi insostenibili. I piccoli cominciarono a correre in giro, strillando.

Jack balzò nella sabbia.

«Facciamo la nostra danza! Forza! La danza!»

Corse incespicando nella sabbia densa fino allo spazio aperto, sulla roccia, al di là del fuoco. Negli intervalli tra i bagliori dei fulmini l'aria era oscura e terribile; i ragazzi lo seguirono, chiassosi. Roger divenne il maiale; grugniva e si slanciava alla carica contro Jack, che lo schivava di lato. I cacciatori afferrarono le lance, i cuochi presero gli spiedi, e gli altri i rami raccolti per alimentare il falò. Mentre Roger mimava il terrore del maiale, i piccoli correvano e saltavano all'esterno del cerchio. Piggy e Ralph, sotto la minaccia del cielo, si ritrovarono anch'essi bramosi di far parte di questa società impazzita, ma in qualche modo rassicurante. Erano lieti di toccare quel recinto di schiene brune che accerchiava il terrore e lo domava.

«*Uccidi-la-bestia! Tagliale-la-gola! Versa-il-sangue!*»

Il movimento divenne regolare, dal canto scemava l'artificioso eccitamento iniziale e cominciava invece a essere scandito con un ritmo cadenzato, come da un battito costante. Roger smise di fare il maiale e divenne un cacciatore, cosicché il centro dell'anello si dischiuse, vuoto. Alcuni dei piccoli avviarono un anello per conto loro; e quei due circoli complementari continuavano a girare, come se fosse proprio l'iterazione a garantire il raggiungimento della salvezza. Era il pulsare e il marciare al passo di un organismo solo.

Il cielo oscuro venne squarciato da una cicatrice bianco-azzurra. Un istante dopo, il tuono li percosse come la frustata di un gigante.

Il canto, in agonia, salì di tono.

«*Uccidi-la-bestia! Tagliale-la-gola! Versa-il-sangue!*»

Ora dal terrore sgorgava un'altra brama, densa, impellente, cieca.

«*Uccidi-la-bestia! Tagliale-la-gola! Versa-il-sangue!*»

Su di loro la cicatrice bianco-azzurra aprì di nuovo una crepa, e si abbatté l'esplosione sulfurea. I piccoli strillarono e si dispersero alla rinfusa, rifuggendo i confini della foresta, e uno di essi ruppe atterrito l'anello dei grandi.

«Lui! Lui!»

Il cerchio divenne un ferro di cavallo. Qualcosa strisciava fuori dalla foresta. Avanzava nel buio, sfocato e indistinto. Gli strilli acuti davanti alla bestia si fusero in un solo, immane urlo di dolore. La bestia penetrò incespicando nel ferro di cavallo.

«*Uccidi-la-bestia! Tagliale-la-gola! Versa-il-sangue!*»

La cicatrice bianco-azzurra incalzava, incessante, il tuono era oramai insopportabile. Simon gridava qualcosa riguardo a un morto su una collina.

«*Uccidi-la-bestia! Tagliale-la-gola! Versa-il-sangue! Ammazzala!*»

I bastoni si abbatterono con forza e la bocca del nuovo cerchio scricchiolò e urlò. La bestia era in ginocchio al centro, le braccia piegate sul viso. Nel fragore abominevole, gridava qualcosa riguardo un corpo su una collina. La bestia si trascinò avanti, ruppe il cerchio e dalle rocce si accasciò nella sabbia presso l'acqua. Subito la folla la inseguì, sciamò giù dalle rocce, balzò sulla bestia, strillò, colpì, morse, squarciò. Non ci furono parole, né altri gesti, solo la furia di denti e unghie che dilaniavano.

Poi i nembi si lacerarono e irruppe la pioggia, con l'impeto di una cascata. L'acqua franò giù dalla cima della montagna, strappò foglie e rami dagli alberi, si riversò come una doccia fredda sul mucchio che lottava sulla sabbia. Dopo un po' il mucchio si sgranò in figure che scemavano via vacillanti. Solo la bestia giaceva immobile, a pochi metri dal mare. Anche tra gli scrosci di pioggia potevano vedere quanto fosse piccola, quella bestia; e già il suo sangue macchiava la sabbia.

Ora un vento impetuoso prese a soffiare la pioggia di traverso, e l'acqua, a cascate, precipitò dagli alberi della foresta. Sulla cima della montagna il paracadute si riempì d'aria e si smosse; la figura scivolò, si alzò in piedi, fece una piroetta, calò ondeggiando attraverso una massa d'aria umida e calpestò con piedi maldestri le punte degli alberi alti; cadendo, sempre cadendo, sprofondò verso la spiaggia e i ragazzi si precipitarono urlando al riparo, nelle tenebre della foresta. Il paracadute traghettò in avanti la figura; solcando la laguna, la abbatté sulla barriera corallina e poi via, la disperse in alto mare.

Verso la mezzanotte, smise di piovere e le nuvole si diradarono, così il cielo fu di nuovo punteggiato delle favolose luci delle stelle. Poi anche la brezza languì e non ci fu altro suono salvo lo sgocciolare dell'acqua che scorreva tra le fenditure e si riversava, di foglia in foglia, sulla terra marrone dell'isola. L'aria era fresca, umida e lieve; e dopo un po' cessò anche lo sgocciolio dell'acqua. La bestia giaceva rannicchiata sulla spiaggia pallida e le macchie si spandevano, pian piano.

L'orlo della laguna divenne un nastro fosforescente che avanzava lento, sospinto dal fluire della vasta onda della marea. L'acqua limpida rispecchiava il cielo limpido e la luminosità geometrica delle costellazioni. La linea fosforescente si gonfiava intorno ai granelli di sabbia e ai sassolini; li avvolgeva in un velo teso e poi, d'un tratto, li inglobava in un moto silente e passava oltre.

Sul limitare della laguna, tra le acque poco profonde, il chiarore che avanzava era gremito di strane creature, dai corpicini argentei come raggi di luna e con occhi ardenti. Qua e là emergeva un sassolino più grande, ammantato da un velo perlaceo. La marea si gonfiava sulla sabbia picchiettata dalla pioggia e smussava ogni asperità col suo velo argentato. Ora sfiorava la prima delle macchie, degli umori che filtravano dal corpo massacrato e quelle creature, riunendosi prima sul bordo, la inondarono, aprendovi un sentiero di luce in movimento. L'acqua si alzò ancora e rivestì di fulgore l'arruffata capigliatura di Simon. Il profilo della guancia si fece d'argento e la curva della spalla levigata e marmorea. In una scia di vapori, le strane, vigili creature dagli occhi ardenti si affaccendarono attorno alla testa. Il corpo lievitò impercettibilmente sulla sabbia e una bolla d'aria sfuggì dalla bocca, con un lieve tonfo umido. Poi l'acqua lo girò, dolcemente.

In qualche punto della volta celeste, sulla curva adombrata del mondo, il sole e la luna esercitavano la loro attrazione, avvincendo la pellicola d'acqua che avvolgeva il pianeta Terra, gonfiandola leggermente su di un lato mentre la massa solida continuava a ruotare. La vasta onda della marea proseguiva la sua avanzata su tutta l'isola, e l'acqua si sollevava. Pian piano, orlato da una frangia di creature lucenti e minuziose, plasmato anch'esso d'argento sotto le costellazioni immote, il corpo morto di Simon si mosse verso il mare aperto.

X

La conchiglia e gli occhiali

Piggy osservò con attenzione la figura che avanzava. Adesso, a volte, gli sembrava di vedere meglio se toglieva gli occhiali e spostava l'unica lente sull'altro occhio; ma persino con l'occhio di sempre, dopo ciò che era successo, Ralph rimaneva inequivocabilmente Ralph. Sbucava dalle palme da cocco, zoppicante, sporco, le foglie secche avvinghiate alla zazzera gialla. Un occhio era ridotto a una fessura, compresso dalla guancia gonfia, e una gran crosta si era aggrumata sul ginocchio destro. Si fermò un attimo per scrutare la figura sulla piattaforma.

«Piggy? Sei rimasto solo tu?»

«C'è qualcuno dei piccoli.»

«Quelli non contano. Niente grandi?»

«Oh... ci sono Sammeric. Sono a fare legna.»

«Nessun altro?»

«Non che io sappia.»

Ralph si arrampicò sulla piattaforma con prudenza. L'erbaccia era ancora tutta pestata dove l'assemblea soleva sedersi; la fragile conchiglia bianca luccicava vicino al tronco liscio. Ralph sedette sull'erba, davanti al seggio del capo e alla conchiglia. Piggy si inginocchiò alla sua sinistra, e i due rimasero in silenzio per un bel pezzo.

Alla fine, Ralph si schiarì la gola e mormorò qualcosa.

Piggy mormorò, di rimando:
«Cosa dici?»
Ralph alzò la voce.
«Simon.»
Piggy non disse niente ma annuì, solenne. Rimasero seduti; guardavano con la vista appannata lo scranno del capo e la laguna scintillante. La luce verde e le abbaglianti macchie di sole scherzavano sui loro corpi sudici.
Alla fine, Ralph si alzò e si avvicinò alla conchiglia. Quasi accarezzandola, prese la conchiglia con entrambe le mani e si inginocchiò, appoggiandosi contro il tronco.
«Piggy.»
«Sì?»
«Che facciamo adesso?»
Piggy accennò alla conchiglia.
«Potresti...»
«Convocare un'assemblea?»
A quella parola, Ralph rise forte e Piggy si accigliò.
«Sei ancora il Capo.»
Ralph rise di nuovo.
«Lo sei. Per noi.»
«La conchiglia ce l'ho io.»
«Ralph! Piantala di ridere così. Senti, Ralph, ci manca solo questo! Che penseranno gli altri?»
Alla fine Ralph si fermò. Stava tremando.
«Piggy.»
«Sì?»
«Era Simon.»
«L'hai già detto prima.»
«Piggy.»
«Sì?»
«È stato un omicidio.»
«Smettila!» disse Piggy, la voce stridula. «A cosa serve parlare così?»
Balzò in piedi, dominando Ralph.

«Era buio. C'era quella... quella maledetta danza. C'erano lampi e tuoni e pioggia. Avevamo paura!»

«Io non avevo paura,» disse Ralph, lentamente «io avevo... non lo so cosa avevo.»

«Avevamo paura!» disse Piggy, concitato. «Poteva succedere qualunque cosa. Non è stato... quello che hai detto tu.»

Ora gesticolava, come per trovare le parole.

«Oh, Piggy!»

La voce di Ralph, sommessa e affranta, mise fine ai gesti di Piggy, che si chinò in attesa. Con la conchiglia serrata al petto, Ralph si dondolava avanti e indietro.

«Non capisci, Piggy? Quel che abbiamo fatto...»

«Potrebbe essere ancora...»

«No.»

«Forse faceva solo finta...»

Piggy guardò Ralph in faccia, e la voce gli mancò.

«Tu eri fuori. Fuori dal cerchio. Dentro il cerchio non ci sei mai entrato. Non hai visto cosa abbiamo... cos'hanno fatto?»

La sua voce era colma di ribrezzo, ma anche di una sorta di eccitazione febbrile.

«Non hai visto, Piggy?»

«Non tanto bene. Adesso ho un occhio solo. Dovresti saperlo, Ralph.»

Ralph continuava a dondolarsi, avanti e indietro.

«È stato un incidente,» disse Piggy all'improvviso «ecco cos'è stato. Un incidente.» Il timbro di voce tornò di nuovo stridulo. «Arrivare nel buio... che senso aveva sgusciare così, fuori dall'oscurità. Era matto. Se l'è cercata.» Si sbracciò di nuovo.

«È stato un incidente.»

«Tu non hai visto cosa gli hanno fatto...»

«Senti, Ralph. Dobbiamo scordarci di questa cosa. Non serve a niente pensarci, hai capito?»

«Ho paura. Ho paura di noi. Voglio tornare a casa. Oh Dio, voglio tornare a casa.»

«È stato un incidente,» ripeté Piggy, testardo «punto e basta.»

Toccò la spalla nuda di Ralph, e Ralph rabbrividì a quel contatto umano.

«E senti, Ralph,» Piggy lanciò un'occhiata fugace in giro, poi si chinò accanto a lui «non dire che noi eravamo là, che eravamo in quella danza. Non dirlo a Sammeric.»

«Ma c'eravamo! Tutti quanti!»

Piggy scosse la testa.

«Noi no, non fino alla fine. Era buio, non se ne sono accorti. E comunque, l'hai detto tu, io sono rimasto sempre fuori...»

«Anch'io,» mormorò Ralph «anch'io ero fuori.»

Piggy annuì ansiosamente.

«Appunto. Noi eravamo fuori dal cerchio. Non abbiamo fatto niente, mai, non abbiamo visto niente.»

Piggy tacque, poi riprese:

«Continueremo a vivere per conto nostro, noi quattro...»

«Noi quattro. Non siamo abbastanza per tenere acceso il fuoco.»

«Ci proveremo. Vedi? L'ho acceso io.»

Sammeric sbucarono dalla foresta trascinandosi dietro un grosso tronco. Lo gettarono presso il fuoco e si voltarono per dirigersi verso la piscina. Ralph saltò in piedi.

«Ehi! Voi due!»

Per un istante i gemelli si arrestarono; una rapida occhiata, poi proseguirono il loro cammino.

«Vanno a farsi un bagno, Ralph.»

«Meglio toglierci subito il pensiero.»

I gemelli furono molto sorpresi nel vedere Ralph. Arrossirono ed evitarono di incrociare il suo sguardo.

«Ciao. Ma guarda un po' chi si vede, Ralph.»

«Siamo appena andati nella foresta...»

«... A far legna per il fuoco...»

«... Ci siamo persi, ieri sera.»

Ralph si fissava le dita dei piedi.

«Vi siete persi dopo la...»

Piggy si puliva le lenti.

«Dopo la festa» disse Sam con una voce soffocata. Eric annuì. «Sì, dopo la festa.»

«Siamo andati via presto,» disse Piggy rapido «perché eravamo stanchi.»

«Anche noi...»

«... Molto presto...»

«... Eravamo molto stanchi.»

Sam si toccò un graffio sulla fronte e poi scacciò via la mano in fretta. Eric si passò un dito sul labbro spaccato.

«Sì. Eravamo molto stanchi,» ripeté Sam «quindi siamo andati via presto. È stata una bella...»

La consapevolezza di quel che sapevano ma che non volevano dire pesava nell'aria. Sam si divincolò, e la parola oscena gli scappò fuori dalla bocca: «... Danza?».

Il ricordo della danza a cui nessuno di loro aveva partecipato fece rabbrividire tutti e quattro i ragazzi.

«Siamo andati via presto.»

Quando Roger arrivò sulla lingua di terra che congiungeva la Rocca del Castello all'isola, non fu sorpreso di sentirsi dare il chi va là. Durante quella notte tremenda, aveva pensato che si sarebbe riunito almeno a una parte della tribù proprio in quel luogo, il più inespugnabile, per resistere contro gli orrori dell'isola.

La voce squillò dall'alto, in cima alle rocce ammonticchiate in equilibrio digradante e precario:

«Alt! Chi va là?»

«Roger.»

«Avanti, amico.»

Roger avanzò.

«Comunque, si vedeva che ero io.»

«Il Capo ha detto che dobbiamo dare il chi va là a tutti.»

Roger sbirciò su.
«Se io non avessi voluto fermarmi, tu non avresti potuto impedirmelo.»
«Ah, non potevo? Vieni su a vedere.»
Roger si arrampicò su per un lato dove le rocce formavano una specie di scala.
«Guarda qui.»
Sotto il masso più in alto avevano incastrato un tronco, e sotto il tronco un altro masso, creando così una leva. Robert si poggiò un poco sulla leva e il masso in alto scricchiolò. Una bella spinta impressa con forza avrebbe fatto precipitare il masso roboante dritto sull'istmo. Roger rimase a bocca aperta.
«È proprio un Capo in gamba, vero?»
Robert annuì.
«Ci porterà a caccia.»
Con la testa, fece un cenno di disapprovazione verso i rifugi lontani, dove un filo di fumo bianco risaliva su per il cielo. Roger, seduto proprio sul ciglio dello strapiombo, lanciò un'occhiata tetra all'isola alle sue spalle mentre si stuzzicava con le dita un dente traballante. Il suo sguardo si fissò in cima alla montagna, remota; Robert se ne accorse e cambiò quel tacito argomento.
«Vuole picchiare Wilfred.»
«Perché?»
Robert scosse il capo con aria esitante.
«Non lo so. Non l'ha detto. Si è arrabbiato e ci ha fatto legare Wilfred. È già lì da un pezzo,» ridacchiò, eccitato «è lì che aspetta, legato, da ore...»
«Ma il Capo non ha detto perché?»
«Neanche per idea.»
Seduto su quei massi enormi sotto il sole torrido, Roger accolse questa notizia come un'epifania. Smise di stuzzicare il dente e rimase immobile, considerando le possibilità di un'autorità irresponsabile. Poi, senza dire

altro, scese giù per le rocce verso la grotta dove c'era il resto della tribù.

Il Capo se ne stava seduto là, nudo fino alla cintola, la faccia impenetrabile dipinta di rosso e di bianco. La tribù era disposta a semicerchio davanti a lui. Wilfred aveva appena ricevuto la sua razione di percosse e, ormai slegato, in disparte tirava su col naso rumorosamente. Roger si accovacciò insieme agli altri.

«Domani» il Capo stava parlando «andremo di nuovo a caccia.»

Con la sua lancia, scelse questo e quel selvaggio.

«Alcuni di voi rimarranno qui, a sistemare meglio la grotta e a fare la guardia. Prenderò con me pochi cacciatori e vi porterò la carne. Quelli di guardia devono stare attenti che gli altri non si intrufolino qui di nascosto...»

Un selvaggio alzò la mano e il Capo rivolse verso di lui la sua tetra faccia dipinta.

«Perché dovrebbero tentare di intrufolarsi, Capo?»

Il Capo fu vago, ma serio.

«Lo faranno. Tenteranno di romperci le uova nel paniere. Quindi le sentinelle di guardia devono stare attente. E poi...»

Il Capo tacque. Videro un triangolino di un rosa sorprendente guizzare fuori dalla bocca, passare sulle labbra e svanire ancora.

«... E poi, la bestia potrebbe cercare di venire. Vi ricordate come strisciava...»

Il semicerchio rabbrividì e serpeggiò un mormorio di consenso.

«È venuta... camuffata. Può tornare, anche se le abbiamo dato da mangiare la testa del nostro maiale. Quindi occhi ben aperti e state attenti.»

Dalla roccia dove stava, Stanley alzò il braccio, con l'indice teso per fare una domanda.

«Che c'è?»

«Ma non l'abbiamo, non l'abbiamo...?»

Stanley si contorse e abbassò gli occhi.

«No!»

Nel silenzio che seguì, tutti i selvaggi trasalirono, ciascuno rifuggendo il proprio intimo ricordo.

«No! Come potevamo... ucciderla?»

In parte sollevati, in parte sbigottiti per i nuovi terrori impliciti nella risposta di Jack, i selvaggi mormorarono ancora.

«Perciò rimarremo alla larga dalla montagna,» disse il Capo, solenne «e quando andremo a caccia le lasceremo la testa.»

Stanley alzò il dito un'altra volta.

«Io ci credo che la bestia si fosse camuffata.»

«Forse sì,» disse il Capo, con una sorta d'illuminazione teologica «e forse faremmo meglio a compiacerla, sempre. Non si sa mai cosa potrebbe farci.»

La tribù considerò questo punto, e trasalirono tutti, come frustati da una raffica di vento. Il Capo vide l'effetto delle sue parole e si alzò in piedi, brusco.

«Ma domani andremo a caccia e appena avremo la carne faremo una festa...»

Bill alzò la mano.

«Capo.»

«Sì?»

«Cosa adopereremo per accendere il fuoco?»

Il Capo si fece scarlatto, ma il rossore non trapelò, celato dalla creta bianca e rossa. Il suo silenzio esitante fu di nuovo colmato dal brusio della tribù. Poi fu il Capo ad alzare la mano.

«Il fuoco lo prenderemo dagli altri. Domani andremo a caccia e ci procureremo la carne. Stasera me ne andrò con due cacciatori... chi è che vuol venire?»

Alzarono la mano Maurice e Roger.

«Maurice...»

«Sì, Capo?»
«Il loro fuoco dov'era?»
«Sempre al solito posto sulla roccia del falò.»
Il Capo annuì.
«Appena andrà giù il sole, voialtri potrete andare a dormire. Noi tre, invece, io, Roger e Maurice, abbiamo un lavoro da fare. Ci muoveremo giusto prima del tramonto...»
Maurice alzò la mano.
«Ma che succede se incontriamo...»
Il Capo rifiutò l'obiezione con un gesto.
«Rimarremo lungo la spiaggia. E mettiamo pure che venga, faremo la nostra... la nostra danza.»
«Noi tre soli?»
Il brusio si sollevò ancora, e poi svanì.

Piggy porse a Ralph gli occhiali e pazientò per poterli riprendere e recuperare la vista. Il legno era umido, e questa era la terza volta che tentavano di accendere il fuoco. Ralph si tirò indietro, parlando tra sé.
«Un'altra notte senza fuoco non la vogliamo.»
Rivolse uno sguardo colpevole intorno a sé, ai tre ragazzi che gli erano accanto. Era la prima volta che ammetteva la duplice funzione del fuoco. Era vero, serviva di sicuro a far salir su una colonna di fumo ben visibile; ma ora fungeva anche da focolare, era il loro conforto finché si addormentavano. Eric soffiò sulla legna fino a quando, ecco il bagliore, e poi sgusciò fuori la fiammella. Uno sbuffo di fumo bianco e giallo trasudò maleodorante verso l'alto: Piggy riprese gli occhiali e guardò il fumo con piacere.
«Se solo potessimo costruire una radio!»
«O un aeroplano...»
«... O una barca.»
Ralph rispolverò le sue sbiadite conoscenze dell'attualità del mondo.
«Potremmo essere presi prigionieri dai rossi.»

Eric si tirò indietro i capelli.

«Sarebbero meglio loro che...»

Non voleva fare nomi e Sam finì la frase per lui, con un eloquente cenno del capo verso la spiaggia.

Ralph ricordò la sgraziata figura appesa al paracadute.

«Aveva detto qualcosa a proposito di un morto...» Arrossì penosamente a quest'implicita ammissione di essere stato presente alla danza. Improvvisò movimenti smaniosi per incoraggiare il fumo verso l'alto. «Ehi, non fermarti... continua a salire!»

«Il fumo si assottiglia sempre più.»

«Abbiamo già bisogno di altra legna, anche se è umida.»

«La mia asma...»

La risposta scattò in automatico.

«Al diavolo il tuo miasma!»

«Se mi metto a trascinare tronchi, la mia asma peggiora. Vorrei che non fosse così, Ralph, ma è la verità.»

I tre ragazzi andarono nella foresta e tornarono con bracciate di legno marcio. Ancora una volta si innalzò il fumo, giallo e corposo.

«Mettiamo qualcosa sotto i denti.»

Portandosi dietro le lance, andarono insieme agli alberi da frutta, quasi senza fiatare, e si rimpinzarono in fretta. Quando riemersero dalla foresta il sole stava tramontando e nel fuoco risplendevano solo le braci; fumo non ce n'era più.

«Non ne posso più di portare legna» disse Eric. «Sono stanco.»

Ralph si schiarì la gola.

«Lassù il fuoco lo tenevamo acceso.»

«Lassù era piccolo. Questo invece dev'essere grande.»

Ralph alimentò il fuoco con un pezzo di legno e osservò il fumo vagare nel crepuscolo.

«Dobbiamo tenerlo vivo.»

Eric si accasciò.

«Sono troppo stanco. E a cosa serve?»

«Eric!» gridò Ralph con una voce sconvolta. «Non dire sciocchezze!»

Sam si inginocchiò vicino a Eric.

«Be'... a *cosa* serve?»

Ralph, indignato, tentò di ricordare. Certo che il fuoco serviva a qualcosa. Serviva enormemente.

«Ralph ve l'ha detto e ridetto un sacco di volte» disse Piggy immusonito. «Esiste forse un altro modo per essere salvati?»

«Ma certo! Se non facciamo fumo...»

Si acquattò davanti a loro nella penombra che si addensava.

«Non capite? A che vi serve desiderare le radio, o le barche?»

Tese la mano e poi richiuse le dita in un pugno.

«C'è un'unica cosa che possiamo fare per tirarci fuori da questo guaio. Chiunque può mettersi a giocare alla caccia, portarci la carne...»

Li guardò faccia a faccia, uno per uno. Poi, giusto in quell'attimo, al culmine del pathos e della convinzione, il sipario calò nella sua testa e dimenticò dove volesse arrivare. Si inginocchiò, il pugno serrato, fissando solenne ora l'uno ora l'altro.

Poi il sipario si riaprì in un baleno.

«Ah sì. Quindi dobbiamo fare fumo, sempre più fumo...»

«Ma se non riusciamo a tenerlo acceso! Guarda qua!»

Il fuoco languiva davanti a loro.

«Due a occuparsi del fuoco» disse Ralph, quasi tra sé «vuol dire turni di dodici ore al giorno.»

«Non riusciamo a prendere altra legna, Ralph...»

«... Non al buio...»

«... Non di notte...»

«Possiamo riaccenderlo tutte le mattine» disse Piggy. «Tanto nessuno riuscirebbe a vedere il fumo di notte.»

Sam annuì vigorosamente.
«Era diverso, quando il fuoco era...»
«... Lassù.»
Ralph si alzò in piedi, l'oscurità premeva e lui si sentiva stranamente indifeso.
«Lasciamo perdere il fuoco allora, per stanotte.»
Si diresse fino al primo rifugio, che non era ancora crollato, sebbene fosse malconcio. Dentro si trovava il letto di foglie, al tatto secche e rumorose. Nel rifugio accanto uno dei piccoli parlava nel sonno. I quattro grandi strisciarono nel rifugio e si rintanarono sotto le foglie. I gemelli si accostarono insieme e Ralph e Piggy sull'altro lato. Per un po', mentre tentavano di mettersi comodi, si udirono un fruscio e un crepitio di foglie incessante.
«Piggy?»
«Sì?»
«Tutto bene?»
«Direi di sì.»
Alla fine, salvo per qualche fruscio occasionale, nel rifugio ci fu silenzio. Davanti a loro, il rettangolo nero punteggiato dei brillanti lustrini delle stelle, e poi il sordo andirivieni della risacca sulla barriera corallina. Ralph si dedicò al suo gioco notturno dei se...
Se avessero potuto essere trasportati a casa a bordo di un jet, allora prima dell'alba sarebbero potuti atterrare in quel grande campo di aviazione del Wiltshire. Avrebbero proseguito in automobile; no, perché fosse tutto perfetto, avrebbero preso il treno; in treno fino al Devon, e poi di nuovo in quel cottage. E poi, in fondo al giardino, sarebbero venuti i pony selvatici, ad affacciarsi sul muro...
Irrequieto, Ralph si rigirò tra le foglie. Il Dartmoor era selvaggio, e anche i pony. Ma in lui l'attrazione per la natura selvaggia era scomparsa.
La sua mente scivolò nell'immaginario di una città addomesticata, dove niente di selvaggio potesse mai met-

tervi piede. Cosa poteva esserci di più sicuro della stazione degli autobus, con tutti quei lampioni e quelle ruote?

All'improvviso, Ralph stava ballando intorno a un palo della luce. C'era un autobus che strisciava fuori dalla stazione, uno strano autobus...

«Ralph! Ralph!»

«Che c'è?»

«Non fare tanto rumore...»

«Scusa.»

Nel buio, dal lato opposto del rifugio, arrivò un gemito orribile e si udì un tramestio atterrito di foglie. Sam ed Eric, avvinti in un abbraccio, stavano lottando fra loro.

«Sam! Sam!»

«Ehi... Eric!»

Dopo un po', tornò di nuovo tutto tranquillo.

Piggy bisbigliò a Ralph:

«Dobbiamo venirne fuori.»

«Che vuoi dire?»

«Farci salvare.»

Per la prima volta quel giorno, e nonostante il buio pesto, Ralph ridacchiò.

«Parlo sul serio» sussurrò Piggy. «Se non ce ne torniamo a casa al più presto, andremo fuori di testa.»

«Matti da legare.»

«Fuori di cranio.»

«Pazzi furiosi.»

Ralph si levò dagli occhi le ciocche di capelli umidi.

«Scrivi una lettera a tua zia.»

Piggy esaminò la proposta, serio.

«Non so dove sia, adesso. E non ho né una busta, né un francobollo. E qui non c'è una cassetta delle lettere. E neanche un postino.»

Il successo di questa battuta da poco travolse Ralph. Cominciò a sghignazzare, poi giù risate a crepapelle, contorcendosi e sobbalzando.

Piggy lo rimproverò, contegnoso.
«Non ho detto niente di così comico...»
Ralph continuava a ridacchiare nonostante gli dolessero le costole. Alla fine, esausto per tutto quel contorcersi, giacque, senza fiato e dolorante, in attesa dello spasmo successivo. In una di queste pause, il sonno lo agguantò a tradimento.
«... Ralph! Fai di nuovo rumore. Sta' fermo, Ralph... perché.»
Ralph balzò a sedere tra le foglie. Era ben contento che il sogno si fosse interrotto, perché l'autobus si avvicinava, sempre di più, sempre più grande.
«Perché cosa?»
«Sta' zitto... e ascolta.»
Ralph si distese piano, accompagnato dal lungo sospiro delle foglie. Eric emise un gemito e poi giacque, immobile. L'oscurità, salvo che per l'inutile rettangolo di stelle, era nera come la pece.
«Non sento niente.»
«C'è qualcosa che si muove là fuori.»
Ralph avvertì un formicolio in testa. Per un attimo udì solo il pulsare del proprio sangue nelle tempie, poi quel tumulto si placò.
«Non riesco ancora a sentire niente.»
«Zitto. Rimani in ascolto per un po'.»
All'incirca a un metro dal rifugio, un pezzo di legno si spezzò, uno schianto netto, quasi intenzionale. Il sangue tuonò ancora nelle orecchie di Ralph, immagini confuse si rincorsero nella testa. Un amalgama di tutto questo vagolava intorno ai rifugi. Piggy poggiò la testa contro la sua spalla e gli afferrò convulso la mano.
«Ralph! Ralph!»
«Sta' zitto e ascolta.»
Disperato, Ralph pregò che la bestia scegliesse i piccoli.
Da fuori, una voce orribile sussurrò:

«Piggy... Piggy...»

«È venuta!» ansimò Piggy, la voce strozzata. «Esiste davvero!»

Si aggrappò a Ralph, cercando di riprendere fiato.

«Piggy, vieni fuori. Voglio te, Piggy.»

La bocca di Ralph era incollata all'orecchio di Piggy.

«Non dire niente.»

«Piggy... dove sei, Piggy?»

Da fuori, qualcosa si strusciò sul retro del rifugio. Piggy rimase immobile per un attimo, poi gli venne un attacco d'asma. Inarcò la schiena e scalciò con le gambe tra le foglie. Ralph si rigirò, allontanandosi da lui.

Echeggiò allora un ringhio feroce sulla bocca del rifugio ed ecco un'invasione di esseri viventi a suon di botte. Qualcuno inciampò nel corpo di Ralph e l'angolo di Piggy si trasformò in un putiferio di ringhi e colpi e gambe e braccia per aria. Ralph partì all'attacco; poi rotolò tra le foglie insieme agli altri, erano forse una dozzina, tra percosse, morsi e graffi. Lo graffiarono e sobbalzò, si ritrovò delle dita in bocca e le morse. Gli sferrarono un pugno, andava e veniva, come un pistone, tanto che l'intero rifugio gli sembrò folgorato da un'esplosione di luce. Ralph sgusciò su un lato, in cima a un corpo che si dimenava e sentì un fiato caldo sulla guancia. Cominciò a picchiare la bocca sotto di lui, col pugno teso come un martello; più sentiva quella faccia scivolare viscida, più colpiva con furia sanguinaria. Ma un ginocchio scattò in alto, in mezzo alle gambe di Ralph, che ruzzolò via, le mani premute sul basso ventre, e intanto la lotta infuriava sopra di lui. Poi il rifugio implose, soffocò in quel colpo di scena finale; le forme senza volto, allora, annasparono alla ricerca di una via di fuga. Sagome scure si delinearono fuori da quelle rovine e si dileguarono, e alla fine si udirono ancora una volta solo le urla dei piccoli e i rantoli di Piggy.

Ralph gridò con voce tremula:

«Voi piccoli, tutti a dormire. Abbiamo fatto a pugni con gli altri. A dormire, adesso.»

Sammeric si avvicinarono per scrutare Ralph.

«Voi due state bene?»

«Penso di sì...»

«... Mi hanno riempito di botte.»

«Le hanno date anche a me. Come sta Piggy?»

Trasportarono Piggy all'aperto, fuori dalle macerie del rifugio, e lo adagiarono contro un albero. La notte era fresca e sgombra da immediati terrori. Il respiro di Piggy andava un po' meglio.

«Ti hanno fatto molto male, Piggy?»

«Non molto.»

«Era Jack, coi suoi cacciatori» disse Ralph, amaramente. «Ma perché non possono lasciarci in pace?»

«Gli abbiamo dato una bella lezione, non se la scorderanno per un pezzo» disse Sam. Ma si obbligò ad ammettere, con sincerità: «Almeno, gliel'hai data tu. Io mi sono ritrovato bloccato in un angolo».

«A uno di loro, gliele ho date di santa ragione,» disse Ralph «l'ho conciato per le feste. Non avrà tanta fretta di tornare a fare a pugni con noi.»

«Anch'io ci ho dato dentro» aggiunse Eric. «Quando mi sono svegliato, ce n'era uno che mi prendeva a calci in faccia. Avevo la faccia piena di sangue, sai, Ralph. Ma alla fine il colpo di grazia gliel'ho dato io.»

«Che gli hai fatto?»

«Una bella ginocchiata,» disse Eric con ingenua fierezza «e hop, dritto nelle palle. Non ti dico le grida! Neanche lui tornerà tanto in fretta. In fin dei conti, non ce la siamo cavata troppo male.»

D'un tratto, Ralph si mosse nel buio; fu allora che sentì Eric mettersi le mani in bocca.

«Che c'è?»

«Niente, solo un dente che traballa.»

Piggy tirò su le gambe.

«Tutto bene, Piggy?»

«Credevo che volessero la conchiglia.»

Ralph corse giù lungo la spiaggia, pallida nella notte, e balzò sulla piattaforma. La conchiglia scintillava ancora presso il seggio del capo. La fissò per un po', poi tornò da Piggy.

«No, la conchiglia non l'hanno presa.»

«Lo so. Non sono venuti per la conchiglia. Sono venuti per qualcos'altro. Ralph... come farò adesso?»

Lontano, lungo l'arco della spiaggia, tre figure filavano verso la Rocca del Castello. Si tenevano distanti dalla foresta, costeggiando il pelo dell'acqua. Ogni tanto canticchiavano sottovoce; a volte facevano capriole lungo la fluida striscia fosforescente. Il Capo in testa, con passo marziale, esultava del suo trionfo. Adesso era davvero un capo; e brandiva la lancia come per sventrare l'aria. Giù, dalla mano sinistra, gli penzolavano gli occhiali rotti di Piggy.

XI

Il castello

Nell'effimera frescura dell'alba, i quattro ragazzi si riunirono intorno alla macchia nera del fuoco spento, e Ralph si inginocchiò per soffiare. A quel soffio, grigie ceneri leggere levitavano qua e là in nuvolette, tra le quali, però, non brillò nessuna scintilla. I gemelli osservavano preoccupati e Piggy sedeva privo di espressione dietro il muro luminoso della sua miopia. Ralph continuò a soffiare finché le orecchie non gli fischiarono per lo sforzo, ma poi la prima brezza dell'alba gli rubò il mestiere e con una folata sollevò le ceneri, accecandolo. Si fece da parte, accovacciato, imprecò e si strofinò gli occhi pieni di lacrime.

«Non serve a niente.»

Eric abbassò lo sguardo e lo fissò attraverso una maschera di sangue coagulato. Piggy sbirciò vago in direzione di Ralph.

«Per forza non serve a niente, Ralph. Adesso il fuoco non ce l'abbiamo più.»

Ralph si avvicinò a Piggy, faccia a faccia, a mezzo metro di distanza o poco più.

«Riesci a vedermi?»

«Un poco.»

Ralph lasciò che il lembo della guancia gonfia gli chiudesse di nuovo l'occhio.

«Si sono presi il nostro fuoco.»
La rabbia gli strozzò la voce in gola.
«Ce l'hanno rubato!»
«Loro sono fatti così» disse Piggy. «Mi hanno accecato. Capisci? Jack Merridew è fatto così. Convoca un'assemblea, Ralph, dobbiamo decidere cosa fare.»
«Un'assemblea solo per noi?»
«Non ci resta altro. Sam... fammi appoggiare a te.»
Andarono verso la piattaforma.
«Suona la conchiglia» disse Piggy. «Suonala più forte che puoi.»
La foresta riecheggiò, e uccelli si alzarono in volo, i loro acuti sulle cime degli alberi, come in quella prima mattina di un tempo ormai remoto. Su entrambi i lati la spiaggia era deserta. Alcuni dei piccoli arrivarono dai rifugi. Ralph si sedette sul tronco levigato e gli altri tre rimasero in piedi davanti a lui. A un suo cenno del capo, Sammeric sedettero alla sua destra. Ralph premette la conchiglia nelle mani di Piggy, che la prese, tutta risplendente, e sbatté le ciglia verso Ralph.
«Avanti, allora.»
«Io prendo la conchiglia solo per dire questo. Non ci vedo più e devo riavere i miei occhiali. Su quest'isola sono successe delle cose tremende. Io ti ho votato, ho scelto te come capo. Lui è stato l'unico in grado di concludere qualcosa. Quindi adesso parla tu, Ralph, e dicci che cosa... Se no...»
Piggy si interruppe, piagnucolando. Mentre si sedeva, Ralph riprese la conchiglia.
«Un fuoco, nient'altro che un fuoco. Pensavate che saremmo riusciti a farlo, vero? Solo un segnale di fumo per farci salvare. Non siamo mica dei selvaggi, o mi sbaglio? Eppure, non c'è nessun segnale adesso. E, magari, stanno passando delle navi. Vi ricordate quando lui se n'è andato a caccia e il fuoco era spento ed è passata la nave? E tutti loro pensano che sia il Capo migliore. Poi c'è stato,

c'è stato... ecco, è stata tutta colpa sua. Se non ci fosse stato lui, non sarebbe mai successo. Ora Piggy non ci vede più, e loro sono venuti a rubarci...» Ralph alzò la voce. «... Di notte, al buio, a rubarci il fuoco. Ce l'hanno rubato. Gliel'avremmo dato del fuoco, se ce l'avessero chiesto. Invece loro ce l'hanno rubato e non c'è più nessun segnale, e noi non potremo mai essere salvati. Capite cosa voglio dire? Noi gliel'avremmo dato quel fuoco, tutto per loro, solo l'hanno rubato. Io...»

La frase rimase appesa, perché il sipario gli oscurò il cervello. Piggy tese le mani in direzione della conchiglia.

«Cos'hai intenzione di fare, Ralph? Sono solo parole queste, non abbiamo deciso niente. Io rivoglio i miei occhiali.»

«Sto cercando di riflettere. Proviamo ad andare da loro con l'aspetto di una volta, lavati e pettinati... dopotutto non siamo affatto dei selvaggi, e farci salvare non è mica un gioco...»

Si tirò giù il lembo della guancia gonfia e guardò i gemelli.

«Potremmo rimetterci un po' in ordine e poi andare...»

«Dovremmo prendere le lance» disse Sam. «Anche Piggy.»

«... Perché potremmo averne bisogno.»

«Voi non avete la conchiglia!»

Piggy alzò la conchiglia.

«Prendetele pure le vostre lance, se volete, ma io non prenderò la mia. A che mi serve? Comunque dovrete condurmi come un cane. Ma sì, ridete. Continuate pure, ridete. Su quest'isola c'è gente che ride di qualsiasi cosa. E avete visto che è successo? Che cosa diranno i grandi? Il povero Simon è stato ucciso. E c'era quell'altro bambino, quello che aveva la voglia sulla faccia. Chi l'ha più rivisto da quella prima assemblea che abbiamo fatto qui?»

«Piggy! Aspetta un minuto!»

«La conchiglia ce l'ho io. Andrò io da Jack Merridew e glielo dirò. Ci andrò.»

«Ti farà del male.»

«E cos'altro può farmi, peggio di quel che mi ha già fatto? Gli dirò il fatto suo. Tu lasciami portare la conchiglia, Ralph. Gli farò vedere io l'unica cosa che lui non ha.»

Piggy tacque per un attimo e scrutò le immagini sfocate che lo attorniavano. La forma dell'antica assemblea, nell'erba calpestata, lo ascoltava.

«Andrò da lui con la conchiglia tra le mani. Gliela mostrerò. Senti, gli dirò, tu sei più forte di me e non hai l'asma. Tu puoi vedere, gli dirò, e con tutti e due gli occhi. Ma io non ti chiedo di ridarmi gli occhiali per farmi un favore. Non ti chiedo di fare il magnanimo, gli dirò, né di dimostrare che sei il più forte; te li chiedo perché quel che è giusto è giusto. Ridammi i miei occhiali, gli dirò... devi ridarmeli!»

Piggy tacque, rosso e tremante. Sospinse lesto la conchiglia tra le mani di Ralph, come se avesse fretta di disfarsene e si asciugò le lacrime dagli occhi. La luce verde si irraggiava delicata su di loro, e la conchiglia giaceva adesso ai piedi di Ralph, fragile e bianca. Sfuggita alle dita di Piggy, una lacrima, una sola, risplendeva ora sulla curva leggiadra della conchiglia, come una stella.

Alla fine, Ralph raddrizzò il busto e si tirò indietro i capelli.

«Va bene. Voglio dire... se vuoi, puoi provarci. Verremo con te.»

«Lui sarà tutto pitturato» disse Sam, timido. «Lo sai come sarà...»

«... Non gli faremo mica paura...»

«... Se si arrabbia poi, ce la farà pagare...»

Ralph lanciò a Sam un'occhiata torva. Ricordava vagamente qualcosa che Simon gli aveva detto una volta, vicino alle rocce.

«Non fare lo stupido» disse. E poi aggiunse, in fretta: «Andiamo».

Porse la conchiglia a Piggy, che arrossì, questa volta pieno di orgoglio.

«Devi portarla tu.»

«Quando saremo pronti, la porterò io...»

Piggy annaspò, alla ricerca di parole adeguate per esprimere il suo ardente proposito di portare a tutti i costi la conchiglia.

«... Per me va bene. Ne sono molto felice, Ralph, solo che dovrete guidarmi voi.»

Ralph poggiò la conchiglia sul tronco lucido.

«Meglio mangiare prima, e poi ci prepariamo.»

Si inoltrarono fino gli alberi da frutta, ormai saccheggiati. Piggy venne guidato dov'era la frutta e riuscì a trovarne anche da solo, a tentoni. Mentre mangiavano, Ralph pensava al pomeriggio in arrivo.

«Ci presenteremo come eravamo prima. Ci laveremo...»

Sam ingollò un boccone e protestò.

«Ma se facciamo il bagno tutti i giorni!»

Ralph guardò le figure lerce che aveva sotto gli occhi e sospirò.

«Dovremmo pettinarci. Solo che abbiamo i capelli troppo lunghi.»

«Io il mio paio di calze l'ho conservato nel rifugio,» disse Eric «potremmo infilarcele in testa come una specie di berretto.»

«Potremmo trovare qualcosa» aggiunse Piggy «per legarci i capelli di dietro.»

«Come delle femmine!»

«Ma no, figuriamoci.»

«Allora dobbiamo andare così come siamo,» disse Ralph «loro non saranno mica tanto meglio.»

Eric fece un gesto per trattenerlo.

«Ma saranno tutti pitturati! Lo sai com'è...»

Gli altri annuirono. Intuivano fin troppo bene il senso di liberazione a cui i selvaggi si abbandonavano, dietro quella maschera di colori.

«Be', noi non ci dipingeremo» disse Ralph «perché noi non siamo dei selvaggi.»

Sammeric si guardarono.

«Però...»

Ralph gridò:

«Niente maschere!»

Si sforzò di ricordare.

«Fumo,» disse «noi abbiamo bisogno di fumo.»

Si girò verso i gemelli come una furia.

«Ho detto "fumo"! Dobbiamo fare del fumo.»

Calò il silenzio, salvo per il ronzio di una moltitudine di api. Alla fine parlò Piggy, conciliante:

«Per forza dobbiamo fare del fumo, perché il fumo è un segnale, e non possiamo essere salvati se non facciamo fumo.»

«Questo lo sapevo!» gridò Ralph. Tirò via il braccio che sosteneva Piggy. «Cosa stai insinuando...»

«Sto solo dicendo quel che dici sempre tu» rispose Piggy in fretta. «Per un attimo ho pensato...»

«No» disse Ralph a voce alta. «L'ho sempre saputo. Non l'ho mica dimenticato.»

Piggy annuì, remissivo.

«Il Capo sei tu, Ralph. Ti ricordi tutto.»

«Non l'avevo dimenticato.»

«No, naturalmente.»

I gemelli osservavano Ralph con curiosità, come se lo vedessero per la prima volta.

Si incamminarono lungo la spiaggia in formazione. Ralph per primo, zoppicando un po', la lancia appoggiata sulla spalla. Fra il tremolio della foschia rovente sulle sabbie lampeggianti, i capelli lunghi e la guancia tumefatta, non ci vedeva un granché. Dietro di lui venivano i gemelli, ancora un po' preoccupati, ma traboccanti di inesauribile vitalità. Si scambiavano poche parole, trascinando l'estremità delle loro lance di legno; infatti Piggy aveva scoperto che, se guardava in giù proteggendosi gli occhi stanchi dal sole, riusciva a vederle muoversi lungo la sabbia. Camminava dunque tra i solchi disegnati da quelle estremità, la conchiglia stretta tra le mani con cura. I ragazzi formavano un gruppetto compatto che avanzava sulla spiaggia, con quattro ombre piatte che danzavano e si mischiavano sotto di loro. Della tempesta nessuna traccia, e la spiaggia era bella ripulita, linda come la lama di un coltello appena lucidata. Cielo e montagna apparivano remoti, scintillanti nella calura; e la barriera levitava tra i miraggi, galleggiava a mezz'aria in una sorta di piscina d'argento.

Passarono accanto al luogo dove la tribù aveva fatto la sua danza. I pezzi di legna carbonizzati giacevano ancora sulle rocce su cui la pioggia li aveva spenti, ma la sabbia vicino all'acqua era di nuovo levigata. Sfilarono oltre, in silenzio. Nessuno dubitava che la tribù si trovasse al Castello e, quando ne intravidero il profilo, si fermarono all'unisono. La giungla più intricata dell'isola, una massa di fusti aggrovigliati, neri, verdi e impenetrabili, si snodava alla loro sinistra; davanti a loro ondeggiava l'erba alta. Poi, Ralph avanzò.

Ecco l'erba calpestata dove si erano tutti acquattati quando lui era partito in avanscoperta. E poi la lingua di terra, la cornice che aggirava la roccia e, lassù, i pinnacoli rossi.

Sam gli toccò il braccio.

«Fumo.»

Un filo di fumo sottile fluttuava nell'aria al di là del bastione roccioso.

«Solo un falò... non credo che sia per...»

Ralph si girò.

«Ma perché ci nascondiamo?»

Avanzò attraverso il folto dell'erba fino al piccolo spiazzo che conduceva all'istmo sottile.

«Voi due chiudete il gruppo. Io vado per primo, poi Piggy, a un passo da me. Tenete pronte le lance.»

In ansia, Piggy scandagliò il velo luminoso calato tra lui e il mondo.

«Siamo al sicuro? Qui c'è una scogliera, vero? Si sente il mare.»

«Rimani vicino a me.»

Ralph procedette sull'istmo. Scalciò via una pietra che precipitò nell'acqua. Poi il mare si ritirò in un risucchio, scoprendo una lastra quadrata, rossa, ricoperta di alghe, alla sinistra di Ralph, giù, in basso, forse a una quindicina di metri o poco meno.

«Non c'è pericolo?» chiese Piggy, con voce tremante. «Mi sento male...»

In alto, dai pinnacoli sulle loro teste, giunse un urlo improvviso e poi una sorta di grido di guerra, a cui risposero una decina di voci dietro la rocca.

«Dammi la conchiglia e non muoverti.»

«Alt! Chi va là?»

Ralph inarcò il capo all'indietro e scorse sulla cima la faccia cupa di Roger.

«Ma lo vedi benissimo che sono io!» gridò. «Smettila di fare lo stupido!»

Mise la conchiglia alle labbra e cominciò a soffiare. Apparvero dei selvaggi, così pitturati da essere irriconoscibili; procedevano verso l'istmo arrampicati lungo la cornice. Armati di lance, si disposero a difesa del varco d'accesso. Ralph continuò a suonare, senza badare al terrore di Piggy.

Roger urlava:

«Sta' attento, vattene... hai capito?»

Alla fine, Ralph tolse le labbra dalla conchiglia per riprendere fiato. Le sue prime parole, pronunciate in un respiro affannoso, si riuscirono comunque a udire.

«... Convoco l'assemblea.»

I selvaggi a guardia dell'istmo borbottarono qualcosa tra loro ma rimasero immobili. Ralph avanzò di un paio di passi. Una voce angosciata sussurrò alle sue spalle:

«Non lasciarmi, Ralph.»

«Mettiti in ginocchio» disse Ralph voltandosi di sbieco «e aspettami qui finché non torno.»

Si piazzò a metà dell'istmo e fissò i selvaggi, risoluto. Ormai disinibiti grazie alle maschere pitturate, si erano acconciati i capelli sistemandoli legati sulla nuca, ed erano più a loro agio di quanto lo fosse lui. Ralph decise che poi se li sarebbe legati anche lui. Anzi, gli venne voglia di dir loro di aspettare un attimo, perché l'avrebbe fatto lì, su due piedi; ma era impossibile. I selvaggi ridacchiavano indecisi, e uno di loro armeggiò con la lancia in direzione di Ralph. Su in alto, Roger tolse le mani dalla leva e fece capolino per vedere quel che stava succedendo. Sull'istmo, i ragazzi spiccavano sulla chiazza della loro ombra, ridotti solo a delle teste arruffate. Piggy era accovacciato, la sua schiena informe sembrava un sacco.

«Convoco l'assemblea.»

Silenzio.

Roger prese un piccolo sasso e lo scagliò tra i gemelli, con lo scopo, però, di mancarli. Trasalirono entrambi, e poco ci mancò che Sam perdesse l'equilibrio. Uno strano impeto cominciò a pulsare nel corpo di Roger.

Ralph parlò di nuovo, a voce alta:

«Convoco l'assemblea.»

Li fissò uno a uno.

«Jack dov'è?»

Il gruppo dei ragazzi si agitò e tenne un breve consulto. Una faccia dipinta parlò, aveva la voce di Robert:

«È a caccia. E ha detto che non dovevamo lasciarvi entrare.»

«Sono venuto per il fuoco,» disse Ralph «e per gli occhiali di Piggy.»

Il gruppo di fronte a lui ondeggiò e una risata vibrò, allargandosi all'esterno, una risata lieve, febbrile, che riecheggiò tra le alte rocce.

Una voce parlò dietro Ralph:

«Che volete?»

I gemelli sobbalzarono e in un batter d'occhio furono alle spalle di Ralph, tra lui e il varco d'accesso. Ralph si girò fulmineo. Jack, identificabile dall'andatura spavalda e dai capelli rossi, emergeva dalla foresta. Due cacciatori, uno per lato, lo seguivano a ruota, acquattati dietro di lui. Tutti e tre erano mascherati di nero e di verde. Dietro di loro, abbandonato sull'erba dove l'avevano lasciato, il corpo decapitato e sbudellato di una scrofa.

Piggy gemette.

«Ralph! Non lasciarmi!»

Era abbarbicato a una roccia al di sopra del mare gorgogliante, e la cingeva in un ridicolo abbraccio. Le risatine dei selvaggi si tramutarono in sguaiati ghigni di scherno.

Jack urlò su quegli schiamazzi:

«Vattene via, Ralph. Rimani nella tua parte. Questa è la mia parte, e la mia tribù. Lasciami in pace.»

Le risate si spensero.

«Ti sei fregato gli occhiali di Piggy» disse Ralph, senza fiato. «Devi ridarglieli.»

«Devo? E chi lo dice?»

La collera di Ralph esplose.

«Lo dico io! Mi avete eletto Capo. Non hai sentito la conchiglia? Hai giocato sporco... ve l'avremmo dato il fuoco, se ce l'aveste chiesto...»

Sentiva il sangue affluirgli alle guance e l'occhio tumefatto gli pulsava.

«Potevi avere il fuoco quando volevi. Ma tu no, sei venuto, strisciando come un ladro, a rubare gli occhiali di Piggy!»

«Ripetilo.»

«Ladro! Ladro!»

Piggy strillò:

«Ralph! Pensa a me!»

Jack si avventò su Ralph, per centrarlo al petto con la lancia. Una rapida occhiata al braccio di Jack, e Ralph intuì la traiettoria dell'arma, riuscendo a sventare il colpo con l'impugnatura della sua lancia. Poi la ruotò e colpì Jack all'orecchio con la punta. Erano corpo a corpo, ansimavano feroci, si spingevano con occhi truci.

«Chi è un ladro?»

«Tu!»

Jack si liberò con uno strattone e calò la lancia su Ralph per beccarlo di lato. Di comune accordo, adesso maneggiavano le lance come sciabole, senza osare colpi con le punte mortali. Il colpo si abbatté sulla lancia di Ralph e gli scivolò giù sulle dita, un dolore lancinante. Poi presero di nuovo le distanze, ma invertirono le posizioni, Jack dalla parte del Castello e Ralph all'esterno, verso l'isola.

Entrambi i ragazzi ansavano, respirando a fatica.

«Fatti sotto, allora...»

«Fatti sotto...»

Si squadravano arcigni, ma si tenevano fuori dalla portata dei colpi.

«Fatti sotto e vedrai cosa ti aspetta!»

«Fatti sotto tu...»

Piggy, aggrappato al suolo, cercava di attirare l'attenzione di Ralph. Ralph si mosse e si abbassò, gettando un'occhiata guardinga a Jack.

«Ralph... ricordati per che cosa siamo venuti. Il fuoco. I miei occhiali.»

Ralph annuì. Rilassò i muscoli finora contratti nella lotta, assunse una posizione comoda e ficcò a terra l'estremità della sua lancia. Jack lo osservava, impenetrabile attraverso la sua maschera di colori. Ralph sbirciò i pinnacoli in alto, poi fissò il gruppo di selvaggi.

«Sentite. Siamo venuti per dirvi questo. Primo, dovete ridare gli occhiali a Piggy. Senza, non ci vede. Voi non rispettate le regole...»

Nella tribù dei selvaggi dipinti serpeggiò una risatina e la mente di Ralph brancolò nel buio. Si tirò via i capelli e guardò la maschera verde e nera davanti a lui, mentre cercava di ricordare le vere sembianze di Jack.

Piggy sussurrò:

«E il fuoco.»

«Oh, sì. Poi, il fuoco. Ve lo dico di nuovo. Ve l'ho detto e ripetuto da quando siamo arrivati qui.»

Puntò la lancia verso i selvaggi, ammonendoli.

«Dovete tenere il fuoco acceso, un segnale visibile nella luce del giorno: è la vostra unica speranza. Allora, forse, una nave avvisterà il fumo, potrà venire a salvarci e ci porterà a casa. Ma senza questo fumo, dobbiamo aspettare che una nave arrivi qui per caso. Potremmo aspettare degli anni; finché non diventiamo vecchi...»

L'irreale risata dei selvaggi, argentina e tremula, si allargò, perdendosi negli echi tra le rocce. Un impeto di furore scosse Ralph e la voce gli si incrinò.

«Ma non lo capite, idioti mascherati? Io, Piggy, Sam, Eric... da soli non bastiamo. Abbiamo cercato di tenere acceso il fuoco, ma non ci riusciamo. E voi, intanto, ve ne state qui a giocare alla caccia...»

Indicò con la lancia dietro di loro, un filo di fumo che svaniva nell'aria perlacea.

«Ma guardatelo! Vi sembra un fuoco per un segnale quello? Quello è un fuoco per cucinare. Ora mangerete e non ci sarà più fumo. Non capite? Potrebbe esserci una nave là fuori...»

Tacque, sconfitto dal silenzio, dalle facce dipinte e anonime di quel drappello a guardia del varco di accesso. Il capo aprì la bocca, rosea all'interno, e si rivolse a Sammeric, che erano tra lui e la tribù:

«Voi due. Indietro!»

Nessuno gli rispose. I gemelli si guardarono sconcertati; Piggy intanto, rassicurato dalla tregua del combattimento, si rimise in piedi con prudenza. Jack fissò di nuovo Ralph e poi i gemelli.

«Prendeteli!»

Nessuno si mosse. Jack gridò, furente:

«Ho detto "prendeteli"!»

Impacciato e nervoso, il gruppo dipinto circondò Sammeric. Ancora una volta si diffuse la risata argentina.

Dal profondo della civiltà, arrivarono le proteste di Sammeric.

«Ehi, dico!»

«... Ma insomma!»

Gli presero le lance.

«Legateli!»

Ralph gridò disperatamente contro la maschera nera e verde:

«Jack!»

«Forza. Legateli.»

Ora il gruppo dipinto avvertiva l'estraneità di Sammeric, avvertiva il potere che aveva nelle mani. Atterrarono i gemelli con goffa frenesia. Jack era infervorato. Sapeva che Ralph avrebbe tentato di salvarli. Ralph sferrò la lancia, che piombò sul mucchio ronzante alle spalle di Jack, e schivò all'ultimo momento il colpo diretto su di lui. Dietro di loro la tribù e i gemelli erano un groviglio rumoroso e attorcigliato. Piggy si acquattò di nuovo. Poi i gemelli giacquero immobili, sbigottiti, attorniati dalla tribù, lì in piedi. Jack si rivolse a Ralph e ringhiò tra i denti:

«Vedi? Fanno quello che voglio.»

Ci fu ancora silenzio. I gemelli giacevano, legati da aguzzini inesperti, e la tribù scrutava Ralph per assistere alla sua prossima mossa. Tra le ciocche di capelli sugli occhi, lui contò i nemici, lanciò uno sguardo all'inutile fumo.

Poi perse la bussola e urlò a Jack:

«Sei una bestia e un porco e un fottutissimo ladro!»

Partì all'assalto.

Jack, che aspettava questo crollo di nervi, attaccò anche lui. Si scontrarono, si agguantarono convulsi e si divisero in un balzo. Jack sferrò un pugno contro Ralph e lo prese all'orecchio. Ralph colpì Jack allo stomaco e lui incassò con un grugnito. Si ritrovarono di nuovo l'uno di fronte all'altro, ansimanti e furiosi, ma scossi dalla reciproca ferocia. Si resero conto del rumore che si alzava sullo sfondo del duello, gli strilli acuti di incitamento, incessanti, provenienti dalla tribù dietro di loro. La voce di Piggy penetrò il tifo fino a Ralph:

«Lasciatemi parlare.»

Era in piedi, fra la polvere della lotta, e appena la tribù comprese le sue intenzioni, le incitazioni stridule si mutarono in fischi beffardi e tanaci.

Piggy alzò la conchiglia e i fischi si smorzarono un poco, ma poi ripresero vigore.

«Ho io la conchiglia!»

Gridò:

«Vi dico che ho io la conchiglia!»

Sorprendentemente, ora calò il silenzio; la tribù era curiosa di sentire cosa avesse di così divertente da dire.

Silenzio e una pausa; ma in quel silenzio ecco un curioso rumore nell'aria, accanto alla testa di Ralph. Non ci fece caso... ma eccolo di nuovo; un debole *Zip!* C'era qualcuno che tirava sassi: era Roger, li lasciava cadere, una mano ancora sulla leva. Sotto di lui, Ralph era una criniera arruffata e Piggy un ammasso di grasso.

«Devo dirvi questo: vi state comportando come una massa di mocciosi.»

I fischi si acuirono e scemarono di nuovo appena Piggy alzò la conchiglia magica, bianca.

«Cos'è meglio... ridursi a un branco di negri mascherati come voi, o essere persone di buonsenso come Ralph?»

Un gran clamore avvampò daccapo tra i selvaggi. Piggy gridò ancora:

«Cos'è meglio: avere delle leggi e andare d'accordo, o andare a caccia e ammazzare?»

Di nuovo il clamore, e di nuovo quello *Zip!*

Ralph urlò a squarciagola per farsi udire in quel baccano:

«Cos'è meglio, la legge e la salvezza, o la caccia e la bestialità?»

Adesso gridava anche Jack, e la voce di Ralph venne inghiottita dal frastuono. Jack indietreggiò, spalleggiato nel mezzo della tribù, e tutti insieme si trasformarono in una massa coesa, minacciosa, irta di lance. Si faceva strada in loro l'idea di una carica; l'eccitazione montava, e presto sull'istmo avrebbero fatto piazza pulita. Ralph li fronteggiava, un po' di lato, la lancia in pugno. Piggy era in piedi accanto a lui; innalzava ancora il talismano, la fragile, risplendente bellezza della conchiglia. Su entrambi si abbatteva una tempesta di clamori, un incantesimo di odio. In alto sulle loro teste, in un raptus di delirante abbandono, Roger si abbatté sulla leva con tutto il suo peso.

Ralph udì il masso enorme molto prima di vederlo. La scossa di terremoto lo raggiunse attraverso la pianta dei piedi, e dalla cima della parete rocciosa arrivò l'onda d'urto dello sfondamento delle pietre. Poi quella cosa rossa, mostruosa, balzò sull'istmo e lui si buttò a terra, fra gli strilli della tribù.

Il masso beccò Piggy di striscio, lo colpì dal mento al ginocchio; la conchiglia esplose in migliaia di frammenti bianchi e cessò di esistere. Piggy, senza dire una parola, senza neanche un grugnito, volò nel vuoto, di lato rispetto al masso, rigirandosi in volo. Il masso rimbalzò due volte e si perse nella foresta. Piggy cadde per una quindicina di metri e atterrò di schiena nel mare, sopra quella roccia rossa, squadrata. La testa si aprì e ne uscì fuori della roba che divenne rossa. Le braccia e le gambe di Piggy furono scosse da lievi contrazioni, come un maiale quando è stato appena ammazzato. Allora il mare respirò di nuovo, un respiro lungo, lento, e l'acqua ribollì spumando sulla roccia, bianca e rosea; ma quando poi si ritirò in un gorgo, il corpo di Piggy non c'era più.

Questa volta il silenzio fu totale. Le labbra di Ralph formarono una parola, ma non ne uscì nessun suono.

D'un tratto Jack balzò fuori dalla tribù e cominciò a strillare selvaggiamente.

«Hai visto? Hai visto? Ecco quel che ti aspetta! Dicevo sul serio! Non hai più nessuna tribù! La conchiglia non esiste più...»

Corse avanti, la schiena curva.

«Il Capo sono io!»

Feroce, con volontà di colpire, scagliò la lancia contro Ralph. La punta gli lacerò la pelle e la carne sopra le costole, poi deviò e cadde in acqua. Ralph barcollò; non provava dolore ma panico, e la tribù, urlando ora all'unisono col suo Capo, cominciò ad avanzare. Un'altra lancia, un bastone storto che non volava dritto, gli sfiorò la faccia, e una terza piovve dall'alto, da dove si trovava Roger. I gemelli erano nascosti, inghiottiti dietro la tribù, e le facce di quei demoni senza nome sciamavano sull'istmo. Ralph si voltò e corse. Avvertì dietro di sé un gran rumore, come uno stormo di gabbiani in volo. Obbedì a un istinto che non sapeva di possedere e sbandò di lato, corse verso lo spazio aperto cosicché le lance si dispersero. Vide il corpo senza testa della scrofa e saltò in tempo. Poi si gettò a capofitto tra il fogliame e gli arbusti, e la foresta l'ingoiò.

Il Capo si fermò accanto al maiale, si girò e alzò le mani.

«Fermi! Tornate al forte!»

Subito la tribù ritornò vociante sull'istmo, dove li raggiunse Roger.

Il Capo lo apostrofò, rabbioso:

«Perché non sei di vedetta?»

Roger lo guardò, serio.

«Sono appena sceso giù...»

L'orrore del carnefice era calato su di lui. Il Capo non gli disse altro e si rivolse invece a Sammeric:

«Voi dovete entrare nella tribù.»

«Lasciami andare...»

«... Lascia anche me.»

Il Capo agguantò una delle poche lance rimaste e pungolò Sam nelle costole.

«Che significa, eh?» chiese il Capo, feroce. «Cosa credevate di fare, venendo qui con le lance? Che significa che non volete entrare nella mia tribù?»

Il punzecchiamento divenne ritmico. Sam urlò:

«Non si fa così.»

Avvicinatosi, Roger si mise davanti al Capo, sfiorandogli appena la spalla. L'urlo cessò, e Sammeric tacquero, guardavano verso l'alto con muto terrore. Roger avanzò su di loro, brandendo ormai un'autorità senza nome.

XII

Il grido dei cacciatori

Ralph se ne stava rannicchiato in un anfratto, domandandosi che avrebbe fatto delle sue ferite. La carne del petto era tumefatta, un diametro di parecchi centimetri a destra, sopra le costole, con uno squarcio gonfio e sanguinante dove la lancia lo aveva colpito. I capelli erano sudici e aggrovigliati come rovi. Era graffiato ed escoriato dappertutto per quella sua fuga nella foresta. Quando il respiro gli tornò di nuovo normale, aveva già deliberato che avrebbe dovuto attendere per lavarsi le ferite. Se sguazzava nell'acqua, come poteva sentire arrivare i piedi nudi dei nemici? Come poteva essere al sicuro accanto a un ruscello o sulla spiaggia aperta?

Ralph rimase in ascolto. In effetti, non era poi così lontano dal Castello, e nel panico iniziale aveva creduto di udire rumori di inseguimento. Ma i cacciatori si erano intrufolati solo ai margini della vegetazione, per recuperare le lance, forse, e poi erano tornati di corsa sulle rocce assolate, come se l'oscurità delle foglie li avesse atterriti. Aveva persino scorto uno di loro, dipinto a strisce marroni, nere e rosse, e gli era sembrato che fosse Bill. Ma in realtà, pensò Ralph, non era Bill. Era un selvaggio, la cui immagine non poteva coincidere con quella, remota, di un ragazzo in pantaloni corti e camicia.

Il pomeriggio imbruniva; le macchie tonde dei raggi del sole slittavano pian piano sulle fronde verdi e sulla fibra marrone dei tronchi, ma dal lato nascosto del Castello non giungeva alcun suono. Alla fine, Ralph strisciò fuori dalle felci e sgusciò fino ai confini di quell'impenetrabile boscaglia che fronteggiava l'istmo. Una volta sul bordo, spiò con estrema cautela tra i rami e intravide Robert seduto di guardia in cima al dirupo. Nella mano sinistra impugnava una lancia, e con la destra lanciava in aria un sassolino che recuperava in volo. Alle sue spalle si innalzava una densa colonna di fumo, Ralph dilatò le narici e gli venne l'acquolina in bocca. Si passò il dorso della mano sul naso e sulla bocca e per la prima volta da quella mattina sentì di avere fame. Di sicuro la tribù era seduta intorno al maiale sventrato; guardavano il grasso colare e bruciare tra le ceneri. Dovevano essere tutti concentrati.

Un'altra figura, irriconoscibile, apparve accanto a Robert e gli diede qualcosa, poi si girò e ritornò dietro la rupe. Robert appoggiò la lancia sulla roccia accanto a sé e cominciò a addentare quel che teneva tra le mani sollevate. Quindi il banchetto cominciava e la vedetta aveva ricevuto la sua razione.

Ralph comprese di essere fuori pericolo, per il momento. Zoppicando, si fece strada fino agli alberi da frutta, attratto dal pensiero di quel misero cibo, che però gli sembrava amaro, al ricordo del festino. Oggi festa, ma domani...

Fiaccamente, cercò di convincersi che lo avrebbero lasciato in pace; forse l'avrebbero dichiarato fuorilegge e la cosa sarebbe finita lì. Ma poi la fatale convinzione, ineluttabile, riemerse in lui, d'istinto e senza ragionamenti. La distruzione della conchiglia e le morti di Piggy e Simon avviluppavano l'isola in vapori maligni. Quei selvaggi pitturati si sarebbero spinti ben oltre. E c'era ancora quel legame indefinibile tra lui e Jack; solo per questo non lo avrebbe lasciato in pace, mai.

Si bloccò, il corpo picchiettato dalla luce del sole, mentre sollevava un ramo chinandosi per oltrepassarlo. Uno spasmo di terrore lo scosse e si lasciò sfuggire un'invocazione, a voce alta.

«No. Non sono così cattivi. È stato un incidente.»

Passò sotto il ramo, accennò una corsa goffa, poi si fermò, in ascolto.

Raggiunse la zona degli alberi da frutta, vasta ma saccheggiata, e mangiò avidamente. Vide due piccoli e, poiché non aveva idea del proprio aspetto, si meravigliò che corressero via urlando.

Dopo aver mangiato, si diresse verso la spiaggia. La luce del sole calava oramai obliqua tra le palme, accanto al rifugio distrutto. Ecco la piattaforma e la piscina. La cosa migliore da fare era ignorare il presentimento cupo che gli gravava sul cuore e confidare nel loro buonsenso, nell'integrità mentale della luce del giorno. Ora che la tribù aveva mangiato, l'unica cosa da fare era un nuovo tentativo di approccio. E comunque, non poteva rimanere tutta la notte in un rifugio vuoto, presso la piattaforma deserta. Gli si accapponò la pelle e rabbrividì nel sole della sera. Niente fuoco; niente fumo; niente salvezza. Si voltò e si inoltrò claudicante nel folto della foresta, verso la parte dell'isola che ora apparteneva a Jack.

I raggi obliqui profusi dal sole si perdevano tra i rami. Alla fine, giunse in una radura della foresta dove la roccia impediva alla vegetazione di crescere. Adesso era ridotta a una pozza oscura di ombre, e Ralph quasi si gettò dietro un albero appena vide quel che stava nel mezzo; ma poi si accorse che quella faccia bianca era fatta di ossa; era il teschio di un maiale, ghignava verso di lui in cima a un palo. Camminò lento fino al centro della radura e guardò fisso il teschio che risplendeva, più bianco di quanto lo fosse mai stata persino la conchiglia, e sembrava schernirlo, cinico. Una formica indiscreta si affaccendava in una delle cavità oculari, ma altrimenti quella cosa era senza vita.

Ma era davvero senza vita?

Un lieve formicolio gli corse su e giù per la schiena. Era lì in piedi, immobile, faccia a faccia col teschio e si toglieva i capelli dal viso con entrambe le mani. Le mascelle dentate ghignavano, le orbite vuote sembravano sfidare il suo sguardo, imperiose e risolute.

Che cos'era?

Il teschio osservava Ralph come qualcuno che abbia tutte le risposte ma che non verrà mai a dartele. Un'ondata di nausea, paura e rabbia lo travolse. Feroce, colpì quella cosa oscena di fronte a lui, che oscillò avanti e indietro come un giocattolo, sempre con quel ghigno stampato in faccia, e allora la percosse di nuovo, con un grido d'orrore. Poi, mentre si leccava le nocche escoriate, fissò il palo spoglio: il teschio sbattuto al suolo si era spaccato in due pezzi, e così il ghigno si era allargato per terra, era un ghigno di quasi due metri. Divelse il palo ancora traballante dalla fessura e lo impugnò come una lancia contro i due pezzi bianchi mozzati. Poi indietreggiò di spalle, gli occhi incollati al teschio che se ne stava lì a ghignare verso il cielo.

Quando l'ultimo bagliore verde affondò nell'orizzonte e giunse infine la notte, Ralph ritornò nella selva di fronte al Castello. Sbirciando tra il folto, ne intravide la sommità, che era ancora presidiata, e chiunque fosse, là sopra, aveva una lancia a portata di mano.

Si inginocchiò fra le ombre e soffrì amaramente il proprio isolamento. Era vero, erano selvaggi; ma erano esseri umani, e i terrori della notte profonda erano ormai in agguato.

Ralph si lasciò sfuggire un gemito sommesso. Era distrutto, ma non riusciva a lasciarsi andare e ad abbandonarsi al sonno per paura della tribù. Non poteva entrare nel forte con piglio spavaldo e proporre: "Facciamo la pace", riderci sopra, e andare a dormire insieme agli altri? E fingere che fossero tutti ancora dei ragazzi, alunni che in classe rispondevano: «Sì, signor maestro», e portavano i berretti con lo stemma della scuola? Con la luce del giorno, forse sarebbe riuscito a rispondere di sì; ma tra le tenebre e assediato dagli orrori della morte, la risposta era no. Accucciato nel buio, sapeva di essere in esilio.

«Solo perché avevo un po' di buonsenso.»

Strofinò la guancia sul braccio e ne annusò il tanfo acre, un misto di sudore e sporco stantio. Là, alla sua sinistra, le onde dell'oceano respiravano, risucchiavano giù la roccia e poi tornavano a drappeggiarla di uno schiumoso bollore.

Dei suoni gli giungevano da dietro al Castello. Si mise attentamente in ascolto; dissociando la mente dal movimento del mare, Ralph riuscì a distinguere un ritmo familiare.

«*Uccidi-la-bestia! Tagliale-la-gola! Versa-il-sangue!*»

La tribù stava danzando. Da qualche parte, sull'altro lato di quella parete rocciosa, doveva esserci un cerchio oscuro, un fuoco risplendente, e della carne, che assaporavano placidi e al sicuro.

Un rumore molto vicino lo fece sussultare. Dei selvaggi si stavano arrampicando sul Castello, fino in cima, e riusciva a udirne le voci. Strisciò in avanti per qualche metro e vide la sagoma della vedetta in alto sulla rocca cambiare e dilatarsi. C'erano solo due ragazzi sull'isola che si muovevano e parlavano in quel modo.

Ralph affondò il capo tra le braccia e prese atto di questa nuova, dolorosa sconfitta. Sammeric facevano parte della tribù, adesso. Erano di guardia al Castello, contro di lui. Non poteva più nutrire neanche la speranza di salvarli e ricomporre una sparuta tribù fuorilegge dall'altra parte dell'isola. Sammeric erano diventati dei selvaggi, come gli altri; Piggy era morto, e la conchiglia ridotta in mille pezzi.

Alla fine, la sentinella a cui davano il cambio si calò giù.

I due che rimasero sembravano fondersi nella roccia, diventarne una propaggine oscura. Dietro i gemelli spuntò una stella, che veniva eclissata a tratti da qualche movimento che facevano.

Ralph si sporse in avanti, tastando il percorso che sceglieva sulla superficie accidentata come un cieco. Alla sua destra, per chilometri e chilometri, acqua indistinta; alla sinistra l'oceano senza requie, orrendo come la bocca di una voragine. Perpetua, l'acqua respirava intorno alla roccia della morte e fioriva in una profusione di candore. Ralph strisciò finché non sentì, al tatto, la cornice di accesso al Castello. Le vedette erano proprio sopra di lui e riusciva a vedere la punta di una lancia proiettarsi sulla roccia.

Chiamò in un sussurro:

«Sammeric...»

Nessuna risposta. Per farsi udire doveva parlare a voce più alta, ma rischiava di aizzarsi contro la ferocia di quelle creature striate e nemiche intente nel loro banchetto accanto al fuoco. Strinse i denti e ricominciò a scalare, trovando gli appigli a tentoni. Il bastone che aveva con sé, quello su cui era stato impalato il teschio, lo intralciava, ma non si sarebbe separato dalla sua unica arma. Prima di parlare ancora, aspettò di arrivare quasi allo stesso livello dei gemelli.

«Sammeric...»

Sentì un grido, e movimenti concitati dalla rocca. I gemelli si erano aggrappati l'uno all'altro e farfugliavano terrorizzati.

«Sono io, Ralph.»

Atterrito all'idea che corressero a dare l'allarme, si issò finché la testa e le spalle non si stagliarono sulla cima. Remota, giù in fondo al di sotto della sua ascella, vide l'onda abbattersi intorno alla roccia in una fioritura luminosa.

«Sono solo io, Ralph.»
Alla fine, si sporsero a sbirciarlo in viso.
«Credevamo che fosse...»
«... Non sapevamo cos'era...»
«... Pensavamo...»
Riaffiorò in loro il ricordo della nuova fedeltà giurata, vergognosa. Eric si azzittì, ma Sam tentò di fare il suo dovere.
«Devi andartene, Ralph. Vattene via, subito...»
Brandì la lancia con piglio feroce.
«Sparisci, hai capito?»
Eric annuì, concorde, e infilzò l'aria con la sua lancia. Ralph si appoggiò sulle braccia ma non si mosse.
«Sono venuto a parlare con voi due...»
Aveva la voce impastata. Adesso gli faceva male la gola, nonostante non fosse stata percossa, né ferita.
«Sono venuto a parlare con voi due...»
Non trovava le parole per esprimere il dolore sordo che lo opprimeva. Ammutolì, e gli sembrò che le stelle scintillanti schizzassero via dappertutto in una specie di danza folle.
Sam si spostò un po', a disagio.
«Davvero, Ralph, faresti meglio ad andartene.»
Ralph rialzò lo sguardo.
«Non vi siete dipinti, voi due. Come potete...? Se fosse giorno...» Alla luce del giorno, sarebbero morti di vergogna ammettendo quella resa incondizionata. Ma la notte era buia. Eric prese la parola; e poi i gemelli attaccarono con quel loro discorso a due voci.
«Devi andartene perché sei in pericolo...»
«... Ci hanno obbligati. Ci hanno fatto male...»
«Chi? Jack?»
«Oh no...»
Si chinarono verso di lui e abbassarono la voce.
«Sparisci, Ralph...»
«È una tribù...»

«... Ci hanno obbligati...»

«... Non avevamo scelta...»

Quando Ralph parlò di nuovo, la voce era roca, e pareva senza fiato.

«Ma cosa ho fatto? Lui mi era anche simpatico... e volevo solo che ci salvassero...»

Gli parve di nuovo che le stelle diluviassero nel cielo. Eric scosse la testa, con fervore.

«Senti, Ralph. Lascia perdere, non stare lì a pensarci. Non serve più...»

«Il punto qui non è chi sia il Capo...»

«... Devi andartene per il tuo bene.»

«Il Capo e Roger...»

«... Sì, Roger...»

«Ti odiano, Ralph. Ti uccideranno.»

«Domani ti daranno la caccia.»

«Ma perché?»

«Non lo so. E Ralph, Jack, il Capo, dice che sarà pericoloso...»

«... E che dobbiamo stare attenti a scagliare le nostre lance come contro un maiale.»

«Ci disporremo su una linea che copre tutta l'isola...»

«Partiremo da qui e andremo avanti...»

«Finché non ti troveremo.»

«Dobbiamo fare dei segnali come questo.»

Eric inarcò le labbra e riuscì a emettere un ululato sommesso picchiettando sulla bocca aperta. Poi si guardò alle spalle, nervoso.

«Così...»

«... Solo più forte, naturalmente.»

«Ma io non ho fatto niente» sussurrò Ralph, affannato. «Volevo solo continuare a tenere acceso il fuoco!»

Tacque un istante, pensando sconfortato all'indomani. Allora gli venne in mente una questione importantissima, inderogabile.

«Che cosa mi...?»

Non riusciva a formulare una domanda precisa, all'inizio, poi la paura e la solitudine gliene diedero la forza.

«Ma quando mi troveranno, cosa vogliono farmi?»

I gemelli tacquero. Sotto di lui, la roccia della morte fiorì ancora di spuma.

«Che cosa mi... oh Dio! Che fame...»

La roccia turrita gli sembrava ondeggiare sotto di lui.

«Allora... che cosa...?»

I gemelli risposero alla domanda indirettamente.

«Devi andartene adesso, Ralph.»

«Per il tuo bene.»

«Stai alla larga. Stattene più lontano possibile.»

«Perché non venite con me? Saremo in tre... potremmo farcela.»

Un istante di silenzio, e Sam parlò, la voce strozzata in gola.

«Non conosci Roger. È un mostro.»

«... E il Capo... sono tutti e due...»

«... Dei mostri.»

«... Ma Roger...»

Entrambi i ragazzi rimasero paralizzati. Qualcuno della tribù si arrampicava verso di loro.

«Viene a controllare se facciamo buona guardia. Svelto, Ralph, vattene!»

Mentre si preparava a calarsi giù dal dirupo, Ralph si aggrappò all'ultimo vantaggio che poteva strappare a quest'incontro.

«Rimarrò qui attorno, nella boscaglia là sotto,» sussurrò «quindi teneteli alla larga da quei cespugli. Non penseranno mai di cercare così vicino...»

I passi erano ancora a una certa distanza.

«Sam... riuscirò a cavarmela, vero?»

I gemelli tacquero di nuovo.

«Tieni!» disse Sam all'improvviso. «Prendi questo...»

Ralph sentì che gli spingeva contro un pezzo di carne e lo abbrancò.

«Ma cosa mi farete quando mi prenderete?»

Su di lui, ancora silenzio. Si sentì uno stupido. Si calò giù lungo la roccia.

«Che cosa mi farete...»

Dall'alto della roccia imponente giunse l'incomprensibile risposta:

«Roger ha preparato un bastone con la punta da tutte e due le parti.»

Roger ha preparato un bastone con la punta da tutte e due le parti. Ralph tentò di appiccicare un significato a questa frase, ma non ci riuscì. In un impeto di collera, tirò in ballo tutte le parolacce che gli venivano in mente, ma le archiviò con uno sbadiglio. Quanto poteva reggere senza dormire? Desiderò disperatamente un letto, e delle lenzuola – ma il solo biancore che riusciva a scorgere era quello delle onde candide; il lento spumeggiare del latte versato, luminoso intorno alla roccia, una quindicina di metri sotto, dov'era precipitato Piggy. Piggy era ovunque, era sull'istmo, era diventato terribile nel buio e nella morte. Se ora Piggy avesse dovuto riemergere dall'acqua con quella testa vuota... Ralph piagnucolò e poi sbadigliò come un piccolo. Si appoggiò barcollando al palo che aveva in mano come a una stampella.

Poi si riprese. Sulla cima del Castello si udirono voci concitate. Sammeric stavano litigando con qualcuno. Ma le felci e l'erba erano vicine. Ecco dove doveva nascondersi, e lì accanto c'era la boscaglia dove si sarebbe acquattato l'indomani. Ecco un buon posto per passare la notte – toccò l'erba con le mani –, non lontano dalla tribù, così se gli orrori del soprannaturale avessero preso il sopravvento, avrebbe almeno potuto riunirsi ad altri esseri umani per un poco, anche se ciò significava...

Che cosa significava? Un bastone con la punta da tutte

e due le parti. Cosa voleva dire? Avevano scagliato le lance e l'avevano mancato; tutte tranne una. Forse l'avrebbero mancato anche la prossima volta.

Accovacciato nell'erba alta, si ricordò della carne che gli aveva dato Sam, e la addentò con una fame da lupo. Mentre mangiava, sentì ancora altri rumori, diversi – Sammeric, grida di dolore, di panico, e voci infuriate. Che cosa stava succedendo? Oltre a lui, c'era qualcun altro nei guai, perché stavano dando una lezione ad almeno uno dei gemelli. Poi le voci svanirono lungo la roccia e lui smise di pensarci. Tastò il suolo a tentoni e trovò delle fronde fresche e tenere proprio sotto i cespugli. Ecco dunque la sua tana per la notte. Alle prime luci dell'alba sarebbe strisciato nella boscaglia, cacciandosi tra le fronde aggrovigliate, acquattandosi nel fitto dell'intrico, dove avrebbe potuto intrufolarsi solo uno che strisciava come lui; ma in tal caso, lo avrebbe infilzato con la lancia. Perciò il piano era di restare lì nascosto; la tribù lo avrebbe oltrepassato ululando, col suo cordone fluttuante sparso per tutta l'isola, e lui si sarebbe messo in salvo.

Serpeggiò tra le felci come in una galleria. Appoggiò il palo accanto a sé, e si rannicchiò nell'oscurità. Doveva ricordarsi di svegliarsi alle prime luci dell'alba, per fregare quei selvaggi – e non si rese conto che il sonno lo agguantò in un attimo, scagliandolo nel fondo del suo abisso tenebroso.

Era sveglio prima di aprire gli occhi, i sensi all'erta, in ascolto di un rumore vicino. Aprì un occhio, la faccia era appoggiata sul terriccio e le dita vi affondavano; la luce filtrava tra le foglie delle felci. Ebbe appena il tempo di rendersi conto che gli incubi ricorrenti di precipizi e di morte erano svaniti e che era già mattina, quando udì di nuovo quel rumore. Era un ululato, in riva al mare – ed ecco rispondergli un altro selvaggio, e poi un altro ancora. Il grido aleggiò fino a lui attraverso la stretta punta dell'isola, dal mare alla laguna, come il grido di un uccello in volo. Non ci pensò neanche un istante; afferrò il suo palo appuntito e rinculò rasoterra nell'intrico di felci. In pochi secondi stava strisciando nel folto della boscaglia; ma intravide appena in tempo le gambe di un selvaggio che veniva verso di lui. Le felci vennero percosse e calpestate, e sentì il fruscio delle gambe che si muovevano nell'erba alta. Quel selvaggio, chiunque egli fosse, ululò due volte; il grido venne rimbalzato nelle due direzioni, e poi morì lontano. Ralph si accucciò, immobile, avvinghiato nel fitto dei cespugli, e per un po' non sentì più niente.

Alla fine studiò la boscaglia attorno a sé. Di certo lì dove si trovava non poteva attaccarlo nessuno – e per giunta aveva avuto un colpo di fortuna. Il gran masso che aveva ucciso Piggy era atterrato in questi cespugli, rimbalzando proprio nel mezzo, lasciando un cratere di vegetazione maciullata, con un diametro di forse un paio di metri. Appena Ralph riuscì a svicolarsi fino a raggiungere il cratere, si sentì al sicuro, e si compiacque della propria astuzia. Con prudenza si sedette tra lo sfascio dei rami, in attesa che la linea della battuta di caccia passasse oltre. Alzò gli occhi e in alto tra le foglie intravide qualcosa di rosso. Quella doveva essere la cima del Castello, distante e inoffensiva. Si accomodò, trionfante, per sentire spegnersi lontano i rumori della caccia.

Eppure, non udiva ancora nessun suono; e via via che nell'ombra verde trascorrevano i minuti, il suo senso di trionfo svaniva.

Alla fine sentì una voce – la voce di Jack, ma soffocata.

«Sei sicuro?»

Il selvaggio interpellato non disse niente. Forse rispose a gesti.

Roger parlò.

«Se ci stai prendendo in giro...»

E subito dopo un respiro affannoso, e un urlo di dolore. Ralph si rannicchiò d'istinto. Uno dei gemelli era là, fuori dalla boscaglia, insieme a Jack e a Roger.

«Sei sicuro che voleva dire là dentro?»

Il gemello piagnucolò sommesso, e poi strillò di nuovo.

«Voleva nascondersi là dentro?»

«Sì... sì... ahi...!»

Una risata argentina si propagò tra gli alberi.

Allora lo sapevano.

Ralph prese il suo palo e si preparò alla battaglia. Ma che cosa potevano fare? Ci avrebbero messo una settimana per aprire un sentiero attraverso la boscaglia; e chiunque ci si fosse avventurato, strisciando come un verme, sarebbe stato alla sua mercé. Tastò la punta della lancia col pollice e sogghignò, vendicativo. Avrebbe infilzato chiunque ci avesse provato, come un maiale, e chissà che strilli.

Andavano via, tornavano alla torre rocciosa. Riusciva a sentire i piedi che si muovevano, e poi qualcuno ridacchiò. Allora lo raggiunse di nuovo quel grido acuto, come di uccello, echeggiato rapido lungo la linea della battuta di caccia. Quindi c'era ancora qualcuno appostato per tenerlo d'occhio; ma chi...?

Calò un silenzio lungo, col fiato sospeso. Ralph scoprì di avere in bocca pezzi di corteccia della sua lancia masticata. Si alzò per spiare in alto, verso il Castello.

Proprio allora, da sopra, udì la voce di Jack.

«Forza! Forza! Forza!»

La roccia rossa che scorgeva sulla cima del bastione svanì, come se avessero tirato un sipario, e intravide delle figure e il cielo azzurro. Un attimo dopo la terra tremò, l'aria fu squassata da un precipitoso tumulto, e la sommità della boscaglia venne percossa da una mano gigante. La roccia rimbalzò, martellando e fracassando tutto nella sua corsa verso la spiaggia, mentre la investiva una pioggia di ramoscelli spezzati e foglie. Al di là della boscaglia, la tribù applaudiva.

Di nuovo silenzio.

Ralph si ficcò le dita in bocca e le morse. C'era solo un altro masso che verosimilmente potevano smuovere; ma era grande quanto la metà di un cottage, grande come un'automobile, o un carro armato. Ne visualizzò la probabile traiettoria con straziante lucidità – sarebbe partito lento, piombando da una cornice all'altra, sarebbe rotolato sull'istmo come un gigantesco rullo compressore.

«Forza! Forza! Forza!»

Ralph mise giù la lancia, poi la riprese. Si tirò indietro i capelli, irritato; mosse un paio di passi rapidi in quello spazio angusto, avanti e indietro. Rimase in piedi a guardare i monconi dei rami spezzati.

Ancora silenzio.

L'occhio gli cadde sul torace, il diaframma si alzava e si abbassava, e si sorprese del ritmo frenetico del suo respiro. In mezzo, ma un po' a sinistra, vedeva i battiti del cuore. Poggiò di nuovo la lancia.

«Forza! Forza! Forza!»

Strilli acuti, e un lungo applauso.

Qualcosa rimbombò sulla roccia rossa, poi la terra fece come un balzo e cominciò a scuotersi in un crescendo, mentre anche il tuono aumentava. Ralph venne sbalzato in aria, ributtato giù, scagliato contro i rami. Alla sua destra, e forse solo a un metro o due di distanza, l'intera boscaglia si piegò e le radici stridettero mentre venivano estirpate dalla terra tutte insieme. Vide qualcosa di rosso che rotolava lentamente, come la ruota di un mulino. Poi la cosa rossa scomparve e la sua avanzata elefantiaca digradò verso il mare.

Ralph si inginocchiò sul terreno arato, e attese che la terra si ricomponesse. Adesso i monconi divelti, bianchi, i rami spezzati e l'intrico della boscaglia tornarono a fuoco. Ralph avvertiva un peso greve sul suo corpo, là dove un attimo prima aveva colto il battito del cuore.

Silenzio di nuovo.

Eppure, non un silenzio assoluto. Bisbigliavano là fuori; e all'improvviso dei rami vennero scossi con foga in due punti, alla sua destra. Apparve l'estremità appuntita di un bastone. Nel panico, Ralph conficcò il suo palo nel varco e spinse, con tutte le sue forze.

«Aaa-ah!»

La lancia gli si rigirò un po' tra le mani, e poi la ritirò di nuovo.

«Ahi-ahi...»

Qualcuno si lamentava là fuori e si levò un farfuglio di voci. Mentre si teneva quell'accesa discussione, il selvaggio ferito continuava a lamentarsi. Poi, quando calò il silenzio, parlò una voce sola, e Ralph decise che non era quella di Jack.

«Visto? Ve l'ho detto... è pericoloso.»

Il selvaggio ferito gemette di nuovo.

E adesso? La loro prossima mossa?

Ralph serrò le mani intorno alla lancia rosicchiata e i capelli gli ricaddero sul viso. Qualcuno parlottava, a qualche metro di distanza in direzione del Castello. Sentì un selvaggio dire: «No!» con voce sbigottita, e poi una risatina sommessa. Si riaccovacciò sui talloni e mostrò i denti al muro di rami. Alzò la lancia, un ringhio soffocato, e attese.

Ancora una volta, il gruppo invisibile ridacchiò. Udì un suono curioso, come di qualcosa che gocciolava, e poi un crepitio più forte; sembrava che qualcuno stesse scartando grandi fogli di cellophane. Del legno si spezzò e Ralph soffocò un colpo di tosse. Fili di fumo penetravano attraverso i rami in spirali bianche e gialle, la pezza di cielo azzurro sulla sua testa si mutò nel colore di una nuvola tempestosa, e poi il fumo fluttuò intorno a lui.

Qualcuno rise eccitato, e una voce gridò:

«Fumo!»

Strisciò via tra i cespugli verso la foresta, tenendosi sotto il fumo il più possibile. Dopo un po' scorse uno spazio aperto, e le foglie verdi dei limiti della boscaglia. Un selvaggio, uno piccolino, era in piedi tra lui e il fitto della foresta, un selvaggio a strisce bianche e rosse, che impugnava una lancia. Tossiva e col dorso della mano si sfregava la pittura intorno agli occhi, tentando di scrutare attraverso la coltre di fumo sempre più densa. Ralph scattò come un gatto; vibrò la lancia con un ringhio, e il selvaggio si piegò in due. Si udì un grido da dietro ai cespugli, e poi Ralph correva tra gli arbusti alla velocità della paura. Si imbatté in una pista di maiali, la seguì forse per un centinaio metri, e poi deviò. Ancora una volta, l'ululato alle sue spalle riecheggiò attraverso l'isola, ma una sola voce gridò tre volte. Indovinò che era il segnale per avanzare, e riprese di nuovo velocità, finché sentì che i polmoni gli scoppiavano. Allora si fiondò sotto un cespuglio e attese per un momento, e alla fine il respiro tornò normale. Esitando, si passò la lingua sui denti e sulle labbra e udì l'ululato degli inseguitori lontano.

Poteva fare un sacco di cose. Poteva arrampicarsi su un albero – ma significava rinunciare a qualsiasi alternativa. Se l'avessero scoperto, non c'era niente di più facile che star lì sotto ad aspettarlo.

Se solo avesse avuto un po' di tempo per pensare!

Un altro duplice grido alla stessa distanza gli fornì un nuovo indizio della loro strategia. Quando un selvaggio incontrava un ostacolo nella foresta, emetteva quel duplice grido per bloccare la linea di avanzata finché non l'avesse superato. In quel modo, potevano sperare di mantenere il cordone integro lungo tutta l'isola. Ralph pensò al cinghiale che li aveva sbaragliati con estrema facilità. In caso di bisogno, se gli inseguitori si fossero avvicinati troppo, avrebbe potuto fare irruzione nel cordone quando era ancora sottile, sfondarlo e ripartire di corsa, tornare indietro. Ma indietro dove? Il cordone avrebbe fatto dietrofront e avrebbe ripreso la battuta. Presto o tardi avrebbe dovuto dormire, o mangiare – e poi si sarebbe risvegliato nella morsa dei loro artigli; e la caccia si sarebbe trasformata in un massacro.

Cosa doveva fare, allora? L'albero? Sbaragliare la linea come un cinghiale? In un caso o nell'altro, la scelta era terribile.

Un grido isolato gli accelerò il battito cardiaco; balzò in piedi, scappò via verso la parte sull'oceano, dove la giungla era più intricata, finché non rimase imprigionato tra le liane; si fermò per un attimo, coi polpacci che gli tremavano. Se avesse almeno potuto avere una tregua, una lunga pausa, del tempo per pensare!

Ed eccolo di nuovo, acuto e inesorabile, quell'ululato dilagare su tutta l'isola. A quel suono fece uno scarto, come un cavallo, sterzò fra le liane e riprese a correre a più non posso. Poi si accasciò tra le felci, senza fiato. L'albero, o la carica? In quel momento, controllò il ritmo del suo respiro, si pulì la bocca, e si disse di rimanere calmo. Sammeric si trovavano da qualche parte su quella linea che incalzava, ma la odiavano. Oppure no? E mettiamo che, invece di imbattersi nei gemelli, incappasse nel Capo, o in Roger, che stringeva la morte in pugno?

Ralph scacciò dalla fronte i capelli aggrovigliati e deterse il sudore intorno all'occhio buono. Parlò a voce alta:

«Pensa.»

Qual era la cosa più sensata da fare?

Non c'era nessun Piggy che parlasse con buonsenso. Né un'assemblea solenne ove dibattere, né la dignità simbolica della conchiglia.

«Pensa.»

Per di più, cominciava a temere quel sipario che poteva calargli sul cervello, ottundendo la percezione del pericolo, trasformandolo in un idiota.

Come terza opzione, poteva nascondersi così bene che la linea, avanzando, lo avrebbe sorpassato senza scoprirlo.

Alzò la testa dal suolo, di scatto, e rimase in ascolto. Adesso c'era un altro rumore a cui badare – un brontolio profondo, come se la giungla stessa si fosse infuriata contro di lui, un fragore cupo tra cui gli ululati stridevano insopportabili, come scarabocchi di gesso su una lavagna. Sapeva di averlo già udito prima, da qualche parte, ma non aveva il tempo per ricordare dove.

Rompere la linea.

Un albero.

Nascondersi, e lasciarli passare.

Un grido più vicino e via, in piedi e di nuovo in fuga, subito; correva veloce attraverso le spine e i rovi. Tutt'a un tratto incespicò all'aperto, si ritrovò ancora in quella radura – ecco il ghigno del teschio, smisurato, non ridacchiava più con una chiazza di cielo azzurro e pastoso come sfondo; ora sghignazzava tra una cortina di fumo. Allora Ralph si precipitò via rasentando gli alberi, e il brontolio della foresta gli era chiaro, ormai. Avevano fatto del fumo per stanarlo, ma in questo modo avevano appiccato un incendio sull'isola.

Nascondersi era meglio di arrampicarsi su un albero, perché in caso lo scoprissero poteva sempre cercare di rompere la linea.

Via a nascondersi, allora.

Si domandò se un maiale avrebbe fatto lo stesso, e abbozzò una smorfia nel vuoto. Trovare il cespuglio più fitto, il buco più nero dell'isola, e infilarcisi dentro. Quindi, mentre correva, si guardava attorno. Il sole aleggiava su di lui irrorandolo di fasci e di spruzzi di luce, e il sudore colava in strisce scintillanti sul suo corpo sudicio. Le grida erano lontane ora, e fievoli.

Alla fine, trovò quello che gli sembrava il posto giusto, benché fosse una scelta dettata dalla disperazione. Qui, i cespugli e un groviglio selvaggio di liane creavano una specie di tappeto, impenetrabile anche al più sottile raggio di sole. Sotto c'era uno spazio di forse trenta centimetri, trapuntato però di steli che correvano paralleli verso l'alto. Arrivarci fino nel mezzo significava arrivare a quasi cinque metri dall'orlo, un buon nascondiglio, un selvaggio per scoprirlo doveva stendersi a terra e cercarlo da sotto; ma anche in quel caso era buio pesto – e alla peggio, se l'avesse avvistato, l'avrebbe assalito uscendo all'improvviso dal folto, e poi lui si sarebbe giocato la carta di sfondare la linea e battere in ritirata verso la parte dell'isola già battuta.

Con cautela, trascinandosi dietro il suo palo, Ralph strisciò tra gli steli che montavano. Quando raggiunse il centro del tappeto, giacque immobile, in ascolto.

L'incendio era grande, e il rullo di tamburi che credeva di essersi lasciato alle spalle, lontano, si faceva invece sempre più vicino. Non era forse vero che il fuoco correva più veloce di un cavallo al galoppo? Da dove era rannicchiato, per un raggio di una cinquantina di metri, Ralph riusciva a vedere il suolo inondato di chiazze di sole: e mentre lo fissava, in ogni chiazza lampeggiava, intermittente, la luce del sole. Questa intermittenza gli sembrava uguale al sipario che gli calava sul cervello, tanto che per un istante pensò che tutto quel lampeggiare fosse dentro di lui. Ma poi le chiazze sfavillarono più rapide, si intorpidirono e si spensero, e allora si accorse che una densa cortina di fumo si ispessiva tra l'isola e il sole.

Poteva anche darsi che qualcuno avrebbe sbirciato sotto quei cespugli, adocchiando per caso della carne umana, magari Sammeric; ma allora avrebbero fatto finta di niente, e acqua in bocca con tutti. Appoggiò la guancia contro la terra color cioccolata, si umettò le labbra aride e chiuse gli occhi. Sotto i cespugli, la terra vibrava, un tremore lievissimo; o forse c'era un altro suono smorzato dal tuono roboante dell'incendio e dagli ululati stridenti, un suono troppo debole per essere udito.

Qualcuno gridò. Ralph rialzò di scatto la guancia da terra e guardò attraverso la luce intorbidita. Ormai dovevano essere vicini, pensò, e il cuore nel petto cominciò a battergli forte. Nascondersi, forzare la linea, arrampicarsi su un albero – alla fin fine, qual era la scelta migliore? Il guaio era che aveva una sola possibilità, una.

Ora il fuoco era più vicino; quei boati, come colpi di fucile, erano grandi rami, persino tronchi, che scoppiavano. Che idioti! Il fuoco doveva essere quasi già arrivato agli alberi da frutta – e domani, che cosa avrebbero mangiato?

Ralph si agitò, inquieto, nel suo giaciglio angusto. Ma che rischiava, dopotutto? Cosa potevano fargli? Picchiarlo? E poi? Ammazzarlo? Un bastone con la punta da tutte e due le parti.

Le grida, d'un tratto più vicine, lo fecero sussultare. Riuscì a vedere un selvaggio striato uscire a precipizio da un intrico verde e dirigersi verso il tappeto in cui era nascosto, un selvaggio con in mano una lancia. Ralph affondò le dita nella terra. Sta' pronto ora, casomai...

Ralph annaspò per impugnare la sua lancia e disporla con la punta in fuori; e solo allora si avvide che il suo palo aveva la punta da tutte e due le parti.

Il selvaggio si fermò a una quindicina di metri ed emise il suo grido.

Forse riesce a sentire il mio cuore, batte più forte dei boati dell'incendio. Non urlare. Sta' pronto.

Il selvaggio si fece avanti, perciò ora lo vedeva solo dalla cintola in giù. Quella era l'estremità della lancia. Ora lo vedeva solo dal ginocchio in giù. Non urlare.

Un branco di maiali uscì strillando dalla vegetazione dietro il selvaggio e corse via nella foresta. Gli uccelli gridavano, i topi squittivano, un esserino saltellò sotto il tappeto e si rifugiò lì.

Il selvaggio si fermò a cinque metri, ritto accanto ai cespugli, e gridò. Ralph puntò i piedi e si rannicchiò. Afferrava il palo con entrambe le mani, il palo con la punta da tutte e due le parti, il palo che vibrava così follemente, che diventava più lungo, corto, leggero, pesante, leggero di nuovo.

L'ululato rimbalzò da una riva all'altra. Il selvaggio si inginocchiò sul bordo del cespuglio, e dietro di lui, nella foresta, guizzavano delle luci. Ecco un ginocchio smuovere il terriccio. Poi l'altro. Due mani. Una lancia.

Una faccia.

Il selvaggio sbirciò nell'oscurità sotto i cespugli. Si capiva che intravedeva del chiarore alle estremità, ma là nel mezzo non scorgeva nulla. Nel mezzo c'era buio pesto, e il selvaggio contraeva i muscoli del volto per riuscire a decifrare quell'oscurità.

I secondi si allungavano. Ralph guardava dritto negli occhi del selvaggio.

Non urlare.

Tornerai a casa.

Ora ti ha visto, vuole esserne sicuro. Un bastone appuntito.

Ralph gridò, un grido di terrore, rabbia e disperazione. Le gambe scattarono, dritte, le grida divennero un urlo solo, che usciva da labbra schiumose. Balzò in avanti, il cespuglio esplose, era allo scoperto, urlava e ringhiava, sanguinante. Col suo palo sferrò il colpo e il selvaggio ruzzolò al suolo; ma ce n'erano altri, venivano verso di lui, strillavano. Sbandò appena una lancia gli volò davanti e poi fu il silenzio, e la corsa. All'improvviso, le luci guizzanti di fronte a lui si fusero insieme, il ruggito della foresta divenne un tuono e un alto cespuglio che incrociò sul suo cammino scoppiò in una gran fiammata a ventaglio. Sterzò a destra, correndo a perdifiato, la vampa di calore lo incalzava a sinistra e il fuoco galoppava rapido come una marea. L'ululato si alzò dietro di lui e si propagò intorno, una serie di gridolini acuti, il segnale d'avvistamento. Una figura marrone apparve alla sua destra e svanì. Correvano tutti, tutti gridavano come pazzi. Sentiva gli schianti degli inseguitori nel sottobosco, e a sinistra ecco il tuono del fuoco, caldo, accecante. Dimenticò le ferite, la fame e la sete, e fu solo paura, paura allo stato puro; paura disperata su piedi che volavano a precipizio attraverso la foresta verso la spiaggia aperta. Gli balenavano davanti agli occhi delle macchie che si mutavano in cerchi rossi e si spandevano in un lampo e scomparivano alla vista. Sotto di lui, le gambe – ma forse non erano le sue, erano quelle di qualcun altro – cominciavano a essere stanche e l'ululato feroce avanzava come un fronte irregolare e minaccioso che gli era quasi addosso.

Inciampò in una radice, e il grido che lo inseguiva si fece ancora più alto. Vide un rifugio divampare tra le fiamme e il fuoco gli lambì la spalla destra, ma ecco lo scintillio dell'acqua. E poi rotolò giù nella sabbia tiepida, ancora e ancora, si accovacciò con un braccio alzato per parare il colpo, cercò di gridare, di implorare pietà.

Si rialzò barcollando, pronto a nuovi terrori, e guardò in su: un immenso berretto militare, con la visiera. Era un berretto bianco, e sull'ombra verde della visiera spiccava una corona, un'ancora, foglie d'oro. Vide un'uniforme bianca, spalline, un revolver, una fila di bottoni dorati sul davanti dell'uniforme.

In piedi sulla sabbia, c'era un ufficiale della Marina, scrutava Ralph con guardingo stupore. Sulla spiaggia dietro di lui, una lancia; la prua in secco, sorvegliata da due marinai. A poppa c'era un altro marinaio con un fucile mitragliatore.

L'ululato vacillò e si spense.

Per un po', l'ufficiale guardò Ralph, indeciso, poi tolse la mano dal calcio della pistola.

«Ciao.»

Imbarazzato, consapevole del suo aspetto lurido, Ralph rispose, timido.

«Ciao.»

L'ufficiale annuì, come se avesse ricevuto una risposta alla sua domanda.

«Ci sono degli adulti... dei grandi qui con voi?»

Ralph scosse la testa, ammutolito. Arretrò di mezzo passo sulla sabbia e si voltò. Un semicerchio di ragazzini si era formato sulla spiaggia: corpi pitturati di strisce di creta, bastoni appuntiti tra le mani; erano lì in piedi, immobili, non facevano nessun rumore.

«Ve la state spassando» disse l'ufficiale.

Il fuoco raggiunse le palme di cocco presso la spiaggia e le inghiottì, crepitando. Una fiamma, in apparenza solitaria, ondeggiò come un'acrobata e lambì la cima delle palme sulla piattaforma. Il cielo era nero.

Allegro, l'ufficiale sorrise a Ralph.

«Abbiamo visto il vostro fumo. A che cosa stavate giocando? A una specie di guerra?»

Ralph annuì.

L'ufficiale ispezionò il piccolo spaventapasseri che aveva di fronte. Quel ragazzino aveva bisogno di un bagno, di un taglio di capelli, una pulita di naso e un bel po' di unguento lenitivo.

«Non avete ammazzato nessuno, spero? Nessun morto?»

«Solo due. E i corpi sono spariti.»

L'ufficiale si chinò e guardò Ralph da vicino.

«Due? Ammazzati?»

Di nuovo, Ralph annuì. Alle sue spalle, l'isola intera avvampava tra le fiamme. L'ufficiale intuiva, in genere, quando la gente gli diceva la verità. Si lasciò sfuggire un fischio sommesso.

Ora spuntavano altri ragazzi, alcuni erano bambinetti magri, abbronzati, con la pancia tesa e gonfia dei piccoli selvaggi. Uno di loro si avvicinò all'ufficiale e lo guardò, dal basso in alto.

«Io mi chiamo, mi chiamo...»

Ma non riuscì a dire più niente. Percival Wemys Madison cercò nella sua testa quella formula magica che era svanita per sempre.

L'ufficiale si rivolse di nuovo a Ralph.

«Vi imbarcheremo. Quanti siete?»

Ralph scosse la testa. L'ufficiale guardò il gruppo di ragazzi pitturati dietro di lui.

«Chi è il capo qui?»

«Io» disse Ralph a voce alta.

Un ragazzino che aveva in testa il relitto di uno straordinario cappello nero calzato sui capelli rossi, e appesi alla cintola un paio di occhiali rotti, stava per farsi avanti; poi cambiò idea e rimase fermo.

«Abbiamo visto il vostro fumo. E allora non sai in quanti siete?»

«Nossignore.»

«Mi aspettavo,» disse l'ufficiale, mentre faceva mente locale sulle ricerche che avrebbe dovuto svolgere «mi aspettavo che un gruppo di ragazzi inglesi... siete tutti inglesi, vero?... sarebbe stato capace di fare un po' meglio... voglio dire...»

«All'inizio sì,» rispose Ralph «prima che...»

Tacque.

«Eravamo insieme, allora...»

L'ufficiale annuì, comprensivo.

«Lo so. Andava tutto a gonfie vele. Come nell'Isola di corallo.»

Ralph lo guardò senza fiatare. Per un istante, ebbe la fugace visione dello strano incanto che un tempo aveva avvolto quelle spiagge. Ma l'isola era bruciata come legna secca... Simon era morto e Jack aveva... Le lacrime cominciarono a rigargli il viso e fu scosso dai singhiozzi. Per la prima volta da quand'era sull'isola, si abbandonò al pianto; spasmi di dolore immensi, frementi, che gli squassavano tutto il corpo. Il suo pianto si levò dalla coltre del fumo nero, davanti al relitto dell'isola in fiamme; contagiati da quello sfogo emotivo, anche gli altri ragazzini iniziarono a singhiozzare tra gli spasmi. E in mezzo a loro, col corpo sudicio, i capelli aggrovigliati, il naso che colava, Ralph pianse la fine dell'innocenza, l'oscurità del cuore dell'uomo, e la caduta nel vuoto dell'amico vero, del suo saggio amico chiamato Piggy.

L'ufficiale, circondato da tanti lamenti convulsi, era commosso e un po' imbarazzato. Si girò di spalle, per dare ai ragazzi il tempo di riprendersi; e attese, lasciando riposare gli occhi sul profilo dell'incrociatore, slanciato in lontananza.

Postfazione

È un compito ingrato raccontare favole[1]

di William Golding

«Zietto,» dice il *fool* nel *Re Lear* «tu ti sei rasato il cervello da tutt'e due le parti e non hai lasciato niente in mezzo. Ecco che viene una delle tue rasature.»[2] La "rasatura" in questione è Goneril, che lancia al buffone un'occhiataccia. Nessuno sa per certo che fine faccia il *fool*: a metà del dramma sparisce in circostanze misteriose, ma non dobbiamo sorprenderci; con il suo comportamento sembrava chiedere che venissero prese misure drastiche nei suoi confronti. Ha offerto proprio un consiglio scomodo: «Hai fatto male a fare delle tue figlie le tue madri!».[3] Cerca di consolare Lear, di distrarlo dai suoi dolori, ma

[1] Il saggio, intitolato *Fable* in originale, è tratto dalla raccolta di prose di William Golding *The Hot Gates and Other Occasional Pieces* (Faber and Faber, London 2013). Alla fine della prefazione l'autore specifica: «Dovrei dire qualcosa a proposito del saggio intitolato *Fable*. Nel 1962 sono stato invitato a tenere una serie di conferenze alla UCLA in California. La seconda di queste conferenze riguardava aspetti del mio romanzo *Il Signore delle Mosche*, visto che è stato inserito come lettura obbligatoria per gli studenti del campus. Perciò ho elaborato questa lezione e l'ho tenuta in diverse università americane, affinché rispondesse ad alcune delle domande che mi venivano rivolte con più frequenza dagli studenti. La pubblico qui nella speranza che possa continuare a farlo». (*NdT*)

[2] William Shakespeare, *Re Lear*, I, IV, traduzione di Agostino Lombardo. (*NdT*)

[3] La citazione è inesatta, perché alla domanda di Lear: «Da quand'è che sei così pieno di canzoni, furfante?» il *fool* risponde con l'affermazione: «Da quando, Zietto, hai fatto delle tue figlie le tue madri», alludendo quindi all'errore del sovrano. (*NdT*)

ogni volta viene fuori l'amara verità. E notare che non dice mai: «Sei stato folle a metterti alla mercé delle tue figlie malvagie»: la verità è sempre metaforica. Per questo sparisce; e nonostante Shakespeare non lo dica da nessuna parte, credo sia piuttosto chiaro che le figlie di Lear alla fine l'hanno preso. Perché il *fool* raccontava favole, e i favolisti non sono mai ben accetti. Sono quelli che bazzicano ai margini della storia e appaiono nelle raccolte di aneddoti sotto forma di schiavi o giullari, di cortigiani avventati, oppure di semplici uomini saggi. Dicono al dittatore, al monarca assoluto, quello che dovrebbe già sapere ma che non vuole sentirsi dire. Di solito finiscono impiccati, o decapitati, oppure garrotati, a meno che non siano così furbi da levarsi d'impiccio con l'ennesima battuta arguta. È un compito ingrato, raccontare favole.

Il motivo è piuttosto chiaro: chi racconta favole è un moralista; non può inventare una storia senza infilarci una lezione morale. Nell'organizzare i propri simboli non ottiene una profondità su più livelli, ma ciò che ci si aspetta dai simboli, ovvero che rimandino a un significato chiaro. Per la natura del suo mestiere, allora, il favolista è didascalico, vuole trasmettere una lezione morale. La gente però non ama le lezioni morali; la pillola deve essere zuccherata, ovvero arguta, divertente, o almeno coinvolgente in un modo o nell'altro. Inoltre, il moralista deve restare fuori dalla portata della sua vittima quando questa è colpita in pieno dall'impatto della lezione; egli parte infatti da un presupposto imperdonabile: quello di saperne di più del suo lettore. E non lo salvano nemmeno le sue buone intenzioni: se la pillola non è zuccherata a sufficienza non sarà inghiottita; se la morale è terribile al punto giusto egli sarà considerato disumano; e se la sua parabola sarà sufficientemente affilata e affonderà nel profondo, allora il moralista verrà addirittura crocefisso.

Qualsiasi favola di Esopo potrebbe fungere da esempio. La volpe che perde la coda in una trappola, e che poi cerca di convincere le altre volpi a tagliarsi la loro dicendo che sono più belle così, è una situazione che ha sicuramente dei paralleli nell'esperienza umana. Ma non se ne può ricavare un modello in scala. Ecco perché nella splendida favola di George Orwell, *La fattoria degli animali*, dovendo scegliere tra snaturare la situazione umana e modificare la natura degli animali, l'autore opta per quest'ultima soluzione. Spesso ci dimentichiamo che si tratta di animali: sembrano esseri umani, e i brillanti meccanismi di Orwell li pongono in una situazione che permette all'autore di sottolineare le questioni morali che gli interessano; leggendo il suo libro intenso e divertente ne accettiamo la lezione, adattandola alla nostra esperienza oltre che a quella dell'autore. Per quanto riguarda le favole dei secoli scorsi, *I viaggi di Gulliver, Il pellegrinaggio del Cristiano,* forse anche *Robinson Crusoe,* i bambini le adorano per via del loro naturale bisogno di divertirsi, e quindi schivano la morale e si godono la storia. Ma ai bambini non piace *La fattoria degli animali*: perché le povere bestie dovrebbero soffrire così? Per quale motivo anche la loro vita dovrebbe essere senza scopo né speranza? Forse, nel ventesimo secolo, abbiamo bisogno di costruire favole non adatte ai bambini.

Pur con tutti gli inconvenienti e le difficoltà del caso, nel primo romanzo che ho pubblicato ho adottato proprio questo metodo per presentare in forma di favola la verità così come la vedevo. Nel complesso, il mio scopo si può riassumere in modo abbastanza semplice: prima della Seconda guerra mondiale credevo nella perfettibilità dell'uomo sociale; ritenevo che una struttura sociale corretta avrebbe prodotto buone intenzioni, e che quindi una sua riorganizzazione avrebbe potuto eliminare tutti i mali della società. Forse oggi credo di nuovo in qualcosa di simile, ma dopo la guerra no di certo, non ci riuscivo più. Avevo scoperto quello che gli uomini possono fare ai loro simili. E non sto parlando di uccidere qualcuno sparandogli, o lanciandogli una bomba, o facendolo saltare in aria, o silurandolo. Penso invece alla viltà delle parole che sono state pronunciate, di anno in anno, negli stati totalitari. È già abbastanza terribile affermare che così tanti ebrei sono stati sterminati, che così tante persone sono state liquidate – parola carina ed elegante; ma in quel periodo sono state perpetrate azioni da cui ancora oggi devo distogliere la mente per non sentirmi fisicamente male; azioni compiute, con grande abilità e freddezza, non dai cacciatori di teste in Nuova Guinea, o da qualche tribù primitiva dell'Amazzonia, ma da uomini istruiti, dottori, avvocati, da persone con una tradizione di civiltà alle spalle, nei confronti di esseri umani come loro. Non voglio scendere nei dettagli, preferirei sorvolare; ma chiunque sia vissuto in questi anni senza capire che l'uomo produce il male come l'ape produce il miele dev'essere cieco o avere qualche problema mentale. Prendiamo un esempio da una situazione sociale: di solito andiamo in giro vestiti, comportandoci come se non avessimo genitali: intorno a quella parte così necessaria dell'anatomia umana si sono sviluppati tabù e proibizioni. Ma quando siamo malati dobbiamo mostrare al dottore l'intera struttura del corpo; quando la situazione è davvero grave siamo costretti ad ammettere che ce li abbiamo, i genitali. Mi sembra che nella società occidentale dell'Ottocento e del primo Novecento tabù molto simili siano sorti intorno alla natura dell'uomo: si riteneva che gli aspetti più tristi come la crudeltà e la lussuria non facessero intrinsecamente parte dell'essere umano, e quando vennero alla luce furono considerati aberranti; si costruirono sistemi sociali e politici estranei alla reale natura dell'uomo – vere e proprie sinfonie politiche – che avrebbero perfezionato la maggior parte delle persone, contribuendo quantomeno a ridurre le aberrazioni.

Per quale motivo, allora, queste strutture non hanno mai funzionato? Come hanno fatto i concetti idealistici del socialismo primitivo a sfociare nello stalinismo? Come ha potuto l'idealismo politico e filosofico della Germania produrre quale risultato ultimo l'ascesa al potere di Adolf Hitler? Ero sempre più convinto che si stesse mettendo il carro davanti ai buoi, preoccupandosi più del sistema che delle persone. Mi sembrava che l'avarizia, l'innata crudeltà e l'egoismo degli uomini venissero nascosti, per così dire, sotto un paio di braghe politiche. Allora credevo che l'uomo fosse malato – non parlo dell'anomalia, dell'eccezione, bensì dell'uomo comune. Ritenevo che l'umanità fosse affetta da una malattia morale, e che il meglio che potessi fare all'epoca fosse identificare il collegamento tra la sua natura malata e il caos internazionale in cui si era cacciata.

A molti di voi tutto ciò sembrerà piuttosto trito, ovvio e familiare in termini teologici: l'uomo è un essere decaduto; è stretto nella morsa del peccato originale; la sua natura è quella di peccatore e la sua condizione è di costante pericolo. Da parte mia accetto la teologia e ammetto l'ovvietà del discorso; tuttavia ciò che è trito è anche vero, e un truismo può diventare qualcosa di più quando vi si presta una fede appassionata. Mi sono guardato intorno alla ricerca di una forma adatta in cui poter esprimere la mia tesi, e l'ho trovata nei giochi dei bambini. Ero nella posizione giusta, perché in quel periodo insegnavo proprio a loro. Inoltre sono a mia volta figlio, fratello e padre; vivo da tanti anni a contatto con i ragazzini, li capisco e li conosco con terribile precisione. Ho deciso di usare la convenzione letteraria dei ragazzi su un'isola, solo che li ho resi persone reali invece che figurine di carta senza vita, e ho cercato di mostrare come la forma di società che sviluppano sarebbe stata condizionata dalla loro natura malata, decaduta.

Vale la pena soffermarsi un momento su quella grande storia paradigmatica di ragazzi su un'isola che è *The Coral Island* (*L'isola di corallo*) di Robert M. Ballantyne, romanzo pubblicato un secolo fa, all'apice del compiacimento, dell'ignoranza e della prosperità vittoriana. Non posso fare a meno di citare le parole del professor Carl Niemeyer a proposito di questo libro:

> Ballantyne fa naufragare i suoi tre ragazzi – Jack, di diciotto anni; Ralph, il narratore, di quindici anni; e Peterkin Gay, personaggio dai tratti comici, di tredici anni – in un luogo imprecisato nei Mari del Sud, su un'isola corallina deserta. Jack è un leader nato, ma sia Ralph sia Peterkin possiedono capacità preziose per la sopravvivenza. Jack è quello con più buonsenso e lungimiranza, ma Peterkin si rivela abile a uccidere i maiali, mentre Ralph, quando più avanti nel libro si ritrova da solo su una goletta, separato dai suoi amici, riesce a dirigere con freddezza la rotta verso l'Isola di Corallo senza neppure l'ausilio delle stelle: un'impresa piuttosto rimarchevole, quasi al livello di quella compiuta dal capitano Bligh.[4] La vita dei ragazzi

[4] William Bligh (1754-1817) è stato un ufficiale britannico, noto soprattutto per essere stato al comando della HMS *Bounty* durante il celebre ammutinamento. L'impresa a cui si riferisce Niemeyer è la navigazione di oltre 3500 miglia nautiche (circa 6700 chilometri) compiuta da Bligh in quarantasette giorni a bordo di una lancia – senza carte nautiche e con il solo ausilio di una bussola, un orologio da tasca, un quadrante e un sestante che non funzionava bene – fino all'isola di Timor, con i diciotto marinai rimastigli fedeli dopo l'ammutinamento (uno solo dei quali perì durante il viaggio). (*NdT*)

sull'isola è idilliaca, e loro stessi sono privi di malizia o cattiveria, anche se accadono alcuni episodi curiosi in cui Ballantyne sembra alludere a qualcosa che egli stesso, come anche i suoi personaggi, fatica a comprendere... Il libro di Ballantyne solleva il problema del male – che giunge ai ragazzi non dal loro interno, bensì dal mondo esterno. Certamente la natura tropicale è benevola, ma gli uomini che popolano questo mondo non cristiano sono malvagi. Ad esempio sull'isola arrivano dei selvaggi cannibali stipati in una canoa, intenti a inseguirne un'altra: ne risulta una battaglia crudele e sanguinosa, che i ragazzi osservano con orrore, finché i selvaggi abbandonano l'isola. Un po' di tempo dopo i ragazzi ricevono ancora visite, questa volta di pirati (uomini bianchi che hanno abbandonato o rifiutato con disprezzo il loro retaggio cristiano), i quali riescono a catturare Ralph. Alla fine i pirati vengono meritatamente sconfitti, e nell'episodio finale del libro gli indigeni si sottopongono a un'immotivata conversione al Cristianesimo, che modifica totalmente la loro natura appena in tempo per salvare i ragazzi dalle loro grinfie.

La visione dell'uomo di Ballantyne è quindi ottimistica, al pari della sua idea del coraggio e dell'ingegnosità con cui i ragazzi inglesi riescono trionfalmente a domare le isole tropicali; allo stesso modo l'Inghilterra impone il suo impero e la sua religione su razze umane senza legge.[5]

Quella di Ballantyne era un'isola del diciannovesimo secolo popolata di ragazzi inglesi; la mia doveva essere un'isola del ventesimo secolo, anch'essa abitata da ragazzi inglesi. Qui in America posso dire ciò che a casa non direi: cioè che condanno e detesto i difetti del mio Paese proprio perché vado fiero delle sue tante virtù. Una delle nostre pecche è di credere che il male sia altrove, o comunque intrinseco a un'altra nazione. Il mio libro voleva invece affermare: ora che la guerra è finita e che qualcosa di maligno è stato distrutto, pensate di essere al sicuro perché siete persone naturalmente gentili e perbene. Ma io so perché il male è sorto in Germania; so che potrebbe accadere in ogni Paese. Potrebbe succedere anche qui.

[5] Carl Niemeyer, *The Coral Island Revisited*, in «College English», vol. 22, n. 4 (January 1961), pp. 241-45. La citazione si trova a p. 242. (*NdT*)

Per questo i ragazzi provano a costruire una civiltà sull'isola, che però finisce nel sangue e nel terrore proprio perché soffrono di una terribile malattia: quella di appartenere alla razza umana.

Il protagonista è Ralph, la persona media, o forse superiore alla media, dotata di buonsenso e buona volontà; compie degli sbagli solo perché all'inizio non capisce la natura della malattia di cui soffrono tutti. I ragazzi si ritrovano in un paradiso terrestre, un mondo che in realtà è molto simile al nostro, con ricchezze senza limiti, pieno di bellezza e di risorse; hanno un'età in cui il sesso è ancora qualcosa di latente, perché non volevo complicare la questione con quell'aspetto relativamente banale. Non dovevano lottare per la sopravvivenza, perché non mi interessava un'esegesi marxista. La catastrofe non sarebbe derivata dallo sfruttamento di una classe sull'altra, ma solo e semplicemente dalla brutalità della loro natura. Nel complesso doveva emergere la tragica lezione che gli inglesi hanno dovuto imparare nell'arco di un secolo: cioè che ogni gruppo di persone è intrinsecamente simile a ogni altro, e che l'unico nemico dell'uomo è dentro di lui. L'immagine del cambiamento che sarebbe avvenuto, così come ce l'avevo in mente, era esemplificato in due scene relative al piccolo Ralph. La prima è quando scopre di trovarsi su una vera isola deserta e gioisce della scoperta. Ecco l'innocenza e la speranza; ma la scena cambia e il libro è strutturato in modo che l'ultima immagine che avremo di Ralph sarà molto diversa. Alla fine arriva a comprendere la natura decaduta dell'uomo, e che ciò che si frappone tra lui e la felicità proviene da dentro; una lezione trita, come ho già detto, ma che ritenevo necessario ribadire con urgenza.

Tuttavia, se si considera la condizione umana in generale come lo sfondo di una favola, essa diventa disperatamente complessa, per quanto abbia curato il libro nei minimi dettagli.

Prendiamo ad esempio la parola "storia": mi sembra che essa abbia due significati comuni, entrambi assai importanti. Il primo è quello che si potrebbe definire accademico – la storia, se volete, che si insegna all'università –, che per me non solo è importante, ma di un'importanza suprema. Si tratta di quello sguardo oggettivo ma anche impegnato con cui l'umanità osserva il proprio passato; ed è in quello sguardo, in quel tentativo di vedere come hanno fatto le cose a diventare ciò che sono, dov'è che sono andate male e dove invece bene, che giace la nostra unica speranza di esercitare qualche forma di controllo sul nostro futuro. L'esplorazione del mondo fisico è un'arte, con tutti i relativi piaceri estetici; ma la conoscenza che ne ricaviamo non è immediatamente applicabile ai problemi che abbiamo sottomano. Tuttavia la storia è una forma di autoconoscenza, e può darsi che, con un po' d'attenzione, questa autoconoscenza potrà essere sufficiente a fornirci qualche giusta indicazione su come comportarci in futuro – non più di qualche indizio, però, perché oggi ci troviamo nella stessa condizione di sempre: quella di condannati a morte.

Ma c'è un'altra forza che chiamiamo storia, e proprio qualche giorno fa ho avuto una spiritosa dimostrazione di quanto questa sia incontrollabile, anche tra il più distaccato tra gli uomini. Stavo visitando l'ultimo campo di battaglia della guerra tra gli Stati, la Guerra civile americana, un episodio storico che sono in grado di considerare con una certa oggettività. Il mio autista era uno studioso proveniente dal Sud, e il suo racconto della vicenda era un vero e proprio esempio di obbiettività storica. Mi ha spiegato come il Sud si fosse imbarcato in una guerra che non poteva sperare di vincere, sostenendo un modello di società che non poteva sperare di sopravvivere. Forse era un po' più severo nei confronti del Sud di quanto lo sarebbe stato uno del Nord, ma sempre a ragion veduta. Col passare delle ore la sua voce iniziò a tornare alle origini e subentrò un po' d'emozione – non troppa, perché naturalmente era uno studioso, e gli studiosi sono distaccati e impassibili, giusto? A una prudente andatura di sessantacinque chilometri all'ora seguivamo le sorti vacillanti della guerra, finché ci addentrammo in Virginia. Qui, mi disse, Lee aveva messo in atto l'ultima incredibile prodezza tattica in difesa di Richmond; qui Grant aveva aggirato – ma cosa stava succedendo? La sua voce aveva perso ogni accenno di erudizione. La velocità dell'automobile era impercettibilmente aumentata. Quando arrivammo ad Appomattox quest'uomo istruito ed effettivamente piuttosto cinico borbottò: «Bah, sciocchezze!», e oltrepassò a centoventi all'ora il luogo dove Lee si arrese a Grant.

Questa è una forza diversa dalla storia che si insegna all'università: è la storia che si avverte nel sangue e nelle ossa. A volte le viene dato qualche nome dignitoso, ma dentro di me non sono sicuro che possa essere altro fuorché dannosa. A ogni modo si tratta di un problema storico e politico che non dobbiamo risolvere qui e ora. Quello che voglio dire è che per quanto patetiche o divertenti possiamo ritenere queste piccole manifestazioni di pregiudizio, quando superano un certo livello nessuno al mondo può dubitare che siano totalmente negative: gli ebrei e gli arabi in nome della religione, gli ebrei e gli ariani in nome della razza, i negri e i bianchi in nome di Dio solo sa cosa.

E a creare danni non sono solo questi spettacolari esempi tratti dalla storia. Io sono europeo e ottimista, ma non credo che la storia sia qualcosa di meramente teorico. Per molti anni, ogni qualvolta riflettevo sulle nostre frontiere nazionali sprofondavo in una sorta di disperazione. In Europa le frontiere assomigliano alle rughe su un viso anziano, e l'unica soluzione per eliminarle è la morte del corpo. Adesso mi farete notare che l'Europa si sta già orientando verso una sorta di confederazione; sono d'accordo, e aggiungo che quella confederazione ha il pieno supporto di ogni persona di buonsenso e buona volontà. Ma le rughe sono così profonde, e non mi viene in mente nessuna confederazione nella storia che si sia volontariamente sottomessa a un'autorità sovranazionale senza che almeno uno dei suoi membri abbia combattuto una guerra per contestarla. In Europa c'è sempre stato, e c'è ancora oggi, un terribile sostrato di ostilità nazionale, trasmesso di generazione in generazione. Certi modi di pensare sono diventati istinti, a volte vengono addirittura incoraggiati a scuola o nelle università, anche se raramente vengono insegnati; è un retaggio inconscio inculcato ai figli dai genitori.

Una donna, e come lei un'anziana signora francese di mia conoscenza, che aveva dovuto subire l'esperienza della conquista per ben tre volte, nel 1870, nel 1914 e nel 1940, aveva sviluppato un odio così profondo verso i tedeschi da tremare ogni volta che ci pensava. In realtà, mentre scrivo queste parole sono cosciente di risentimenti, indignazioni e forse anche di paure dentro di me che non hanno nulla a che fare con l'attualità, con l'Inghilterra e la Germania di oggi – in breve, con la realtà –, ma che nonostante tutto sono lì. Le ho assorbite attraverso questo tipo di storia extrauniversitaria; e a meno che non faccia uno sforzo consapevole finirò per trasmetterle ad altri. È in questi impulsi e pregiudizi, forse anche in alcuni odi *giusti* e tuttavia retrogradi, che si crogiolano alcuni genitori in cerca di emozioni a buon mercato, per poi trasmetterli ai loro bambini senza esserne propriamente coscienti e perpetuare così i contrasti attraverso le generazioni.

Un esempio meno doloroso di questo meccanismo è il modo in cui, quando un inglese e un americano si trovano insieme, salta sempre fuori la vecchia, triste storia della Rivoluzione del Settecento, così che l'americano, i cui antenati magari risiedono negli Stati Uniti solo dal 1911, si arrogherà tutti gli splendori di quella lotta, mentre l'inglese, anche se ha dedicato la vita a sostenere e perpetuare princìpi liberali, si troverà spinto nella ridicola posizione di difensore del suo compatriota Giorgio III. In queste occasioni, la mia tecnica consiste nel cominciare a parlare della violenta occupazione del mio Paese da parte degli antichi romani e dell'eccezionale resistenza dei nostri eroi, la regina Boadicea e re Artù. Alcuni di questi esempi sono volutamente ridicoli, e come tali sono accettati dalle parti in causa; sicuramente sono meno seri della partigianeria innescata da altri tipi di competizioni, e tuttavia sono sintomatici. Non dovremmo sottovalutare la potenza distruttiva di queste emozioni. L'unica nazione ad aver abbandonato il Commonwealth britannico nei secoli recenti è stata l'Unione Sudafricana, costrettavi dalla condanna universale, seppur talvolta autocompiaciuta, della politica adottata nei confronti della sua popolazione nera. Ma un quarto di secolo fa Inghilterra e Australia furono scosse sino alle fondamenta dei loro interessi comuni da una partita di cricket. Chi pensa che ciò sia incredibile non comprende la fragilità del legame che unisce queste due nazioni, oppure non capisce le violente passioni che il cricket può suscitare. Ma il punto è che di fatto molti inglesi cominciarono a ritenere gli australiani sgradevoli, irrazionali, maldisposti, vendicativi; e viceversa. Per un momento entrambe le nazioni, o perlomeno i loro membri più stupidi – e in ogni nazione c'è sempre abbastanza gente stupida da costituire un considerevole movimento di massa – si schierarono apertamente dietro i loro eroi culturali: da una parte un velocissimo e preciso lanciatore, dall'altra un battitore che accusava l'altro di averlo colpito ripetutamente alla testa. Se vi sembra che quell'agglomerato casuale di nazioni che è il Commonwealth possa produrre qualcosa di buono, considerate una fortuna che Inghilterra e Australia distino quasi ventimila chilometri. Se invece di mezzo mondo le avesse separate solo un oceano relativamente piccolo, magari l'Australia avrebbe raccolto orgogliosamente le sue mazze continuando a giocare a cricket da sola. È stato George Orwell a commentare la forza distruttiva delle competizioni internazionali, e chiunque abbia visto in televisione una partita tra due nazioni europee non potrà dargli torto: ecco gli istinti selvaggi, la sete di sangue, ecco l'orribile nazionalismo che alza la sua testa di gorgone.

Quello che sto cercando di fare è raggruppare quegli elementi – alcuni orribili, altri semplicemente divertenti, ma tutti significativi – che a mio parere fanno la forza della storia extrauniversitaria; derivano dalla mancanza di empatia tra esseri umani, dall'ignoranza dei fatti, dall'oggettivizzazione delle nostre inadeguatezze che ci spinge a cercare capri espiatori. Nei momenti di ottimismo ho avuto la sensazione che l'istruzione e forse un miracolo o due sarebbero bastati a eliminarne gli elementi più pericolosi. Ma quando mi sento pessimista, mi appaiono come una trappola in cui gli esseri umani sono caduti con la cupa inevitabilità dei dinosauri, che rimasero intrappolati nella loro inutile armatura. Perché se l'umanità ha davanti a sé un futuro di cento milioni di anni su questo pianeta, è impensabile che debba trascorrere questi eoni in un fervore di autocompiacimento nazionalista e idiozie scioviniste. Mi sentivo pessimista quando nella mia favola ho cercato di includere un simbolo che si riferiva a questo aspetto.

Il problema della storia extrauniversitaria è che è sempre già morta. È un mantello di prestigio nazionale in cui si avvolge chi è privo di istruzione per ripararsi dal vento dell'autoconoscenza personale; è qualcosa di morto che viene trasmesso, ma che non vuole restare sepolto; è una creatura mostruosa che ci arriva dai nostri antenati e che non produce altro che divisione e caos; la guerra e i disordini ne sostengono la spettrale e ironica parvenza di vita. Tutte le marce e le contromarce, le bandiere, gli eroismi e le crudeltà sono spasmi galvanici indotti da quella cosa odiosa e parodica nei suoi schiavi e nei suoi sudditi. Quando ho elaborato un simbolo che la rappresentasse, quindi, ho dovuto renderla come qualcosa di morto ma che continuasse a possedere una sorta di vita. Sarebbe dovuta arrivare nella mia isola di ragazzi dal mondo degli adulti. C'era solo un modo in cui potevo farlo: per prima cosa ho dovuto cogliere i ragazzi in un momento in cui il giudizio e l'autorevolezza della maturità avrebbero potuto salvarli, così come in tante occasioni avremmo potuto salvare i nostri figli, o noi stessi. Visto che in una favola un romanziere non dovrebbe mai fare apertamente la predica, ho dovuto evidenziare la situazione in modo da lasciar intuire la consapevolezza, vagamente presente nei ragazzi, che la saggezza e il buon senso vadano ricercati nel mondo degli adulti. I protagonisti dovevano anelare a questo mondo nel momento in cui cominciavano ad avvertire l'inadeguatezza delle loro forze. Quindi ho ideato una scena in cui provano a tenere un'assemblea per fare il punto della situazione, solo per scoprire che emergono altre questioni – problemi che avrebbero preferito ignorare. Alla fine l'assemblea degenera; i ragazzi la cui regressione avviene più rapidamente cominciano quella danza di guerra che corrobora il senso della loro forza e del gruppo. È buio. I pochi rimasti, disorientati, preoccupati, circondati da minacce e misteri percepiti solo a metà, si ritrovano ad affrontare un problema, il mantenimento di un fuoco sulla montagna, la cui soluzione un tempo sembrava così semplice ma che si rivela ben oltre le loro possibilità; questi pochi ragazzi di buona volontà sono alla ricerca di qualche speranza, di una forza positiva, di buon senso: «"Se solo potessero mandarci un messaggio" gridò Ralph, disperato. "Se solo potessero inviarci qualcosa dal loro mondo di grandi... un segnale, o qualcosa del genere"». Quello che mandano gli adulti è effettivamente un segnale, un simbolo da inserire nella favola; ma in un'ottica favolistica, quel simbolo arbitrario rappresenta proprio la storia extrauniversitaria, quella cosa che minaccia tutti i bambini dovunque, la storia di sangue e intolleranza, di ignoranza e pregiudizio, quella cosa che è morta ma che non vuole restare sepolta.

Non è necessario riportare la citazione, tuttavia forse vale la pena notare che questa figura che è morta ma che non vuole restare sepolta appare proprio nel luogo in cui i ragazzi stanno facendo il loro unico tentativo costruttivo di chiedere aiuto. Essa domina la cima della montagna e quindi impedisce loro di mantenere vivo un fuoco per le segnalazioni. Se vogliamo prendere un esempio storico reale, forse il fuoco è come la Società delle Nazioni, nella quale in passato venivano riposte grandi speranze, ma che ormai è defunta da tempo: quello sforzo grandioso verso una stabilità internazionale crollò davanti alle pressioni del nazionalismo, fondate su ignoranza, invidia, avarizia – davanti alle pressioni della storia extrauniversitaria che era morta ma che non voleva restare sepolta.

A questo punto devo ammettere una serie di perplessità, non tanto nella teoria in sé, quanto nel risultato. La favola, come metodo, dipende da due fattori, entrambi inaffidabili. Prima di tutto, lo scrittore deve avere un'immagine coerente del proprio argomento; ma se sceglie di affrontare l'intera condizione umana, la sua immagine probabilmente risulterà un po' offuscata ai margini. In secondo luogo, una favola può essere considerata, con un paragone esatto, alla stregua di una parabola; e quindi i paralleli letterari tra la favola e la vita che rappresenta non possono estendersi all'infinito. Non dipende solo dal fatto che un modello su piccola scala non può risultare esatto in ogni dettaglio; è che qualsiasi vita presa in esame porta con sé tutta una serie di collegamenti, i quali non sempre hanno rapporti significativi con l'argomento preso in considerazione. Perciò la favola è più efficace quando rimane tale, quando si muove entro limiti rigorosi. *La fattoria degli animali* di Orwell è circoscritta alla riflessione e alla satira di una precisa situazione politica. In altre parole, la favola deve restare sotto stretto controllo. Eppure è proprio a questo punto che l'immaginazione può sfuggire di mano.

È bene precisare che ora non mi sto riferendo al normale esercizio dell'immaginazione, che consiste, come ci insegnano, nella selezione e riconfigurazione di immagini già latenti nella mente. C'è un'altra esperienza possibile, che alcuni ritengono ammirevole e altri patologica. Mi ricordo quando una volta, tanti anni fa, ho cercato di bucare una superficie blindata con un trapano. La blindatura è congegnata proprio per resistere a questo tipo di operazione – un fatto che in quel momento mi sfuggiva. Nella mia estrema ignoranza ho inserito la punta del trapano nel mandrino avvitandola solo per un centimetro e mezzo. Afferrato il trapano, ho avvicinato alla blindatura la punta rotante, che ha oscillato per un secondo e poi, con una forte esplosione, è partita in tutte le direzioni, spaccando due finestre e portando con sé un brandello della mia uniforme. Poi, più saggiamente, ho inserito la seconda punta più in profondità nel mandrino, facendone sporgere solo una piccola estremità, tenuta spietatamente ferma in quelle ganasce d'acciaio; quindi, facendola ruotare con la forza di molte centinaia di cavalli, l'ho avvicinata alla blindatura. Stavolta l'operazione ha avuto successo: sono riuscito a fare un forellino rovente, anche se ovviamente ho rovinato la punta. Vi assicuro che questo aneddoto, per stupido che possa sembrarvi, è la rappresentazione migliore che conosco per questo tipo di processo immaginativo: c'è la stessa spietata concentrazione, la stessa forza di volontà, lo stesso bersaglio apparentemente impenetrabile, la stessa pressione applicata costantemente su un piccolo punto. L'aspetto della favola preso in considerazione attraverso l'immaginazione non diventa più reale del mondo reale, ma lo spinge da parte. L'autore si fa spettatore, inorridito o affascinato, ma pur sempre spettatore: come può essere sicuro, infatti, che in quel momento sta mantenendo un rapporto tra la favola e il mondo a cui sta facendo la morale, quando è conscio solo di uno dei due? Io credo che non possa mai essere del tutto sicuro. Una tale esperienza, ottima in un romanzo che non voglia porsi come parabola, deve sicuramente condurre a uno stravolgimento della favola. Eppure non è forse quella l'esperienza che ci aspettiamo e speriamo che abbia il romanziere?

Proviamo a fare un esempio. Per ragioni che non è necessario specificare, ho incluso una figura cristologica nella mia favola. Si tratta del ragazzino Simon, solitario, balbuziente, innamorato dell'umanità, un visionario che arriva a comportarsi con buon senso attraverso l'intuizione piuttosto che la ragione. Di tutti i ragazzi, è l'unico ad avvertire il bisogno di restare solo e così di tanto in tanto si reca nella foresta. Poiché questo libro è del tipo che si può spiegare in molti modi differenti, fatichereste a credere quante interpretazioni sono state date agli spostamenti di Simon nella foresta. A ogni modo va lì e prega, così come avrebbe fatto Giovanni Maria Vianney[6] da bambino e qualche altro santo – anche se non molti. Egli trasforma davvero una parte della giungla in una chiesa, non fisica, forse, ma spirituale. C'è una scena che avviene quando la civiltà ha già cominciato a disgregarsi sotto la pressione congiunta della natura dei ragazzi e della cosa ancora acquattata in cima alla montagna, quando i cacciatori portano davanti a lui, senza sapere che si trova lì, il loro falso dio, la testa di maiale su un bastone. È a questo punto di concentrazione immaginifica che ho scoperto che la testa di maiale sapeva che Simon era lì. In realtà la testa di maiale pronuncia pure una sorta di sermone al ragazzo, parla davvero. Lo so perché l'ho sentita.

Questo è un esempio di come una favola, quando si estende in forma di romanzo, possa facilmente sfuggire di mano. Per fortuna la teologia del Signore delle Mosche era abbastanza simile alla mia da nascondere il fatto che scrivevo sotto sua dettatura. Non penso che la favola mi sia proprio sfuggita di mano, ma ci sono molti punti in cui sono sicuro che è un po' scucita; se davvero è così, mi piacerebbe pensare che queste fessure non derivano da inettitudine o inadeguatezza, bensì da un eccesso di immaginazione. A mio parere, è meglio peccare per eccesso che per difetto, almeno per quanto riguarda l'esercizio dell'arte.

E poi ricordo a me stesso che, dopotutto, l'interpretazione

[6] Jean-Marie Baptiste Vianney (1786-1859), noto come il Curato d'Ars per il luogo in cui esercitò la sua intensa vita pastorale, fu beatificato nel 1925 da Pio XI e in seguito proclamato "patrono di tutti i parroci del mondo". La sua fama di fervente confessore – si definiva "prigioniero del confessionale" – attirava pellegrini da diverse località. La sua infanzia e adolescenza furono segnate da una forte vocazione, ostacolata inizialmente dal padre a cui servivano braccia per mandare avanti il lavoro dei campi. (*NdT*)

finale di segno, simbolo, favola e mito – e in particolar modo ciò vale per la favola – è un esercizio più analitico che artistico. Sospetto che l'arte, così come l'esperienza, costituisca un *continuum*: se cerchiamo di togliere elementi da quel *continuum*, l'una e l'altra cesseranno di essere ciò che erano, proprio perché le componenti non sono più insieme. Prendete queste parole, quindi, come un tentativo di indicare tendenze e possibilità, piuttosto che come norme concrete. Non può essere forse che, proprio in quei momenti in cui sentivo che la favola assumeva vita propria, in realtà stava diventando qualcosa di più prezioso, così che ogni volta che pensavo di aver fallito in realtà era proprio lì che avevo più successo? Lascio questa considerazione alle molte persone istruite e devote che mi hanno spiegato, a parole e su carta stampata, cosa significa la storia del mio libro. Per quel che mi riguarda, la mia posizione è un po' cambiata rispetto a quando scrivevo il libro; non ritengo più che l'autore abbia una sorta di *patria potestas* sui frutti del suo ingegno. Una volta pubblicati, i libri diventano maggiorenni e l'autore non ha più autorità su di loro – non che ne sappia di più nei loro confronti, anzi, forse ne sa di meno rispetto al critico che vi arriva *ex novo* e li vede non come l'autore sperava che sarebbero stati, ma come sono veramente.

Alla fine la favola ha attirato l'attenzione ed è partita per il mondo, e ciò ha avuto su di me effetti contrastanti e non del tutto soddisfacenti. Di buono c'è stato che mi ha portato qui, a più di diecimila chilometri da casa – anche se il volo mi ha reso un po' itterico. E poi ha fatto sì che continui ad arrivarmi un flusso costante di lettere: ne ricevo da maestri di scuola che vogliono il permesso di trasformare il libro in un dramma che i ragazzi delle loro classi possano mettere in scena; altre da maestri che mi informano di *aver già* trasformato il libro in un dramma in cui recitano i ragazzi delle loro classi; e ogni tanto mi arrivano lettere dalle madri dei ragazzi i cui maestri hanno trasformato il libro in un dramma che viene recitato in classe; ricevo lettere da psichiatri, psicologi, sacerdoti – tutte di complimenti, per fortuna, ma a volte venate di sottile indignazione perché sembra che io conosca qualcosa della natura umana pur non avendo alcuna qualifica ufficiale.

E per ultimo – gli studenti. Come posso dirlo in modo educato e cortese? In primo luogo sono commosso e soddisfatto del fatto che qualcuno della vostra generazione trovi così significativo un libro che ho scritto. Tuttavia questo è il genere di lettere che ricevo dalla maggior parte dei paesi del mondo in cui si parla inglese:

> Caro Mr. Golding, io e il mio amico taldeitali abbiamo letto il suo libro *Il Signore delle Mosche* e pensiamo così e cosà. Tuttavia ci sono alcune cose che non riusciamo a capire. Le saremmo grati quindi se potesse gentilmente rispondere alle seguenti quarantuno domande. Sarebbe gradita una risposta celere perché gli esami cominciano la settimana prossima.

Be', ve lo dico chiaramente: non posso fare i compiti al posto vostro; e poi è un po' deludente scoprire di essere diventato un testo scolastico prima ancora di essere morto. Continuare a insegnare a scuola per avere il tempo di scrivere romanzi è una tattica che ho utilizzato nella lotta per la vita. Ma la vita, furba, mi si è ritorta contro: il mio primo romanzo ha fatto sì che venissi trattato da insegnante per il resto dei miei giorni, solo legato a una catena più lunga – che oggi si è estesa per più di diecimila chilometri.

(*Traduzione a cura di Paolo Simonetti*)

Indice